suhrkamp taschenbuch 4045

Fünfzig Jahre hat der norwegische Schriftsteller Edvard Hoem die Geschichte seiner Eltern mit sich herumgetragen. Sie beginnt für ihn, als er sechs ist und eine einfache und gleichzeitig schwere Frage an die Mutter richtet: »Mama, liebst du den Papa?« Daß er mit seiner Frage an ein Familiengeheimnis rührt, ahnt er nicht. Sie antwortet: »Ich hatte Vater nicht lieb, als ich mit ihm zusammenkam. Aber ich habe ihn liebgewonnen, weil er so beständig war, beständig und treu. Und das ist genauso wichtig wie die Liebe.«

Wie waren die Eltern, bevor sie seine Eltern wurden? Edvard Hoem erzählt die bewegende Geschichte seiner Eltern, eines jungen Wanderpredigers, der in den Tälern Norwegens Gottes Wort verkündet, und einer jungen Frau, der die Beziehung zu einem deutschen Soldaten mit einer Schwangerschaft großes Unglück beschert.

Edvard Hoem, geboren 1949 bei Molde an der norwegischen Westküste, lebt als Schriftsteller, Theaterregisseur und Shakespeare-Übersetzer in Oslo. *Die Geschichte von Mutter und Vater*, 2005 in Norwegen erschienen, wurde dort zum Bestseller. Die Fortsetzung, *Heimatland, Kindheit*, erscheint im Insel Verlag.

Edvard Hoem
Die Geschichte von Mutter und Vater

Aus dem Norwegischen von
Ebba D. Drolshagen

Suhrkamp

Titel der 2005 erschienenen Originalausgabe:
Mors og fars historie

Die Übersetzung wurde durch NORLA gefördert.

Umschlagfoto: Charles Hewitt/Getty Images

suhrkamp taschenbuch 4045
Erste Auflage 2009

Druck: CPI – Ebner & Spiegel, Ulm
Umschlag: Göllner, Michels, Zegarzewski
Printed in Germany
ISBN 978-3-518-46045-0

2 3 4 5 6 – 14 13 12 11 10 09

Die Geschichte von Mutter und Vater

Vaters lange Reise

I *Mama, liebst du den Papa?* fragte ich Mutter einmal in meiner fernen Kindheit. Wir waren in der Küche daheim auf dem Hof in einem kleinen Ort an Norwegens Westküste, es war ein Winterabend. Die Küchenwände waren blau, die Deckenlampe brannte, vor den Fenstern war es dunkel. Mutter klapperte mit Geschirr, sie räumte nach dem Abendessen auf. Das lief in all den Jahren immer gleich ab: Gegen neun war die Stallarbeit erledigt, die Kühe gemolken, das Pferd versorgt. Mutter war hereingekommen, um ihren Arbeitstag zu beenden.

Großvater und Großmutter begaben sich im Altenteil des Hauses zur Ruhe. Ihr Murmeln war durch die Wand zu hören. Wir Kinder, damals waren wir zu fünft, hatten Milch und selbstgebackenes Brot mit braunem Käse bekommen. Meine große Schwester befand sich irgendwo draußen, die kleineren Geschwister waren zu Bett geschickt worden. Ich saß bei Mutter, allein.

Die Dinge, die uns umgaben, in dem Augenblick, als ich die Frage stellte, tauchen auf: der schwarze Holzofen, der Wasserschöpfer, der an einem Haken am Wasserhahn hing, die billige Reproduktion eines Gemäldes an der Wand: Jesus, der vor einer Tür steht und anklopft. Ich sehe das Radiogerät, die Tassen und Teller auf dem Spültisch, die Töpfe auf dem Herd. Die Deckenlampe brannte, daran erinnere ich mich besonders gut. Das muß also gewesen sein, nachdem wir elektrisches Licht bekommen und die Paraffinlampe weggeworfen hatten. Daher war das, bevor wir die Schafe aufgaben und bevor ich mit der Schule anfing, aber nachdem wir einen Radioapparat bekommen hatten, der mit Strom aus der Steckdose betrieben wurde und nicht mit Batterien wie das alte Radiogerät.

Ich war vielleicht sechs Jahre alt. Dann war das im Jahr 1955.

Ich hatte entdeckt, daß es etwas gab, das lieben heißt, und ich überlegte, was das sein könnte. Als ich es endlich wagte, Mutter zu fragen, war ich gespannt, weil ich nicht wußte, ob sie böse werden würde. Aber ich wollte wissen, was in einem so seltsamen Wort lag, und ich wollte ihr Gesicht sehen, wenn ich fragte.

Ich stellte Mutter die Frage nach der Liebe mit einem verlegenen Lächeln und rechnete damit, daß die Antwort kurz ausfallen würde. Wenn die allabendliche Arbeit getan war, wollte sie nur noch ins Bett, denn sie stand jeden Tag in aller Herrgottsfrühe auf. Mir ging es gar nicht um eine endgültige Antwort, ich wollte sehen, wie Mutter reagierte. Wenn ihr die Frage nicht paßte, würde sie antworten, daß ich mich bei Vater erkundigen solle, wenn er nach Hause käme. Vater war reisender Prediger der Inneren Mission und sieben Monate im Jahr unterwegs.

Aber dieses Mal antwortete Mutter nicht so leichthin und abwesend wie eigentlich sonst immer. Sie hielt inne und sah mich mit einem Ausdruck an, den ich nie zuvor gesehen hatte. Sie öffnete den Mund und schloß ihn wieder, zweimal.

Dann sagte sie mit fremder Stimme das, was mich fünfzig Jahre lang nicht loslassen sollte:

»Ich hatte Vater nicht lieb, als ich mit ihm zusammenkam, aber ich habe ihn liebgewonnen, weil er beständig war, beständig und treu, und das ist genauso wichtig wie Liebe.«

An diesem Abend öffnete sich eine Tür ins Unbekannte. Im Leben von Mutter und Vater gab es etwas, worüber nicht gesprochen werden sollte, aber nun hatte sie mir anvertraut, daß es das gab.

II An den meisten Tagen meiner Kindheit war ich mit meinen eigenen Dingen beschäftigt. Meine Eltern waren Eltern, sie sollten sich um mich und meine Geschwister kümmern, dafür sorgen, daß wir Essen, Kleidung und Geborgenheit bekamen.

Aber hin und wieder wunderte ich mich darüber, was gesagt und nicht gesagt wurde bei uns zu Hause. Vater und Mutter tauschten niemals Zärtlichkeiten aus, wenn wir Kinder zusahen. In diesem Milieu war es nicht üblich, daß Eltern sich bei Tag küßten und umarmten. Aber es kam auch nicht oft vor, daß im Beisein der Kinder ein böses Wort fiel. Zweimal in meiner Kindheit habe ich erlebt, daß es zwischen Vater und Mutter hitzig zuging. Beide Male war sie es, die mit verärgerter Stimme sprach, während er sanftmütig und versöhnlich blieb. Oft fand ich Mutter unverhältnismäßig streng, aber das ging vorbei, denn Vater war nachgiebig. Wenn sie mit Schimpfen fertig war, konnte er mit ihr scherzen und sie zum Lachen bringen.

Obwohl er der Geduldige war, stand ich meist auf ihrer Seite. Er schien immer unpraktisch und linkisch. Oft war ich böse auf ihn, weil er nicht wie andere Bauern zu Hause bleiben konnte, sondern immer fortreiste, um seine Andachten zu halten. Ich begriff nicht, daß es die Einkünfte aus diesen

Reisen waren, die für unseren Lebensunterhalt sorgten. Wenn ich ihn mit all meinen Fragen überfiel, reagierte er ruhig und nachsichtig.

III Viel Zeit ist seither vergangen, heute begreife ich es: Vater war ein Mann von sonderbarem Gemüt. Manchmal verschwand er aus dem Alltag in einen anderen Raum. Über einem Bibelzitat konnte er völlig in Gedanken versinken. Dann reagierte er nicht, wenn wir ihn ansprachen, oder er gab völlig unsinnige Antworten. Für ihn blieb die Bibel ein Buch voller Überraschungen, über jedes Wort, das darin stand, konnte man lange grübeln.

Bei anderen Gelegenheiten jedoch ging er völlig in dem auf, was hier und jetzt geschah. Manchmal erzählte er Geschichten von Menschen, die er getroffen hatte. Beim Gedanken an etwas, das er auf einer seiner Reisen erlebt hatte, lachte er manchmal laut auf.

Vaters Briefe an Mutter, die der Postbote am späten Nachmittag mit der Lokalzeitung *Romsdals Budstikke* brachte und die dann aus dem Briefkasten an der Straße geholt werden konnten, blieben, wenn Mutter sie gelesen hatte, auf einer Kommode liegen, allen neugierigen Augen zugänglich. Darin berichtete er meist, wo er sich aufhielt und bei wem er wohnte, in Norwegens entlegenen Nestern, auf seiner immerwährenden Tournee zur Errichtung des Gottesreiches auf Erden.

Als Vater 1990 starb, hinterließ er wenig mehr als eine Nagelschere, seine Rasiersachen und eine schwarze Tasche, außerdem mehrere hundert kleine Notizbücher, in die er seine Gedanken zu Gnade und Vergebung, Erlösung und Versöhnung eingetragen hatte. Er war lutherischer Laienprediger in der Tradition der norwegischen Haugianer und überzeugt davon, daß er den göttlichen Auftrag erhalten hatte, das Evangelium Jesu Christi zu verkünden. Dieser Berufung widmete er sein Leben auf einer Reise, die dreiundvierzig Jahre dauerte. So viele Jahre saß Vater als Gast fremder Menschen in fremden Häusern und schrieb, vor sich die Bibel, seine Gedanken zu verschiedenen Bibelstellen in ein Heft, bevor er abends bei christlichen Zusammenkünften predigte.

Vater war nicht der große Volksredner vor brodelnden Versammlungen, auch wenn er während des Krieges vor vielen Menschen predigte. Vater war der Mann der *Hausandachten*. Bei Privatleuten und in Versammlungshäusern brachte er die Dörfler nach ihrem Tagwerk zur *Erbauung* zusammen. Bei diesen Hausandachten bedeuteten eine Handvoll Zuhörer einen Segen, kam mehr als ein Dutzend, konnte das auf *Erweckung* hindeuten. Da mußte man auch am folgenden Tag eine Andacht halten und hoffen, daß Gott die Seelen erlösen werde. Vater reiste von einem Haus zum nächsten, von Weiler zu Weiler. Er *wirkte im Kreis*, wie es in der Sprache der Inneren Mission hieß. Das bedeutete, daß Ort und Zeit der Versammlungen nicht lange im voraus festgelegt wurden, sondern im wesentlichen davon abhingen, wie er jeweils aufgenommen wurde. Er begann an einem Ort und machte dann mit seinen Andachten dort weiter, wo sie ihn haben wollten.

Es kam vor, daß jemand bei einer Hausandacht auf die Knie sank und sich *Gott anheimgab*. Das geschah fast immer ohne große Gesten. Von Handauflegen und Zungenreden konnte keine Rede sein. Wenn hier eine Umkehr geschah, dann ging das nüchtern und besonnen vonstatten. Wer sich hier bekannt hatte, der würde sein Leben lang dafür einstehen.

Vaters Reise begann während des Zweiten Weltkriegs, ging während des Kalten Kriegs weiter und endete erst, als vierzig Jahre später neue Winde uber Osteuropa wehten. Er war bekannt dafür, daß er gut zuhören konnte, wenn Menschen in Not zu ihm kamen. Er schien selbst das eine oder andere erlebt zu haben, jedenfalls gab es keine Sünde, die ihn überrascht hätte. Er sagte oft, daß wir nicht richten sollten, da eines Tages über uns gerichtet würde.

Vater war ein Mann mit wunderlichen Einfällen. Wenn er predigte, trug er seine Gedanken mit seltsamen Pausen vor, als kämen die Worte, die er wählte, erst in diesem Moment zu ihm, obwohl er sich doch gründlich vorbereitet hatte.

Außer den Hunderten von Notizbüchern und mit winziger, fast kalligraphischer Schrift beschriebenen Zetteln fand ich unter den Papieren, die er hinterließ, zwei Bücher im Format der Notizhefte, aber mit festem Einband.

In diesen Büchern hatte er Tag für Tag festgehalten, wo er predigte, worüber er predigte und wer ihn beherbergte. Er hatte mit zierlicher Schrift ein Logbuch seines Lebens geführt, ohne einen einzigen persönlichen Kommentar. Viele Prediger führten solche Bücher, aber ich glaube, keiner tat es so gründlich wie Vater. Ich begreife nicht, wie er es schaffte, das durchzuhalten, in den Jahren, in denen er die Bücher führte, verändert sich die Schrift fast nicht. Alles ist mit Feder und Tinte oder Füllfederhalter geschrieben. Es gibt kaum eine Ausstreichung, kaum einen Verschreiber. Für wen hat er das geschrieben, wenn er es nicht einmal an einer Stelle aufbewahrte, wo wir es sicher finden würden, sondern in einem riesigen Stapel alter Zeitungsausschnitte, Umschläge mit herausgeschnittenen Briefmarken und Rechnungen von Geschäften und von der Molkerei?

Aus Mutters Jugendzeit gibt es wenige schriftliche Quellen. Aber Vater kann ich Tag für Tag verfolgen, auf dem Fahrrad, im Zug oder Omnibus, von Monat zu Monat und von Jahr zu Jahr. In den Kriegsjahren, zwischen 1940 und 1945, hielt Vater im Gudbrandsdal, das er zeit seines Lebens *Tal der Täler* nannte, bei Privatleuten und in Bethäusern über siebenhundert Andachten. Er predigte sechs oder sieben Tage die Woche, von Oktober bis Anfang Mai, das machte er vierzig Jahre lang, im ganzen Land.

Gab es jemanden, der mehr Landstraßenkilometer radelte als Vater? Gab es jemanden, der mehr über Steigungen und Frostaufbrüche wußte? Es liegt nah, an seine Erschöpfung und Müdigkeit zu denken. Aber er lebte mit den Jahreszeiten. Er sah das Laub sprießen und fallen. Er sah den Schnee auf dem Dovre und die Sonnenaufgänge an der Helgelandsküste.

IV Im Sommer war Vater zu Hause auf dem Bauernhof im Romsdal. Großvater wurde langsam alt, Vater mußte mehr und mehr von der Feldarbeit übernehmen. Im Frühjahr kehrte er von seinen Reisen nach Hause zurück, immer zum 1. Mai. Er war erschöpft, gab sich aber Mühe, in den Rhythmus der Arbeit auf dem Hof hineinzufinden. Als erstes fuhren er und Großvater den Mist auf die Äcker und Wiesen. Mutter und wir Kinder fuhren mit, wir setzten Kartoffeln und brachten die Kühe auf die Weide. Solange Großvater arbeiten konnte, wurde auch Getreide gesät. Im Moor wurde Torf als Brennmaterial für den Winter gestochen. Ein Nachbar, der einen Traktor hatte, mähte die Wiesen. An einem Sommermorgen beim Aufwachen das Brummen des Traktors zu hören war wunderbar. Aber Bachufer, Wegraine und die vielen anderen schwer zugänglichen Stellen mähten Großvater und Vater immer mit der Sense.

Dann kam der Herbst, die Kartoffeln mußten aus dem Boden geholt werden, danach würde Vater zu einer neuen Reise aufbrechen. Wenn Mutter den ganzen Abend Hemden bügelte und seinen Koffer packte, wußten wir, daß es wieder soweit war.

Aber nicht selten kam sein Abreisetag so plötzlich, daß die Kartoffeln in dem Regenwetter noch in der Erde waren, wenn er losfuhr. Dann mußten Großvater, Mutter und wir Kinder raus und sie retten. Wir haßten die windigen Nachmittage auf dem Kartoffelacker, weil es immer dunkel wurde, bevor wir fertig waren. Die Erde klebte an den Fingern, und der Regen lief uns den Rücken hinunter. Aber wir waren bei der Arbeit zusammen, und wenn wir die Kartoffeln endlich ins Haus gebracht hatten, waren wir froh.

Ich blättere in Vaters Logbüchern, und mein Blick bleibt an einem dunklen Vorweihnachtsabend hängen, dem 15. Dezember 1946. Da steht *Nylund, Øyer.*

Das ist Mutters Elternhaus im Gudbrandsdal.

An diesem Abend predigte Vater über den 95. Psalm, Vers 7: *Denn er ist unser Gott und wir das Volk seiner Weide und Schafe seiner Hand.*

Irgendwann während dieser Andacht begann ein Kind zu weinen, und Mutter mußte die Runde verlassen, um das Kind zu beruhigen. Später an diesem Abend konnten dann alle sehen, daß Vater diese Frau wollte, die ein Kind von einem anderen hatte.

Vier Monate später, an seinem dreißigsten Geburtstag, am 12. April 1947, verlobten sich Mutter und Vater.

Aber die Geschichte begann viel früher.

Der Meister ist da und ruft dich

I In einem kleinen, rotgestrichenen Schulhaus, das »Hoem-Schule« heißt, an einem Abend vor Weihnachten 1931, findet ein Missionstreffen statt, draußen ist es schon lange dunkel.

Das Schulhäuschen liegt an einem Hang außerhalb des Dorfs, im Romsdal in Norwegen, unterhalb eines Bergs, der Jendemsfjell heißt. Es befindet sich zwischen Wacholdergesträuch, das mit verharschtem Schnee bedeckt ist. An diesem Tag hat es geregnet und geschneit, aber gegen Abend verziehen sich die Wolken, und die Sterne kommen heraus. Sie leuchten über den Wiesen, den Fjorden und über dem roten Schulhaus. Es sind dieselben Sterne, die auf der ganzen Welt scheinen, überall, wo Menschen ihr Zuhause haben. Es sind die Sterne, die über den Feldern von Bethlehem leuchteten, wo die Hirten schliefen, und sie schienen über der Prärie in Amerika. Die Sterne über dem Hang, wo die Hoem-Schule steht, gehören allen. Es sind die Sterne, die Abraham sah, als er Gottes Verheißung empfing. Die Zeit vergeht, aber die Sterne bleiben dieselben, sie sind wie Gottes ewiges Wort, sie leuchten von Geschlecht zu Geschlecht.

Aus dem Schornstein des Schulhauses steigt ein dünner Rauchstreifen zum Sternenglanz auf, wie er auch schon von Abrahams Zelt aufstieg. Die Leute im Haus feuern mit Birkenholz. Sie singen ein Lied, und als das Lied zu Ende ist, spricht ein Mann.

Langsam werden sie im matten Paraffinlicht erkennbar, erst der Prediger, der Rasmus Seter heißt und damals im

Romsdal von einem Ort zum nächsten reiste, um die Seelen zu erwecken, dann die fünfzehn Menschen, die gekommen sind, um ihm zuzuhören.

Die Anwesenden sitzen an Schulpulten, die für die erwachsenen Männer und Frauen zu niedrig sind. Sie wirken zusammengesunken, wie sie dasitzen und dem Prediger lauschen, der mit sanfter Stimme spricht. »Der Herr ist gekommen, um euch heute abend zu treffen«, sagt er. »Hierher ist er heute abend gekommen, in die Schule in Hoem. Er ist nicht nur im Himmel! Er ist hier, in diesem bescheidenen Haus, und er fragt, ob du bereit bist, ihm dein Herz und dein Leben zu schenken, oder ob du dem finsteren Sündenpfad folgen willst, der in die Verdammnis führt.«

»Nein, du wirst nicht verdammt! Das wirst du nicht!« sagt der Prediger, er wendet sich an jeden einzelnen, auch wenn er zu allen spricht. »Dein Weg ist der Weg des Himmels, du bist ein Mensch, der Jesus gehört!«

Jemand schnieft, ein anderer räuspert sich, weil es ihn im Hals kratzt, aber sonst ist es völlig still, sie hören nur die Worte des Predigers und den nassen Wind, der vor dem Haus bläst. Die Paraffinlampe an der Decke pendelt ein wenig, im Raum verbreitet sich der Geruch von vielen Menschen in nasser Kleidung. Es ist dunkel, denn bevor sie zur Andacht gehen konnten, mußten sie erst das Vieh versorgen. Unter dem unruhigen und weiten Himmel, über den wieder dunkle Wolken treiben, zwischen denen nur manchmal Sterne aufblitzen, steht das rote Gebäude, allein an einem Hang außerhalb des Ortes, und obwohl es ein unscheinbares Haus ist, mit Grasdach und weißgestrichenen Windbrettern, ist es doch ein Tempel Gottes des Allmächtigen. Denn hier sind Gottes Kinder versammelt.

Die Frauen haben sich ihre schwarzen Tücher vom Kopf

genommen und um die Schultern gelegt. Sie tragen, wie die Männer, Kleidung aus dickem Wolltuch oder Strickjacken über blauen Drillichblusen. Sie sind nicht herausgeputzt, aber sie haben sich gerichtet, so nannte man es, wenn man sich wusch, um das Wort zu empfangen, das Leben und Tod überdauert.

Edvard Knutsen Hoem, Bauer auf dem Hof mit Namen Bakken, und seine Frau Beret Anna sind auch zur Andacht gekommen. Knapp ein Jahr zuvor haben sie ihren ältesten Sohn verloren, vor kurzem mußten sie ihren zweiten Sohn Lars in die Irrenanstalt bringen. Ihre Töchter Anna und Martha und ihr fünfzehnjähriger Sohn Knut sind an diesem Abend mitgekommen. Die Mädchen singen aus vollem Hals: Nie verblaßt Jesu Name, er trotzt der Vergänglichkeit.

Von ihrer Mutter kein Ton. Der Kummer quält sie so sehr, daß sie nicht mehr singen kann. Ihr Gesicht ist von Schlaflosigkeit scharfkantig. Ihrem Mann, Edvard Knutsen, ist es auch zuviel. Er muß jetzt viele Aufgaben seiner Frau übernehmen, Arbeit und Sorge bedrücken ihn, aber er sitzt kerzengerade, keiner soll denken, daß das Unglück so groß werden kann, daß er daran zerbricht. Nein, für ihn ist das eine Prüfung, die er bestehen muß, und er wird aller Welt zeigen, daß er sie besteht.

Ihre Familie ist von einer Heimsuchung betroffen. Erst kam der Tod zu ihnen, danach ein weiterer, düsterer Gast. Ihr Sohn Einar war zwanzig Jahre alt, als ihn die weiße Pest, die Tuberkulose, befiel. Er befand sich am Fuße des Jendemsfjells, um Holz zu holen, das war vor zwei Jahren. Plötzlich wurden seine Finger ganz weiß. Als er nach Hause kam, legte er sich hin und stand nicht mehr auf. Er starb nach vierwöchigem Krankenlager Mitte Januar.

Und Lars, der zweite Sohn, der bereits mit sechzehn einen

Onkel nach Kanada begleitet hatte und in British Columbia Bäume fällte, als er achtzehn war, ertrug wohl nicht, daß der ältere Bruder tot war. Lars schlief nicht mehr, bald war mit ihm nicht mehr zusammenzuarbeiten. Als er mitbekam, daß viele seiner Arbeitskameraden Katholiken waren, machte er abfällige Bemerkungen über den Papst in Rom. Aber die anderen Holzfäller wollten sich nicht damit abfinden, daß er abfällig über ihren Glauben sprach. Sie sagten, sie würden ihn sich vornehmen, wenn er am wenigsten darauf gefaßt wäre. Er begann Stimmen zu hören, wenn niemand in der Nähe war, und antwortete zornig auf Fragen, die ihm niemand gestellt hatte. Nach einem Aufenthalt im Krankenhaus von Victoria wurde er auf Kosten der kanadischen Regierung nach Norwegen zurückgeschickt. Er kam heim zu den Eltern, als im Herbst die Kartoffeln aus dem Boden geholt werden sollten. Sie freuten sich über die Maßen, daß er kommen würde, auch wenn sie wußten, daß nicht alles zum besten stand. Als er im Hause stand, war das erste, was er sagte: *Gibt es hier in Hoem Teufel?*

Wenig später begriffen sie, daß er geisteskrank war.

Sie hatten ihn mehrere Wochen lang zu Hause behalten. Nun war er endlich in die Opdøl-Anstalt am Romsdalsfjord gebracht worden. Die Diagnose lautete: Schizophrenie. Das war ein furchtbarer Schlag, aber wenigstens kümmerten sich dort kundige Menschen um ihn. Zum ersten Mal seit vielen Wochen konnten sie wieder das Haus verlassen und die Andacht besuchen.

Lars' Brüder und Schwestern hatten mitangesehen, was der Wahnsinn aus ihm machte. Sie hatten Todesängste ausgestanden, bevor er endlich fortgebracht wurde. Jetzt nahmen sie sich zusammen und bemühten sich, das Lied mitzusingen.

Die beiden jüngsten Kinder sind nicht bei der Andacht,

aber der vierzehneinhalbjährige Knut, der mein Vater werden sollte, ist anwesend.

Man könnte meinen, daß er mit den Tränen kämpft. Seine Schultern heben und senken sich, als hielte er die Luft an, er ist rot im Gesicht, es fehlt nicht viel, denken sie, und er springt auf und läuft hinaus.

Der Prediger erteilt den Anwesenden das Wort. Jetzt sollen sie Zeugnis ablegen von ihrer persönlichen Begegnung mit Jesus Christus. Es sind mehrere Kinder und Jugendliche bei der Andacht, sie warten darauf, daß jemand die Stille durchbricht und etwas sagt. Aber sie haben nicht erwartet, daß Knut aufstehen würde.

Es ist nicht üblich, daß einer das Wort ergreift, der nicht konfirmiert ist.

Aber Knut erhebt sich von seinem Pult, er steht mit gefalteten Händen da und räuspert sich, um etwas herausbringen zu können. »Ich habe ein Bibelwort gefunden«, sagt er. »Es hat so stark zu mir gesprochen, daß ich nicht anders kann, als davon zu erzählen. Es ist die Geschichte, wie Jesus zu den Schwestern Martha und Maria in Bethanien kommt. Da geht Martha zu ihrer Schwester und sagt: ›Der Meister ist da und ruft dich‹.«

»Ich bin der, den Jesus an dieser Stelle ruft«, sagt Vater. »Er wendet sich an uns alle, er fragt nach *dir* und nach *dir*! An uns alle geht heute abend sein Ruf, er will wissen, ob wir ihm folgen wollen. Und ich antworte, daß ich ihm folgen will. Ich will dem Ruf folgen und mein Leben in seinen Dienst stellen.«

Das ist alles.

Nach einer Pause sagt der Prediger: »Was du gesagt hast, hat uns gutgetan, junger Freund. Jetzt beten wir.« Alte und Junge, auch Vater, knien nieder, die Hände liegen gefaltet auf den Pultdeckeln, die Köpfe sind über die Hände gebeugt. Der Prediger beginnt mit den Gebeten, die jetzt zu Gottvater im Himmel emporsteigen, und die Anwesenden seufzen: *Dank, bester Jesus*, oder *Großer Gott, wir loben dich,* je nachdem, wie forsch und unbefangen sie sind. Nach einer Viertelstunde verebben die Gebete. Die alten Frauen mit ihren schwarzen Schals brauchen Zeit, um auf die Füße zu kommen. Die schwere Arbeit, die sie von früh bis spät verrichten, macht die Glieder steif. Beret Anna Hoem, die in diesem Sommer fünfzig geworden ist, hat die schlimmsten Jahre ihres Lebens kaum hinter sich. Sie lächelt nicht, wenn jemand mit ihr spricht. Sie lächelt auch nicht, als Knut ihr einen Blick zuwirft. Sie gibt nur einen kleinen Laut von sich, weniger als ein Räuspern, und er kann nicht deuten, ob sie damit Anerkennung ausdrücken will oder ob sie von ihm enttäuscht ist. Knut war der große Junge gewesen, der seine Mutter hatte trösten können. Gerade hat er verkündet, welcher Berufung er sein Leben weihen will. Er hat verkündet, daß er Gott dienen werde, aber es sieht nicht aus, als verstünde die Mutter, was das bedeutet! Auch die Schwestern sprechen nicht mit ihrem Bruder, sie loben ihn nicht, sie sehen ihn nur an.

Da bittet sein Vater, Edvard Knutsen Hoem, ums Wort und steht auf. Er hat eine besondere Art, sich vorzubereiten, wenn er das Wort ergreifen will, er schmatzt ein wenig, als wolle er erst ausprobieren, ob die Stimme trägt. Er ist ein Mann von fünfzig Jahren, sein Leben ist nicht einfach gewesen. Aber er hält sich noch gerade, und seine schmale Ehefrau sieht ihn an, wenn er spricht, sie schlägt nicht die Augen nieder, wie andere Frauen es tun. Sie zeigt, daß sie in dieser Zeit des großen gemeinsamen Kummers voll und ganz auf der Seite ihres Mannes steht.

Großvater spricht nicht über seinen Glauben. Er will an

etwas anderes erinnern. Er sagt, daß es auch in diesem Jahr einen Bethaus-Basar geben wird und daß sie sich am vierten Weihnachtstag wieder hier treffen, dann stehe das Bethaus auf dem Programm.

Bei der Zusammenkunft ist keiner, der nicht wüßte, wovon er spricht. Edvard Knutsen Hoem hat die Nachbarn für seinen Plan gewonnen, daß bei ihnen ein Bethaus gebaut werden soll. Jetzt sammeln sie schon seit zehn Jahren Geld dafür, der Weg ist aber noch weit. Das Grundstück ist gesichert, doch für den Bau des Hauses benötigen sie eine Summe, die sie nicht haben. Die Bethauserbauer sehen das alles in einem größeren Zusammenhang. Wenn es Dem Herrn gefällt, nicht früher und nicht später, werden sie ihren eigenen Tempel errichten! Nichts gegen das Schulhaus, aber eines Tages sollen die Gläubigen ihr eigenes Gotteshaus haben. Das hat Edvard Knutsen Hoem sich zur Lebensaufgabe gemacht, und er denkt nicht daran, sie aufzugeben. Nein, jetzt, wo Gott ihn so schwer prüft, ist es um so wichtiger, daß er sie erfüllt! Und der Prediger sagt mit Begeisterung in der Stimme, er freue sich wie ein Kind auf den Tag, an dem das Bethaus fertig sei. Möge Gott seinen Segen dazu geben, damit es bald soweit sei!

Er schließt mit einem Dankgebet an Gott, den er *Herr der Ernte* nennt.

Danach kommt nichts mehr. Nach dem letzten Lied stehen die Anwesenden auf, gehen hinaus in den Gang, sie sehen die Hand vor Augen nicht, weil dort kein Licht ist, sie tasten nach ihrer Überkleidung, dann gehen sie durch die pechschwarze Nacht, gehen durch den Tannenwald, steuern zwischen den Wacholderbüschen hindurch, sie folgen dem alten Schulweg, den ihre Füße von jeher kennen, auch wenn sie jetzt tief im Schnee versinken. Jeder geht zu sich nach Hause.

Der junge Knut Hoem geht mit seinen Eltern und Geschwistern im feuchten Wind durch den verharschten Schnee. Sie können die Gesichter der anderen nicht sehen, aber sie kennen sich, sie kennen die Trauer, die sie miteinander tragen, eine unerträgliche Bürde, die nicht leichter wird davon, daß sie von vielen geteilt wird. Keiner sagt etwas, nur ihr Vater, Edvard Knutsen Hoem, sagt ja, dann räuspert er sich und sagt noch einmal ja.

»Ja«, sagt er. »So ist das.«

Was Knut getan hat, freut ihn, aber es beunruhigt ihn auch. *Er* versteht, daß das eine Lebensentscheidung ist, sie kommt für ihn nicht unerwartet, er hat schon lange gesehen, daß Knut bei der Arbeit auf dem Hof nicht der eifrigste ist. Aber wer außer Knut kann den Hof übernehmen, wenn Lars nicht gesund wird?

II Lars wurde nicht gesund, im Gegenteil. Um Neujahr 1932 trug jemand in seine Krankenakte ein, daß er schwierig und unruhig sei und den größten Teil des Tages im Bett liege. Wenn er im Aufenthaltsraum war, ging er die anderen Patienten aggressiv an. Als sie ihn fragten, warum er nachts so unruhig sei, sagte er, daß er mit Gott spreche und nicht schlafen könne. Und er sagte unablässig vor sich hin: *Gottes Sohn – much money – kann keine Arbeit finden.*

Im Verlauf des Winters wurde er zerstörerisch und gewalttätig. Er schlug andere Patienten und rammte sie Kopf voran. Er kam ins Isolierzimmer. Er zerriß seine Kleidung und lag den ganzen Tag ohne Hemd. Als sie ihn fragten, warum er so daliege, antwortete er, das sei doch Der Heilige Geist, der dort draußen über die Steine gehe, darum habe er seine Kleider zerreißen müssen. Als sie ihn zum Spazierengehen in den Innenhof der Anstalt hinausließen, begann er laut zu schreien und zu kreischen.

Etwas später wurde in seiner Akte vermerkt, daß er sich Tag und Nacht im Bett aufhalte. Er drehe sich ständig, schnelle hoch und sinke zurück, werfe das Bettzeug von sich, lache und rede mit sich selbst. Manchmal singe er amerikanische Lieder. An einigen Tagen schlinge er das Essen schnell in sich hinein, dann wieder fege er den vollen Teller vom Tisch. Tagsüber konnte er sich sauber halten, wenn man auf ihn aufpaßte. Nachts beschmierte er sich und die Wände mit Fäkalien. Eines Tages zerbrach er eine Fensterscheibe. Sie schnallten ihn an. Sobald sie ihn probeweise losbanden, fuhr er aus dem Bett, rannte hierhin und dorthin und richtete dabei soviel Schaden an wie nur möglich. Er schlug um sich, ohne darauf zu achten, wohin die Schläge trafen. Darum blieb er jahrein, jahraus angegurtet im Bett liegen. Er hatte etwa 38 Grad Fieber, hustete und spuckte. Er fluchte, jammerte und ließ keinen an sich heran. Manchmal schrie er, manchmal war er teilnahmslos und unansprechbar.

III Vater bestand im folgenden Frühjahr, fünfzehn Jahre alt, die Abschlußprüfung der Volksschule, er hatte viele Einser und ein paar Zweier. Das Zeugnis trägt das Datum 30. April 1932. Das Schuljahr endete früh, weil die Schüler den Konfirmandenunterricht besuchen sollten. Aber zum Pfarrhaus, wo die Kinder unterrichtet wurden, war es weit, darum schickte Großvater seine Kinder zu seiner Schwester nach Moldelia, damit sie den Konfirmandenunterricht im Pfarrbezirk Bolsøy besuchten. Großvater hatte selbst bis zum Alter von sieben Jahren in Moldelia gewohnt, seine Kinder sollten sehen, daß es jenseits der Hoem-Schule noch eine andere Welt gab. Als Kind hatte Großvater seine Eltern verlassen und zu einem kinderlosen Onkel nach Hoem ziehen müssen. Jetzt schickte er seine Kinder an den Ort, wo er selbst als Kind nicht hatte bleiben dürfen.

Vom Frühjahr 1932 sprach Vater immer als von einer Zeit, in der er gesund und glücklich war. Aber nach der Konfirmation wurde er krank. Es war eine Lungenkrankheit, der Arzt meinte, es könne Tuberkulose sein. Großvater sah, welche Angst Großmutter hatte. Egal wie, der dritte Junge mußte gerettet werden!

Vater wurde als Patient ins Reknes-Sanatorium in Molde eingewiesen, ein großes und schönes Holzgebäude. Das Haus war ursprünglich als Lepra-Heilanstalt erbaut worden, aber seit 1897 war es ein Lungensanatorium. Wenige Kilometer fjordeinwärts lag die Opdøl-Anstalt, wo sein Bruder Lars eingesperrt war.

Vater kam als ängstlicher Junge von fünfzehn Jahren ins Sanatorium. Das Reknes-Sanatorium war in allem mustergültig. Die Oberärztin, Fräulein Margarethe Folkestad, und ihr getreuer Gehilfe, Malermeister Kristiansen, sorgten im Sanatorium für blinkende Sauberkeit und Ordnung. Überall hingen Schilder mit der Warnung »Frisch gestrichen«. In den Beeten im Garten wuchs kein einziges Unkraut, alle Obstbäume waren beschnitten, selbst Büsche und Birken waren frisiert. Abfall und Unordnung waren verbannt. Die Fensterscheiben blinkten. Im ganzen Land weihten sagenumwobene Ärzte ihr Leben der Errichtung von Sanatorien für jene, die an Auszehrung erkrankt waren. Es gab noch kein Penicillin, man hoffte, daß strikte Hygiene zusammen mit frischer Luft, Bewegung und der richtigen Ernährung den Schwindsüchtigen eine Chance geben würde. Die Leiter des Reknes-Sanatoriums schwankten zwischen Optimismus und Ohnmacht. Mehrmals im Monat fuhren Leichenwagen zum Kirchhof, aber oft kam es auch vor, daß Patienten sich erholten, stärker wurden, wieder zunahmen, nicht mehr husteten und entlassen werden konnten.

Mitten in der Eingangshalle von Reknes stand Vater und blickte sich um. Leute strömten durch die Türen herein und auf den Hof hinaus. Die Krankenschwestern trugen weiße Trachten mit blauen Schürzen. Viele Patienten stützten sich auf Krücken, er sah krumme Rücken und entstellte Gesichter. Aber es gab auch sonnengebräunte junge Menschen, die sich benahmen, als wären sie in einem eleganten Hotel. Sie riefen einander zu und scherzten. Es lag Erregung in der Luft. Was für ein Ort war das? Waren diese Menschen nicht krank?

Er sollte noch merken, daß sie krank waren. Viele verschwanden in der Zeit seiner Anwesenheit, und das nicht, weil sie entlassen wurden. Was er sah, war Ausdruck des unerschütterlichen Lebenswillens, den Menschen haben, und einer intensiven erotischen Spannung, wie sie im Warteraum des Todes entstehen kann. Die Angst vor dem Tod sollte verscheucht werden. Ein Tag war wie der andere, man konnte nichts tun, was Kräfte kostete. Die Kur bestand darin, sich gesund zu ruhen, daher mußte man gegen den einförmigen und langweiligen Alltag ankämpfen. Darum diese Lachsalven, darum abends Lieder im Aufenthaltsraum, darum sonntags Hornmusik aus geöffneten Fenstern.

Vater wurde zu einem Arzt gebracht, der ihn abhörte, am ganzen Körper abtastete und ihm auf den Brustkorb drückte. Dann wurde er zum Röntgen geschickt und konnte Bilder seiner eigenen Lunge betrachten. Als das geschehen war, wurde er in ein Sechsbettzimmer geführt, wo Jugendliche in seinem Alter lagen, Kissenberge im Rücken, bis sie fast aufrecht saßen, damit sie Luft bekamen. Bei einigen hatte die Krankheit von den Lungen auf Magen und Nieren, Knochen und Gelenke übergegriffen. Aus den Schatten auf der Lunge waren offene Wunden geworden: Kavernen.

Er blieb zehn Wochen. Der Tag begann um sieben Uhr mit einem halben Liter Hafersuppe in einem Aluminiumnapf auf dem Gang, danach ging es in den Keller zur Morgentoilette. Es folgte das Frühstück im Bett. Die Patienten bekamen das Essen auf einem Tablett serviert, das wiederholte sich mittags. Die Temperatur maßen sie selbst, morgens und abends. Alle, für die Hoffnung bestand – Vater gehörte dazu – landeten in den Pavillons im Tannenwald oberhalb des Sanatoriums.

Diese Pavillons waren einfache Schuppen mit Dach und drei Wänden und vorn einem Geländer und Vorhängen. Solange es nicht regnete oder schneite, waren die Vorhänge aufgezogen. In Eisenbetten unter Segeltuch lagen dort die Patienten, sommers wie winters. Erst wenn es unter zehn Grad minus war, kamen sie ins Haus.

Das war im Spätsommer 1932. Stunde um Stunde, Tag um Tag lag Vater in diesen Pavillons. Er sah die Leichenwagen nicht, aber er hörte, wenn sie fortfuhren. Er wußte, was das war, und das Frösteln des Todes durchfuhr ihn. Die Tage gingen dahin, alles schien immer unwirklicher. War er es, der dalag? Er, der Junge vom Land? Vor sich hatte er die Aussicht über den Romsdalsfjord und auf die Berggipfel jenseits. Das war so schön, daß man sich in den Arm kneifen mußte. Er hatte Zeit, über sein Los nachzudenken, er wußte, es war überhaupt nicht sicher, ob es gut für ihn ausgehen würde. Eigenartigerweise war er fast dankbar dafür, daß ihm das zugestoßen war, denn so konnte er sein Leben in einem größeren Zusammenhang betrachten, statt es nur zu leben. Wer würde er sein, falls er gesund wurde? Er war erleichtert, daß er der düsteren Stimmung zu Hause entkommen war. Er gehörte zu einer Gemeinschaft. Es gab sehr viele wie ihn, hier und in anderen Ländern Europas. Das wußte er. Fräulein Folkestad erzählte von Reisen, die sie zu Lungensanatorien am Comer See in Italien, in den Dolomiten und in anderen Gebirgsgegenden der Welt gemacht hatte, wo es reine und gesunde Luft und dichte Wälder gab. Man hatte gegen die Krankheit nämlich keine bessere Kur als frische Waldluft. Darum mußten Arme wie Reiche im Freien liegen. Das tat Vater ebenso wie Hans Castorp, Sohn reicher Eltern, in Thomas Manns Roman *Der Zauberberg*.

Er war zu jung, um am Leben in den Salons teilzunehmen, wo es Quizabende und Schachspiele gab und wo auch Kranke einmal scherzen und flirten konnten. Ihn beschäftigten andere Dinge: Am meisten freute er sich über die Gespräche mit Fräulein Folkestad. Er glaubte, daß ihr waches Interesse wirklich ihm persönlich galt, und seine Bewunderung war grenzenlos. Er war sich nicht im klaren darüber, daß sie jedem ihrer Patienten mit der gleichen Intensität begegnete. Als Vater viele Jahre später nach Oslo kam, suchte er sie auf, um ihr für das zu danken, was sie für ihn getan hatte, aber er erlebte zu seinem Erstaunen, daß sie verärgert darüber war, daß er bei ihr auftauchte, und ihn fortschickte. Auf dieses Erlebnis kam er viele Male zurück. Er war gekommen, um sich zu bedanken, wurde aber seinen Dank nicht los.

Er hatte etwas Argloses. Manche hielten ihn für einfältig. Die Tage gingen vorüber, hoch am Himmel trieben Wolken. Er fand in seinem Inneren einen Ort, an den er gehen und wo er viele Stunden bleiben konnte. Die äußere Welt entfernte sich von ihm. In diesen Wochen las er zum ersten Mal die Bibel von Anfang bis Ende. Da stand so viel, aber ein Bibelwort berührte ihn tiefer als jedes andere, es sollte ihn als Leitsatz ein Leben lang begleiten: *Betet ohne Unterlaß*.

Es rauschte im Tannenwald, der um die Pavillons gepflanzt worden war. Vater lag in diesem Rauschen und wurde weit fortgetragen, zu etwas, das größer und schöner war als alles, was er mit seinen Gedanken erfassen konnte. Er träumte Träume von etwas Schönem, von etwas, das anders war als die alltägliche Plackerei. Dort lag er an den warmen Augustabenden und lauschte den Liedern aus dem erleuchteten Haupthaus. Er hatte die Bibel neben sich liegen, er murmelte die Worte, die er zu seinem Trost gefunden hatte und die die Furcht vertreiben konnten, die er spürte: *Fürchte dich nicht, denn ich bin mit dir. Ich habe vor dir eine Tür aufgetan, und niemand kann sie zuschließen.*

Unerklärlicherweise erholte er sich allmählich, der Husten hörte auf, und als der Herbst kam, wurde er entlassen. Seine Eltern konnten es nicht glauben. Aber er war gesund geworden, und er war froh wie nie zuvor. Großmutter sah einen ersten Hoffnungsschimmer, und es ging ein Leuchten über ihr schmales Gesicht.

IV

Außerhalb von Molde, nicht weit vom Reknes-Sanatorium entfernt, hatten die Christen im Romsdal eine eigene Schule gebaut, die Rauma-Schule hieß. Sie war für junge Menschen aus den Ortschaften im Umkreis gedacht, die nicht die Mittelschule oder das Gymnasium besuchen konnten. Die Schüler der Rauma würden nicht zur Universität gehen, daher hatten sie für Latein und höhere Mathematik keine

Verwendung. Aber hier konnten sie Norwegens Geschichte und den Willen des Herrn kennenlernen.

In dem einen Gebäude wird unterrichtet, in einem anderen ist das Internat mit Schlafräumen und Küche untergebracht. Zwischen den Gebäuden liegt ein Hof. Dort stehen Jugendliche. Und mitten in dieser Gruppe steht ein schmächtiger Junge mit schmalen, weißen Händen, dünnen Schultern, einer zu großen Jacke und etwas zu großen Hosen. Er redet über etwas. Das ist Vater.

Er ist forsch und verzagt zugleich, er bringt die anderen tatsächlich zum Lachen, aber dann bekommt sein Gesichtsausdruck etwas Unsicheres, er weiß nicht, ob sie über ihn lachen oder über das, was er sagt.

Der Sommer ist vorbei, am Berghang hinter der Schule röten sich die Vogelbeeren, die Sonne steht schon tiefer auf ihrer Wanderung nach Westen, über den Bergen, drüben auf der anderen Seite des Romsdalsfjords, auf den die Boote abends hinausfahren, um zu fischen. Vater ist glücklich. Er kann auf diese Schule gehen, sein Leben hat eine neue Wendung genommen. Im Sommer zuvor hat er auf den Tod krank gelegen, jetzt steht er mitten unter Jugendlichen.

Er trägt ein Gedicht vor, das er geschrieben hat. Vielleicht eher einen Vers als ein Gedicht, aber die anderen Schüler finden es lustig und klatschen. Er kommentiert seine eigene Vortragsweise, und alle lachen. Ja, sie fanden ihn schon etwas sonderlich, seine Stimmungen waren unberechenbar, in den fröhlichsten Situationen konnte er sich plötzlich schwermütig und ernst abwenden, aber er war es auch, der nach der Andacht auf die verrücktesten Ideen kam. Er machte auf alles, was passierte, einen kleinen Vers. Er hielt Andachten für Mitschüler und sang Kirchenlieder, sein Gesicht bekam einen sonderbaren Ausdruck, wenn er die Bibelstelle vorlas, die er ausgewählt hatte, aber wirklich aufmerksam auf ihn wurden sie, weil er unablässig reimte. Ein Klassenkamerad schrieb ihm später: *Du machst bestimmt noch Deine Gedichte, es wäre interessant, ein paar von Deinen Wunderwerken zu sehen!*

Er fand Freunde aus vielen Orten im Romsdal. Als es Sommer wurde, arbeitete er als Mäher und Jungknecht auf Höfen rund um Molde. Erst war er auf Legrovik, dort hörte er aus irgendeinem Grund auf und kam zu Frau Anna Karlsen auf Eikrem. Frau Karlsen war eine Witwe mit drei Töchtern, sie brauchte immer männliche Hilfe. Er fuhr nur nach Hause, wenn er nichts anderes fand.

Es sah ganz so aus, als wolle er dort, wo er hingehörte, keine Wurzeln schlagen. Natürlich mußte er eigenes Geld verdienen. Aber er wollte auch vor etwas fliehen. *Der Meister ist da und ruft dich* war das Wort, das ihn erweckt hatte, im Schulhaus von Hoem. Zu Hause gab es etwas, das nicht zum Aushalten war: die Krankheit des Bruders, Mutters wortlose Trauer. Wenn er abends zu Bett ging oder nachts aufwachte, dachte er daran, was Lars zugestoßen war, und er fragte sich, ob über seiner Familie ein dunkler Fluch hing, der auch ihn eines Tages ereilen würde.

V Als es Herbst wurde, tauchte bei den religiösen Zusammenkünften an verschiedenen Orten im Romsdal ein junger Unbekannter auf. Er hatte weder Führerschein noch Auto, er radelte von einem Dorf zum anderen oder ging zu Fuß. Er reiste nicht umher, um zu predigen, sondern um andere predigen zu hören, damit auch er eines Tages würdig sein würde, zu verkündigen. Er ging in die Bethäuser, wo die Prediger der

Inneren Mission Romsdal, der Chinamission und der Norwegischen Missionsgesellschaft zu berichten wußten, daß Gott zu den Niedrigen und Unmündigen, den Armen und Ungelehrten gekommen sei. Er ist zu dir und mir gekommen! sagten sie. Gott ist nahe, Er ist nahe, wenn wir nach Ihm rufen, wo zwei oder drei in Seinem Namen versammelt sind, da ist Er mitten unter uns!

Doch da war auch ein junger Mann, den sie nicht kannten, wo kam er her? Er trat ein, in Hut und Mantel, den Kopf etwas geneigt, als lauschte er einer inneren Stimme. Er grüßte alle und keinen, wenn er still eintrat. Dann legte er die Überkleidung ab und setzte sich.

Nach der Andacht sprachen sie ihn an. Er erwies sich als ein lebhafter junger Mann. Sie sagten, er dürfe Zeugnis ablegen, da stand er bei der nächsten Versammlung auf und sprach über die Gnade, die höher sei als alle Vernunft. Dann sang er die Lieder mit, er konnte alle Strophen auswendig, er liebte das Singen, die Stimmung, das Zusammensein, die ihn die Unruhe vergessen ließen, die er immer in sich trug.

VI

Es wurde eine lange Wartezeit, bevor er den nächsten Schritt tun konnte. Er war zu Hause, um seinem Vater zu helfen, fand aber keine Ruhe. In der Inneren Mission Romsdal waren sie auf ihn aufmerksam geworden. Sie konnten ihn nicht fest anstellen, aber sie würden seine Reisekosten bezahlen. Für Kleidung und Kost mußte er weiterhin selbst aufkommen. Im Spätwinter 1937 gingen Vater und ein Prediger namens Edvard Lykkeslett in Molde an Bord einer Fähre nach Harøy, das ist eine langgestreckte Insel im Süden der

Romsdalküste, wo der Atlantik direkt anbrandet und sich am Westhimmel unablässig graue Wolkenwände auftürmen.

Am Kai des kleinen Städtchens, zu dem das alte Fischerdorf langsam wurde, gingen die beiden Männer wieder von Bord. Für den Prediger Lykkeslett war das ein wichtiges Wiedersehen: »Also hier gab es im letzten Jahr vielleicht Erweckungen!« sagte er zu Vater. »Also hier sind sie vielleicht auf die Knie gegangen! In Scharen haben sich die Leute hier Gott anheimgegeben, und sie sind nicht wieder abgefallen!«

»Aber dann ist hier ja nichts mehr zu tun?«

»Ach, mein junger Freund, die Arbeit im Reich Gottes ist nie beendet! Wer ja gesagt hat zu Jesus, muß im Glauben gefestigt werden, und wer Ihn noch nicht gefunden hat, dem muß es erneut angeboten werden! Aber das machen ja nicht wir, wir sind nur Seine Werkzeuge, dank Seiner Kraft erleben wir, daß das Wunder geschieht!« Lykkeslett schaute auf seinen quirligen Bezirk, wo Leute hin und her liefen, wo Maschinen dröhnten und schepperten. Über ihren Köpfen schrien die Möwen. Die gierigen Vögel kamen zu den Abfallplätzen, stießen hinab und schnappten ihre Beute, bevor sie in kühnem Schwung aufs Meer hinausflogen. Ja, die Möwen schrieen, und der Himmel veränderte sich unablässig, es schien, als wollten alle Jahreszeiten gleichzeitig zur Stelle sein, den einen Moment herrschte freier Meeresblick, im nächsten Regen und Sturm.

»Hier ist nie Ruhe«, sagte Lykkeslett mit Freude in der Stimme, »hier geht die Arbeit voran, Tag und Nacht, darum kann auch Gott früh und spät rufen, denn es ist immer jemand wach. Riechst du das Fischmehl, der Geruch sticht in der Nase. Schau nur, wie eilig es die Weibsleute hier haben!«

Und dann kamen sie angelaufen, all jene, zu denen Lykkeslett im letzten Jahr gepredigt und mit denen er gebetet hatte, und sie strahlten vor Wiedersehensfreude.

Vater wußte sofort, daß er hier bleiben wollte. Hier war Leben! Die Fischerei erholte sich gerade von einer langen Zeit des Niedergangs und des leeren Meers. Jetzt, in den Wintermonaten nach Weihnachten, kam der Hering in großen Schwärmen. Damals bauten *I.P. Huse* und die *Gebrüder Sæbjørnsen* auf Harøy eine große Heringsfabrik auf. Die Sæbjørnsens hatten für die Saisonarbeiter sogar ein Wohnheim errichten lassen.

Vater sollte in diesem Frühjahr auf Harøy als Knecht bei einem Bauern arbeiten, der als Fischer das Abenteuer des Heringsfangs mitmachen wollte. Lykkeslett logierte sich in Sæbjørnsens Wohnheim ein, um bei denen zu wohnen, die er bekehren wollte.

Aus ganz Sunnmøre und dem ganzen Romsdal kamen Leute, um beim Heringsfang ein paar Kronen dazuzuverdienen. Sobald Vater eine freie Stunde hatte, lief er zum Kai hinunter. An den Maschinen der Fischmehlfabriken standen Männer und warteten auf die Kutter, die von den Heringsgründen hereinkamen. Wenn die Boote anlegten, sprang jeder auf seinen Platz, nun war keine Sekunde zu verlieren. Die Greifer tauchten in den Laderaum der Heringsboote hinein und hievten die Heringe in großen, schweren Kästen an Land. Vater wohnte auf dem Hof, er versorgte das Vieh und überlegte, wie er in die Heringsmehlfabrik kommen könnte. Da war das Leben, da war der gute Verdienst. Aber er bekam keine Anstellung in der Fabrik, er war keiner von denen, die wußten, wie man sich nach vorn boxt. Der Vorarbeiter sah sofort, daß Vater nicht das nötige Geschick hatte, der Name Knut Hoem sollte niemals Eingang finden in die ledergebundenen Lohnlisten, die von dem großen Abenteuer übriggeblieben sind.

Nur hin und wieder, wenn in der Fabrik großer Mangel an Leuten herrschte, war er mit dabei und verrichtete Hilfsarbeiten auf den Kuttern. Er war im Winter nach Harøy gekommen, aber bald wurde es Frühjahr mit Vogelgezwitscher und hellen Abenden am Meer. Da schlenderten die jungen Leute umher, Vater war mit den anderen zusammen. Hier passierte so viel, das begeisterte ihn. Ein Kranarm, der über den Himmel schwang, bereitete ihm unerklärliche Freude. Er predigte im Bethaus, tagsüber mußte er das Vieh versorgen, das hätte er auch tun müssen, wenn er zu Hause gewesen wäre. Aber wieviel besser war es hier als in dem ewig gleichen Nest, aus dem er kam! Er gehörte dorthin, wo Menschen waren, sie waren seine große Freude. Die Jugendlichen auf der Insel hatten einen Missionschor gegründet, dem Vater beitrat. Er verpaßte keine Probe, zusammen machten sie in diesem Sommer auch Ausflüge mit dem sogenannten *Vertreterboot,* das sie von den Händlern ausleihen konnten, die mit Anzügen, Schuhen, Schmuck und Uhren auf die Insel kamen.

Vater begann, die zurückhaltenderen Jugendlichen zu unterhalten. Er brachte sich jene galante Höflichkeit bei, die so typisch für ihn werden sollte. Immer schien er die jungen Mädchen daran erinnern zu müssen, daß sie Mädchen waren. Manche fanden, das gehe zu weit, er wollte doch predigen, da müsse er besonnener sein. Sie schüttelten den Kopf über ihn, und manchmal lachten sie über ihn, weil er bei allem, was er tat, so kindlich war. Er schien nicht zu verstehen, daß die Welt einem Menschen Hindernisse in den Weg stellen kann und daß nicht alle Menschen Gutes im Schilde führen. Er nahm es nicht einmal krumm, wenn jemand ihm einen Nasenstüber verpaßte.

Aber manchmal, wenn er glaubte, daß niemand ihn sah,

wurde er still und nachdenklich, es war leicht zu erraten, daß er sich danach sehnte, eine Frau näher kennenzulernen.

Aber was konnte er den Mädchen bieten, wo er doch Gottes Wort verkünden wollte? Sie lachten mit ihm, das schon, aber wenn es abends dunkel wurde, hängten sich die Mädchen bei einem anderen ein. Vater war nicht männlich und selbstsicher, er war schmächtig und schwach. Er schubste niemanden beiseite. Sie nannten ihn jetzt den *Kleinen Redner*, weil er mit einem großen Redner wie Lykkeslett zusammenarbeitete. Lykkeslett nahm sich seiner an und besprach mit ihm, was er in den Predigten gesagt hatte. Mit der Zeit war Vater kein zufällig anwesender junger Mann mehr, der sich meldete, wenn den Zuhörern das Wort erteilt wurde, er war ein junger Prediger, der das Programm des Abends mitgestaltete. Er sollte sich vor allem an die jungen Leute wenden. Und so predigte er eindringlich über die Gnade, die nahe sei, und der Missionschor sang, daß es eine Art hatte.

Als seine Anstellung auf dem Hof zu Ende war, wohnte er ein paar Nächte in Sæbjørnsens Wohnheim. Es hatte über fünfzig Betten, in der Saison war die Kantine Tag und Nacht geöffnet. Dort führten Frauen mit weißen Schürzen und Kopftüchern das Regiment. Ob bei Tag oder Nacht, immer luden sie Kartoffeln, Frikadellen und Soße auf die Teller. Die Arbeiter kamen aus den Dörfern in der Gegend. Ihr Leben war harte Arbeit und ein eintöniger Alltag. Aber wenn sie nicht zu erschöpft waren, gingen sie ins Bethaus, wo der Kleine Redner predigte und der Missionschor sang.

Als es Sommer wurde, stellte die Fabrik von Heringsfang auf Walfang um. Vater stand in Sæbjørnsens Wohnheim am Fenster und sah, wie die Walfangboote hinausfuhren, um Blauwale und Pottwale zu jagen. Die größten Tiere konnten bis zu einhundert Fuß lang sein. Der Wal wurde an Land geschleppt, mit großen Winden hochgezogen, dann wurde der Blubber abgeflenst.

Jetzt bekam Vater eine Stelle in der Fabrik und konnte ein paar Wochen lang bleiben. Vielleicht hat er es erzählt, vielleicht habe ich es geträumt, daß er Walsteaks schnitt, die mit dem Schiff nach Åndalsnes und von da mit dem Zug nach Oslo verfrachtet wurden. Bei den *Gebrüdern Sæbjørnsen* waren über einhundert Mann damit beschäftigt, die Wale von den drei Walfängern *Torill*, *Torgny* und *Ingeborg* in Empfang zu nehmen. Mittendrin stand Vater. Selbst er konnte mit den großen Messern umgehen, mit denen sie die Walsteaks zuschnitten, selbst er konnte die Fleischstücke auf die große Waage schwingen, bevor sie, in Kisten mit Eis verpackt, per Boot nach Åndalsnes und von da per Bahn nach Oslo geschickt wurden. Er mochte die Arbeit, vor allem mochte er das Wohnheim, denn dort in der Küche waren Mädchen, mit denen er gern redete und scherzte. Die Mädchen, die oft aus Ortschaften tief im Romsdal kamen, fanden ihn ein bißchen sonderbar, aber nicht so sonderbar, daß er nicht auch einmal eine Umarmung abbekam, wenn keiner es sah.

Er schickte Geld nach Hause, an seinen Vater und seine Schwester, als hätte er ein schlechtes Gewissen, weil er nicht zu Hause war und bei der Feldarbeit half. Im nächsten Sommer brachte er von Ona, einer winzigen Insel, die noch weiter draußen im Meer liegt als Harøy, zehn Kilo Mehl mit nach Hause. Die Innere Mission Romsdal zahlte ihm ein paar Kronen, als er im folgenden Winter zu Fuß und mit dem Fahrrad am Romsdalsfjord und auf den Inseln unterwegs war, um Gottes Wort zu verkünden.

VII Vaters heimlicher Traum war ein Theologiestudium, aber das ging nicht ohne Abitur. Im Herbst 1938 besuchte er ein paar Monate lang die Mittelstufe der weiterführenden christlichen Schule Høgtun. Kurz vor Weihnachten mußte er wegen Geldmangels wieder nach Hause fahren. Vielleicht lag es ihm auch nicht, Tag und Nacht zu pauken, wie es all jene tun mußten, die auf dem kürzesten Weg zu Wissen und Bildung kommen wollten? Aber er behielt ein Deutschbuch und ein Englischbuch von dieser Schule, die er bis zu seinem Lebensende wie Kostbarkeiten hütete.

Er mußte einen anderen Weg nehmen. Im folgenden Jahr lieh er sich von einem Lehrer, den er kannte, Geld, bewarb sich an der Bibelschule der Inneren Mission in Oslo um einen Platz und wurde angenommen.

Das Haus in der Staffeldtsgate 4 direkt am Schloßpark wurde zu seiner geistigen Heimat. Dorthin sollte er sein Leben lang zurückkehren. Wenn sich viele hundert Menschen in der Aula zur Andacht versammelten, unter dem Motto der Inneren Mission *Land, Land, höre des Herrn Wort*, das dort an der Wand hing, und wenn die Hymne der Inneren Mission aufbrauste, dann hörte er nicht mehr Lars im Krankenhaus schreien. Er sah nicht mehr den hustenden älteren Bruder, sondern spürte die Gnade, von der das Evangelium spricht und die höher ist als alle Vernunft:

Mit meiner Kraft und meiner Liebe
Will Dein Reich ich bauen.
Hab Dank, daß ich Dir dienen darf,
Hab Dank für Deinen Ruf.

In Vaters Seele gab es keinen Zweifel mehr. Die langen Jahre der Widrigkeiten und der Düsternis waren vorüber. Das alles würde jetzt Gottes wunderbarer und unendlicher Gnade weichen.

»Wir nennen dich Cyprian«, sagte Georg Jønsberg, der sein engster Freund werden sollte. Sie kamen aus einer Stunde über Kirchengeschichte und hatten gerade von einem Kirchenvater gehört, der so hieß. Vater liebte den Spitznamen, den sie ihm gaben, wohin er auch ging, riefen sie ihn: *Komm her, Cyprian!*

Dennoch erlebte er auch schwere Stunden, in denen der Aufenthalt in der Bibelschule ihm wie eine Gnadenfrist vorkam, die Zukunft war ungewiß, überall hörte man Gerüchte von Krieg und Unglück.

Als Deutschland am 9. April 1940 in Norwegen einfiel und Regierung und König aus Oslo flohen, saßen die Schüler der Bibelschule im Keller des Hauses in der Staffeldtsgate, während deutsche Flugzeuge über die Stadt hinwegdonnerten. Die Schüler bekamen Anweisung, sofort abzureisen. Vater verließ Oslo noch am selben Tag, er fuhr mit dem Zug nach Åndalsnes und mit dem Bus nach Molde, der Krieg war ihm auf den Fersen. Kaum war er zu Hause, da erreichten die Kämpfe das Gudbrandsdal, durch das er gerade gefahren war. Zwei Wochen später, Ende April, wurde die Kleinstadt Molde bombardiert, Brandbomben legten einen Großteil der Innenstadt in Schutt und Asche. Auch Häuser, die nicht direkt getroffen wurden, brannten nieder, in Hoem konnte man den Rauch über dem Jendemsfjell stehen sehen. Mitten in der Stadt traf eine Bombe *S. Peterssons* großes Geschäftshaus, die Flammen schlugen hoch in den Himmel. Am 28. und 29. April erfolgten die letzten Angriffe. Das prächtige Hauptgebäude vom Reknes-Sanatorium brannte bis auf die Grundmauern nieder und verschwand am 29. April 1940 für alle Zeiten.

Knut Hoem war mit seinen Eltern und fast allen Geschwistern zusammen, das Land war besetzt, und doch mußten sie, wie jedes Jahr, mit der Frühjahrsbestellung beginnen. Die Mutter war voller Unruhe über die Zukunft, sie verstand nicht, daß der Sohn alles so leichtnahm. »Wozu soll es gut sein, daß wir schlaflos wach liegen?« fragte er. »Wir müssen darauf vertrauen, daß wir in Gottes Hand sind.« »Wir müssen wohl auch selber denken«, murmelte die Mutter, die in den Keller laufen wollte, sobald sie ein Flugzeug hörte. Einmal begriff selbst Vater, daß es Ernst war. Alle flüchteten in den Keller, als sie das Dröhnen einer Messerschmitt hörten, die vom Frænfjord kam. Sie machte Jagd auf den König und seine Begleiter. Draußen auf dem Meer verdunkelten englische Jagdflieger und Kreuzer den Himmel mit Rauchbomben. Als das deutsche Flugzeug getroffen wurde, ließ die Explosion den Hof Bakken in Hoem erzittern. Dort im Keller saßen Menschen aus Molde und dem Fischerdorf Bjørnsund zusammen, die vor den Bomben geflohen waren, und sangen Kirchenlieder.

Vaters Schwester Martha und ihr Mann, die gerade einen Sohn bekommen hatten, zogen ins Altenteil des Hauses. Die älteste Schwester Anna wohnte in einer Dachkammer. Die beiden jüngsten Geschwister Solveig und Edvin waren auch da. Vater mußte sich zum Schlafen legen, wo er Platz fand.

Langsam kehrten die Tage zu ihrem Alltagsrhythmus zurück. Mitten im Krieg war das ein Haus voll jugendlichem Leben, voller Scherze. Ein Nachbarmädchen ging oft nach Bakken, weil es mit den vielen jungen Leuten da so lustig war. Einmal holte Vater aus einer Ecke einen vertrockneten Weihnachtsbaum und stiftete die anderen dazu an, den Baum zu umkreisen und Weihnachtslieder zu grölen, obwohl es schon lange Frühjahr war. Niemand wußte, was draußen in der Welt vor sich ging. Man mußte Kartoffeln setzen und Getreide säen. Großvater wollte nicht zulassen, daß die Tage durch schlimme Gerüchte gestört wurden. Er erledigte die Frühjahrsbestellung, als wäre sein Hof der einzige feste Punkt im Universum. In seinem Gesicht sollte man weder Angst noch Zweifel sehen können. Wenn die anderen den Kopf und den Glauben an die Zukunft verloren, mußte er für sie mit glauben.

Von außen kamen keine Waren mehr. Wenn in den norwegischen Dörfern keine Hungersnot ausbrach, dann nur, weil die Menschen noch auf traditionelle Weise lebten, sie ernährten sich nicht von Lebensmitteln, die sie kauften, sondern von dem, was man auf dem Hof produzieren konnte, hinzu kamen Beeren aus den Wäldern und Fisch aus dem Meer. Als der Krieg ausbrach, wußten alle, daß alles Getreide in die Erde mußte. Auf Hoem wurden Gerste, Hafer und Roggen gesät, im zweiten Kriegsjahr auch Weizen. Gemahlen wurde in der Dorfmühle, aber man siebte das Mehl nicht und nahm es auch für Mehlsuppe, Brei und Grütze sowie, als es kaum noch Hefe gab, für das dünne *flatbrød*. Das wichtigste war die Grütze, sie sorgte dafür, daß die Menschen nicht hungrig waren, weder bei der Arbeit noch beim Zubettgehen. Der Mehlsuppe konnte man mit einem Fleischknochen oder ein paar Heringsstücken Geschmack geben, dann wurde daraus Heringsgrütze, das war fast schon eine Festmahlzeit. Alles auf dem Hof war knapp, aber den meisten ging es noch schlechter. Die Familie in Hoem war durch ihren Kummer zusammengeschweißt, jetzt kümmerten sie sich auch liebevoll umeinander. Ihr Umgangston wurde mit der Zeit fast kindlich, so als wäre noch keiner soweit, das Elternhaus zu verlassen und in die Welt hinauszuziehen.

Der Alltag war nicht ohne dramatische Vorkommnisse.

Ein englisches Flugzeug war abgeschossen worden und in den Fjord gestürzt. Der Pilot wurde ein paar Tage lang von hilfsbereiten Frauen in einem Bethaus in der Nähe gepflegt, bevor er in den Händen von Menschen starb, die seine Sprache nicht verstanden. Nach dem Flugzeugabsturz hatte ein Junge ein Fernglasfutteral und ein paar Patronenhülsen gefunden und auf dem Dachboden in Bakken versteckt. Kurze Zeit später kam eine deutsche Kompanie. Sie gingen mit ihren Bajonetten auf die Heuhaufen in der Scheune los, um den englischen Piloten zu finden, an dessen Tod sie nicht glaubten. Dann stiegen sie auf den Dachboden, dort fanden sie das Futteral und die Patronenhülsen, dies sahen sie als Beweis, daß der Engländer dort gewesen war. Großmutter und Großvater bekamen den Befehl, ihre Mäntel anzuziehen, um zum Verhör nach Molde mitzukommen.

Großvater zog sich an, aber als er zur Tür kam, umfaßte er mit beiden Händen den Türrahmen und stemmte sich mit den Beinen fest gegen die Schwelle. Großmutter sank auf einen Stuhl, halbtot vor Schreck. Die Deutschen sagten, wenn Großvater dem Befehl nicht gehorche, könne er erschossen werden.

Großmutter begann zu beten.

»Dann erschießen Sie mich hier«, sagte Großvater. »Lebend verlasse ich meine Tiere nicht.«

Der deutsche Leutnant sagte, sie würden wiederkommen, sobald sie wüßten, was geschehen war. Sie verließen den Hof und kamen nie wieder, und Großvater verbot allen, über das Vorgefallene zu sprechen.

VIII Als die norwegischen Truppen wenige Wochen später kapitulierten, gab die Bibelschule in Oslo bekannt, daß sie im Winter 1940/41 Schüler für einen neuen Kurs aufnehmen werde. Niemand konnte Vater daran hindern, sich anzumelden. »Hier sind genug hungrige Mäuler zu stopfen«, sagte er, »und es sind auch genug Leute, um die Arbeit zu machen, wenn die Kartoffeln einmal im Haus sind.« Damit hatte er recht, alle seine Geschwister waren zu Hause, außerdem wohnte noch ein Schwager dort, der ohne Arbeit war. Vater besorgte sich beim Amtmann eine Reisegenehmigung und brach nach Oslo auf. Die deutsche Kriegsmacht war überall, aber er hatte keine Angst. Wieder kam es ihm vor, als wäre dies eine Gnadenfrist. Er sog begierig auf, was in der Bibelschule gelehrt wurde, er glaubte alles, was er hörte. Am 30. November 1940 schrieb er auf eine Prüfungsfrage in Schönschrift hin, was er gelernt hatte:

Das Hohelied wurde von Salomo, König von Israel, geschrieben. Es schildert die schöne Liebe zwischen Salomo und Sulamith.

Sie waren von ungleichem Stand. Er war von hoher Geburt. Er war nicht nur König, sondern auch Königssohn. Trotz seiner hohen Stellung liebte er Sulamith, die junge, unbedeutende Frau.

Sie ist die schönste und beste Frau der Welt. Salomon liebt die junge Sulamith von ganzem Herzen, und sie erwidert seine Liebe.

Wegen der Liebe zwischen den beiden wird Sulamith aus ihrer niederen Stellung erhoben und Salomos Ehefrau und Israels Königin.

Wohlversorgt mit dem Wissen der Bibelschule, bewarb Vater sich um eine Stelle als Verkündiger im Reich Gottes. Der Antwortbrief kam erst im Juli. Er war als Prediger im

Gudbrandsdal angestellt. Der Monatslohn würde 150 Kronen betragen. Unterschrieben war der Brief von Evenshaug, Bezirkssekretär der Inneren Mission im Gudbrandsdal, dem Tal der Täler.

Mutters verlorene Jugend

I Folgt man der Straße durch das Tal der Täler nach Süden, landet man schließlich in dem Städtchen Lillehammer. Kurz vorher kommt man nach Øyer und zu einer Straße, die zum Øyerfjell hinaufführt. An diesem Weg, der in Kurven ziemlich steil auf einen Berg mit dem Namen Skjønsberg klettert, liegen einige Bauernhöfe. Sie sind nicht so groß wie die im Tal, aber der Boden hier ist gut, und in feuchten Sommern ist die Ernte besser als unten an den Ufern des Lågen. Die Höfe liegen abseits der Straße, erst Lunke, es folgen Skjønsberg, der abschüssig gelegene Hof Høistad und dann Mæhlum, schließlich kommt man in eine kleine Siedlung namens Olstad, dort gibt es alles in allem drei Bauernhöfe, die Häuser sind keinen Steinwurf voneinander entfernt. Noch höher liegt der Hof Olstadjordet, der letzte und höchste schließlich ist Kråbøl, den viele für den ältesten Hof der Gegend halten.

Nach Olstadjordet kam Ende des neunzehnten Jahrhunderts eine ledige junge Frau, sie hieß Mathea Flyødegaard. Sie hatte einen siebenjährigen Jungen dabei. Er hieß Mathias und sollte mein Großvater mütterlicherseits werden. Später heiratete Mathea den Hoferben und bekam mit ihm viele Kinder. Mein Großvater war also das älteste Kind, aber er war nicht der Hoferbe. Er wollte Schuhmacher werden, doch nach der Konfirmation half er als Jungknecht auf Olstad beim Hausbau und wurde dann selber Zimmermann und Schreiner. Er bekam auf der Grenze zwischen den Höfen Olstad und Mæhlum 40 Aar Ödland zugeteilt, dort baute er ein

Haus für seine Frau Magnhild und die fünf Kinder, die nach und nach kamen. Mutter war von eineiigen Zwillingen die Ältere.

II An einem Augusttag des Jahres 1931 stehen die siebenjährigen Zwillingsschwestern in dem kleinen Windfang, den Großvater an sein Haus in Nordbygda angebaut hatte. Es sind Kristine, die meine Mutter werden sollte, und ihre Schwester Olga. Die Morgensonne steht über dem Hafjell und bescheint sie. Es ist warm, aber alles ist naß vom Tau. Vor der Tür läuft ein angepflocktes Schwein. Die Lämmer springen frei herum. Die Büsche biegen sich unter roten und schwarzen Johannisbeeren. Der Sommer ist spät gekommen, dann aber schön geworden. Im Juli ist es plötzlich heiß geworden, das hat die Ernte gerettet. Unter den Bäumen ums Haus und überall dort, wo er noch hinkommen konnte, hatte Großvater gesenst, darum sah es aus wie eine Parklandschaft.

Niemand, auch Mutter nicht, hat je von diesem Tag erzählt. Es gibt ein paar Geschichten und ein paar Bemerkungen, die ich ausspinnen muß. Ich kann Mutters und Olgas ersten Schultag nicht einfach erfinden. Aber ich kann die Momentaufnahme von einer Familie *heraufbeschwören*, von einer Mutter und ihren beiden Töchtern, den Augensternen ihrer Welt. Die Zwillinge seien Magnhild Nylunds Lieblinge gewesen, sagen die Leute. Ich glaube nicht, daß ihr die Söhne weniger bedeuteten. Aber die Mädchen konnte sie herausputzen, das verlieh Großmutters mühevollem Leben ein wenig Glanz. An diesem Tag sollten sie die ersten Schritte in ein Leben tun, in dem sie sie nicht mehr lenken konnte. Da steht also Großmutter in der offenen Tür, so wie Mütter schon immer standen, wenn sie ihre Kinder auf den Weg schickten.

Die Zwillingsschwestern strahlen erwartungsvoll, sie konnen kaum still stehen. Das kann ich schreiben, denn ich habe gesehen, wie die Freude darüber, daß gleich etwas Schönes passieren würde, Mutter zum Leuchten bringen konnte. Mutter und Olga gleichen einander wie zwei Wassertropfen, nur die Eltern und die Geschwister können sie auseinanderhalten. Ich sehe, wie meine Großmutter Magnhild – die jetzt, wo ich das schreibe, über fünfundvierzig Jahre tot ist – ihnen letzte Ermahnungen mitgibt. Die Töchter ahnen nicht, was in einem solchen Moment in einer Mutter vorgeht. Die Stimme hat etwas Scharfes, als wäre sie nicht sicher, daß sich die Mädchen gut betragen werden. Sie verstehen nicht, daß die Mutter mit ihren Gefühlen kämpft. Sie weint nicht, sie versteckt sich gut:

Sitzt mucksmäuschenstill, das müßt ihr schaffen! Redet nicht im Unterricht, bevor ihr gefragt werdet! Meldet euch gleich, wenn die Lehrerin etwas fragt, dann bekommt ihr gute Noten!

Für sie ist dieser Tag ein Meilenstein. Sie hat einen heimlichen Wunsch. Er äußert sich als Stoßseufzer zu unserem Herrgott: daß diese Mädchen nicht in der gleichen Armut leben mögen wie sie selbst, daß ihr Leben leichter und glücklicher werden möge. Aber wer kein Geld hat, keinen Bauernhof, keine Truhen mit silbernen Löffeln, Aktien und Sparbuch, dem hilft nur eines. Großmutter, die damals fünfunddreißig war, wußte das schon lange, und sie ließ keine Gelegenheit aus, daran zu erinnern: Man muß sich benehmen und seinen *Kopf* gebrauchen. Das hat sie den Mädchen und ihren Söhnen eingeprägt, vom ersten Tag an.

Wie sie dasteht, denkt sie an einen anderen Tag, als sie

selbst in der Schule war, sie hat später meinem Vater davon erzählt, und der hat ihre Erinnerung viele Male wiederholt. Der Lehrer ging zum Fenster, blieb stehen und sagte: *Ach, da geht ja der Ole, der fährt jetzt nach Amerika*. Ole war Großmutters Bruder, sie war damals vierzehn Jahre alt und hätte ihn so gern noch ein letztes Mal gesehen, aber sie traute sich nicht, aufzustehen und zum Fenster zu gehen, weil sie fürchtete, der Lehrer könnte böse werden. Sie sah ihn nie wieder, denn Ole kam nie zurück, und auch Johannes nicht, der andere Bruder, der nach Amerika fuhr.

Magnhild Nylund schüttelt rasch die Wehmut ab, die sie einen Moment lang überwältigt hat, und geht nach drinnen, um etwas Nützliches zu tun.

Die Zwillinge trotten fort, in ihren hellen Wollstrümpfen und den Röckchen, Hand in Hand, die Straße hinunter. Sie gehen durch den Wald. An manchen Stellen laufen dicke Wurzeln über den Weg, von Wagenrädern und Füßen zerfasert. Sie wissen, daß sie nicht in Pfützen treten sollen, sie sollen nicht Schmetterlingen hinterherlaufen, sie sollen nur den richtigen und direkten Weg zur Schule in Bekka finden, wo sie wählen dürfen, an welchem Pult sie sitzen wollen. Sie bekommen zusammen eine Abc-Fibel, aber jede bekommt einen eigenen Bleistift, eigene Malhefte und ein eigenes Rechenheft, denn sie sollen nicht nur zusammenarbeiten, sie sollen auch miteinander wetteifern. Aber sie sehen nicht, und sollen nicht sehen, daß dieser Schulweg der erste Schritt auf dem langen Lebensweg ist, so etwas sollen kleine Schulmädchen nicht denken. Sie sollen gut vorankommen, sie sollen zeigen, daß sie das schaffen, und die Anweisungen ihrer Mutter ziehen sie nicht in Zweifel.

Die Lehrerin, die braune Augen mit gelben Sprenkeln hat, bringt ihnen bei, am Pult zu stehen und zu singen, bevor sie die Lesekenntnisse der Kinder prüft. Sie schreibt Buchstaben und Zahlen an die Tafel und versucht, die Nylund-Zwillinge auseinanderzuhalten. Vom selben Jahrgang wie Kristine und Olga sind auch Målfried aus Olstad und noch ein paar andere kleine Mädchen. Am Nachmittag, nach dem Essen, gibt die Mutter den Zwillingen frei. Sie hätten beim Beerenpflükken helfen sollen, aber das ist ja doch ihr erster Schultag. Zusammen mit Målfried laufen sie zum Sølvskottberg hoch und spielen auf den Wiesen im Wald. Sonntags gehen sie nach Olstad, wo Målfrieds Vater Bernt Sonntagsschule hält. Bernt Olstad hat seine Frau zu früh verloren, sie litt an Auszehrung. Im selben Jahr starben drei der Kinder, Bernt blieb mit fünfen zurück. Aber jeden Tag hält er nach dem zweiten Frühstück für sich und seine Kinder eine *Erbauung*. Wenn da jemand zu Besuch kommt, ob Erwachsener oder Kind, muß er auf der Holzkiste sitzen, bis die Erbauung fertig ist. Bernt tut auch etwas, was sich kein anderer Mann traut: Er strickt. Auf seine unbefangene und einfache Art erzählt er den Kindern in der Sonntagsschule die zweitausend Jahre alten Geschichten von Jesus von Nazareth, dem wir alle vertrauen müssen, wenn wir die Krone des Lebens erlangen wollen. Wie er dasitzt und mit seinen Zimmermannsfingern in der Bibel blättert, ist er sanft wie ein Engel. In der Sonntagsschule sind noch andere Kinder, darunter der älteste Sohn vom Skjønsberghof, der Simen. Simen ist vier Jahre älter als die Nylund-Zwillinge, er ist hübsch und lieb, und er wird schnell rot, wenn die Mädchen ihn ansprechen.

Die Schule und die Sonntagsschule, Olstad und der Nachbarhof Høistad, dies war der äußere Rahmen von Mutters und Olgas ersten Jahren. Nylund war ein winziger Flecken in der Welt, umgeben von Birken, Wacholder- und Himbeerbüschen, Lattenzäunen und niedrigen Steinwällen. Mathias

Nylund und Magnhild bekamen fünf Kinder. Arve und Magne waren die ältesten Buben, Kåre der jüngste, dazwischen die Mädchen.

Auch wenn es auf Nylund bescheiden zugeht, ist es doch ein Zuhause. Man sieht es an den Gardinen hinter den Fenstern und dem Blumenkrug auf der Türschwelle. Oberhalb des Wohnhauses liegt ein kleiner, schmaler Wirtschaftshof, unterhalb sind Beerenbüsche und Obstbäume. Es ist immer blitzblank sauber in dem kleinen Haus, das mit den Jahren für die Eltern und die fünf halbwüchsigen Kinder zu klein wird.

Irgend etwas ist im Haushalt immer gerade zu erledigen, sei es Brotbacken, Marmeladekochen, Buttern, Waschen, Weben oder Stricken. Wenn der Webstuhl in der Küche steht, ist fast kein Vorbeikommen. Sie leben so dicht gedrängt, daß kaum Luft zum Atmen bleibt. Es ist eng um den Küchentisch, alles ist zu knapp, zu kurz und zu wenig, aber hier leben sie, hier schweigen sie, und hier reden sie. Wenn der Schultag vorüber ist, bekommen die Töchter von der Mutter Aufgaben, die sie erledigen müssen, die Jungen gehen mit dem Vater in den Stall und zum Holzhacken. Sie alle trampeln im Windfang und husten im Schuppen, sie zanken beim Abendessen, aber sie lachen auch viel zusammen, und das gute Gefühl, zu Hause zu sein, bleibt ihnen, solange sie leben. Wenn sie später an ihre Kindheit zurückdachten, dachten sie nicht als erstes an die Armut. Der erste Gedanke war Brot mit Sirup und Marmelade, und kann man von Armut sprechen, wenn man nicht gehungert hat? Vielleicht dachte Arve darüber mehr nach als die anderen. Er war der Älteste, er sah am ehesten, wie schwer alles war. Die harten Arbeitstage ließen keinen Platz für Spiel, Spaß und Überflüssiges. Wenn man sich hinsetzte, dann nur, um sich auszuruhen. Wenn man für den Tag fertig war, war es Abend.

In der Schule heißt es von den Nylund-Kindern, daß sie aufgeweckt seien, alle fünf, nicht nur die Töchter. Sie kommen aus der Høistad-Familie, das war die Familie ihrer Mutter, und in der gab es viele kluge Köpfe. Sie machen ihre Hausaufgaben, und sie helfen, wenn die Eltern bitten. Aber immer sitzt ein Kind über einem Buch, bis die Mutter ruft. Überall in dem kleinen Norwegen sitzen Kinder vor den gleichen Lesebüchern und den gleichen Rechenbüchern. Bis zur Konfirmation gehen alle den gleichen Weg, erst dann kommen einige weiter, und einige müssen bleiben, wo sie sind.

Mathias Nylund ist ein wortkarger und kräftiger Arbeiter, der keine Zeit mit Reden verliert, sich aber mit Nachdruck die Arbeitsschuhe bindet, bevor er in aller Frühe zur Arbeit geht. Er zieht die Schnürsenkel stramm, damit sie nicht lose baumeln. Dann nimmt er sein Zimmermannswerkzeug und geht los. In den härtesten Jahren konnte es vorkommen, daß er ganz ohne Arbeit war, wenn es Winter wurde, dann saß er in der Küche und machte Butterfäßchen und Holzeimer, die er auf den Höfen für einen Apfel und ein Ei verkaufte. Aber niemand sah auf Mathias Nylund herab, wenn er anklopfte und Reisigbesen oder Holzkübel anbot, sie wußten, daß er das aus einem einzigen Grund tat: Er mußte sich und seine Familie ernähren, und wer einen Schilling übrig hatte, kaufte einen Eimer oder zwei, denn was er an der Haustür anbot, war solides und schönes Handwerk.

Dann kehrte er heim zu der großen Kinderschar und wechselte einen Blick mit Großmutter, bevor er ihr die paar Schillinge gab, die er zusammengeklaubt hatte. Großmutter nahm das Geld und steckte es fort, schnell kam eine Gelegenheit, wo es gebraucht wurde. Sie war eine Sklavin ihrer eigenen Disziplin. Sie nähte, daß es nur so surrte, und strickte, daß die Nadeln glühten, sie ertrug keine Menschen, die nichts taten, und keine Menschen, die klagten, wie anstrengend ihr Leben sei. Man mußte in Angriff nehmen, was als nächstes anstand, ausruhen konnte man im Grab.

In den schweren dreißiger Jahren gibt es in dem Haus in Nylund nichts, was nicht selbstgemacht gewesen wäre, ausgenommen der Diwan, der als Schlafplatz dient, als die Kinder größer werden, und die Nähmaschine. Die Nähmaschine rattert spät am Abend und früh am Morgen, weil Großmutter immer etwas zum *Um*nähen hat. Alle Stühle und Tische, Regale und Quirle, Betten und Schneidebretter, Holzfäßchen und Schränke hat Großvater mit eigenen Händen geschreinert. Sogar die Bilderrahmen an den Wänden bestehen aus Leisten, die er selbst zugeschnitten, geschmirgelt und zusammengeleimt hat. Alles ist hübsch, manchmal mit einer Andeutung von Eleganz, aber man darf sich nicht mit zuviel Schnitzerei in Träumen verlieren, die Sachen müssen vor allem handlich und praktisch sein.

Magnhild und Mathias haben mit leeren Händen angefangen, jetzt stehen da dieses Haus und ein Schuppen an der Straße weit oben in Nordbygda, unter diesem Himmel und diesen Wolken, und die Menschen, die da wohnen, sind Bürger derselben Welt wie die Chinesen in Shanghai oder die Indianer in Amerika.

Abends werden in Bekka Andachten gehalten, dorthin kommen die Prediger und bringen das Wort von der Gnade mit. Es rollen Tränen, selbst bei der strengen Magnhild, sie weiß nicht, ob es am Redner oder an der Erschöpfung liegt, daß sie zu weinen beginnt, sie flüchtet sich doch nie in Tränen, vielleicht ist es beides. Ihr Mann, Mathias, ist zuverlässig und unbeirrbar wie der Hausberg Skjønsbergaksla, aber er ist kein Mann der großen und schwierigen Gedanken, auch am Wochenende nicht. Er sitzt nur geistesabwesend dabei und erholt sich, bevor er wieder mit Säge und Hammer loslegen muß.

Und Großmutter schiebt diese komischen Gedanken weg, warum wohl alles ist, wie es ist, und beginnt zu überlegen, was am nächsten Tag alles getan werden muß.

III In einiger Entfernung vom Ortskern liegen die größeren Höfe, wo andere Menschen leben. Es gibt große Unterschiede, wenn man in die Häuser hineingeht, aber im Alltag macht keiner ein Aufhebens davon. Die Großbauern haben gute Stuben mit Stadtmöbeln und Kutschen mit Schnitzereien, Silberlöffel im Schrank und Porzellantassen, so etwas sieht man bei den kleinen Leuten nicht. Die neue Zeit liegt in der Luft. Die Cafés in den Städten und die wohlhabenden Privathäuser auf dem Land bekommen Radiogeräte und große Grammophone, außerdem Büffets und Glasvitrinen, Mahagonitische und Sessel mit Veloursbezug. Zwischen norwegischen Liedern und schwedischen Schlagern tauchen Balladen und Jazzmusik aus Amerika auf. Es ist die Zeit von Jussi Björling und Caruso. Aus dem Radio kommen unter Kratzen und Rauschen Griegs und Kjerulfs Romanzen, dazwischen Arien, vorgetragen von Diven, die nach Ansicht der allermeisten nicht sangen, sondern jaulten. Nadeln kratzen auf Grammophonen, junge Mädchen wiegen sich und träumen von etwas, das mit harter Arbeit nichts zu tun hat. Keine Fabrik der Welt produziert mehr als die große, unsichtbare Traumfabrik, ihre Waren erreichen das Denken aller aufgeweckten Jugendlichen, ohne daß dies eine Øre Fracht gekostet hätte. Draußen in der Welt gibt es neue Moden: Wenn, was selten vorkommt, eine Modezeitschrift von Hof zu Hof weitergereicht wird, kann man die Kleider genau studieren.

IV Arve, der älteste Sohn in Nylund und Hoferbe, bekam am Tag nach seiner Konfirmation von seinem Vater Zollstock und Schneidemesser in die Hand gedrückt. Er sollte seinen ersten Arbeitstag als Gehilfe seines Vaters beginnen.

An diesem Tag ruderten Großvater und er über den Lågen von Trosvika nach Baklia in Øyer, und der Junge war so zornig darüber, daß ihm das Leben nicht einen einzigen freien Tag gönnen konnte, bevor er sich in die Sklaverei begeben mußte, daß er am liebsten Messer und Zollstock in den Fluß geworfen hätte. Aber das tat er nicht.

Das war am 29. April 1935. Bald baute Arve allein Häuser. Aber er ging nie mehr zu den Andachten in Bekka. Irgendwo, wo er als Tischler gearbeitet hatte, war ihm ein Buch geschenkt worden. Es war der populäre Roman *Die Brautfahrt* von Jakob Breda Bull. Aber von seinem Vater bekam er zu hören, er solle aufhören, solchen Schund ins Haus zu schleppen. Arve schluckte auch das. Aber diese Strenge widerstrebte ihm, seither war er mit allem fertig, was Christentum hieß.

Als Mutter und ihre Zwillingsschwester im Frühjahr 1939 von der Volksschule in Øyer abgingen, war die Schulaula mit Birkenlaub und Fahnen geschmückt, die Schüler sangen *Wie schön ist unser Land* und *Nun leuchtet hell das Gudbrandsdal.* Mutter und ihre Schwester bekamen Zeugnisse mit vielen Einsern und Zweiern. Das Abschlußzeugnis der Volksschule, was heute keiner mehr der Erwähnung wert findet, es war der armselige Beweis dafür, daß sie es zu etwas hätten bringen können im Leben, und sie verwahrten die Zeugnisse wie kostbare Schätze.

Sie waren nicht anders als andere. Überall auf dem Land lebten Jugendliche, die davon träumten, fortzukommen, auf die Schule zu gehen, etwas lernen zu dürfen, egal was, um dem schlimmen Erbe der Armut zu entkommen. Aber die meisten, die in ärmlichen Verhältnissen aufwuchsen, mußten jede Arbeit annehmen, die zu bekommen war, und sich alle Träume aus dem Kopf schlagen. Nicht der Mangel an Lebensmitteln war die große Geißel der Jugendlichen von Øyer in den dreißiger Jahren, es war der Mangel an *Perspektiven* und *Auswegen*, der Mangel an Geld für eine Ausbildung und an Arbeit, die ihren Neigungen und Fähigkeiten entsprach. Ich schaue mir Mutters Zeugnis an und sehe, daß sie sechs Einsen hatte, aber sie mußte sich damit abfinden, daß Schwester Olga eine Eins mehr hatte als sie. Der Lehrer der weiterführenden Schule in Vidarheim, Oluf Turtumøygard, den sie *den Turtum* nannten, sagte zu Großvater, daß er seine Töchter weiter zur Schule gehen lassen sollte, sie wüßten mehr und seien begabter als viele Kinder von den großen Höfen.

»Wie soll das gehen?« sagte Großvater. »Ich kann es mir nicht einmal leisten, die Jungen zur Schule zu schicken.«

Auch die Jungen von den großen Höfen gingen nicht zur Schule, die einzige Ausnahme war Simen von Skjønsberg.

In diesem Frühjahr 1939 wurde Mutter zusammen mit ihrer Schwester Olga konfirmiert. Das einzige, was sie von diesem Tag erzählt hat, war, was der Gemeindepfarrer Basberg sagte: »Wirst du nur gut, dann wird alles gut.« Und obwohl diese Worte sowenig zu allem paßten, was später geschehen sollte, bewahrte sie sie auf wie ein Kleinod.

Das einzige Bild, das es von Mutter und ihrer Schwester aus ihren Jugendjahren gibt, muß an diesem Tag aufgenommen worden sein. Zwei Mädchen stehen auf einem geräumten Weg, die Landschaft hinter ihnen ist schneebedeckt. Sie sehen sich so ähnlich, daß nur jemand, der sie sehr gut kennt, sagen kann, wer die eine und wer die andere ist. Aber ich kenne sie, und Mutter ist die links auf dem Bild. Beide haben lange, dicke Zöpfe, die bis auf die Brust reichen, und tragen schwarze, selbstgenähte Kleider. Auch die Kleider sind gleich, ein Detail ausgenommen: Die Zierknöpfe auf Mutters Rock sind größer als die auf dem Kleid der Schwester. Ich vermute, daß Großmutter Knöpfe benutzte, die sie zur Hand hatte, und weil Mutter ein paar Minuten älter war als ihre Schwester, bekam sie die größeren.

Eine Konfirmationsfeier konnte sich die Familie in Nylund nicht leisten. Nachdem die Mädchen in der Kirche gewesen waren und zu Mittag gegessen hatten, durften sie zu Målfried nach Olstad gehen. Das Ehepaar von Nylund kam etwas später nach, sie bekamen Kaffee. Vielleicht sprachen sie auch über die unsichere Weltlage, denn Bernt hatte mit seinem Nachbarn Harald zusammen die *Stortingstidende* abonniert. Aber vor allem sprachen sie, wie stets, darüber, wie die Ernte werden würde, obwohl sie in Nylund kein Land, sondern nur zwei Kühe hatten. Vielleicht sprachen sie auch über die reisenden Redner, die oft kamen und die sie unterbringen mußten, auf dem Olstadhof ebenso wie in Nylund. Einige waren glänzende Prediger, andere hätten sie lieber nicht gesehen. Einer hatte die Versammlung geteilt, als Vorgeschmack der Teilung, die Unser Herrgott am Jüngsten Tag vornehmen werde:

»Die in der erste Reihe kommen in den Himmel«, rief er. »Die in der letzten müssen in die Hölle!«

»Solchen Leuten müßte man verbieten, herumzureisen und zu predigen«, sagte Magnhild Nylund, und so kam es, der Mann tauchte nie mehr auf.

Dann gingen sie wieder heim und legten sich früh schlafen, das taten sie immer in Nylund, denn die Arbeit ging vor, und wer arbeiten muß, muß genug schlafen.

V Im Herbst 1939 besuchten Mutter und ihre Schwester ein paar Wochen lang die Hauswirtschaftsschule in Vidarheim. Sie hatten nicht geglaubt, daß sie beide aufgenommen werden würden, weil man sich um die Plätze riß. Der Kurs dauerte neun Wochen, und beide bekamen gute Zeugnisse, unterschrieben von Emilie Ile am 9. Dezember 1939. Auch dieses Zeugnis gehörte zu den Papieren, die Mutter ein ganzes Leben lang aufbewahren sollte, es lag in dem Umschlag, auf dem *Wichtige Papiere* stand, als sie aus dem Leben ging. Wer heute lebt, kann vielleicht nicht verstehen, warum die Bestätigung, daß man einen neunwöchigen Haushaltskurs besucht hat, zu den wichtigen Dokumenten eines Menschenlebens gehört. Aber da berücksichtigt man nicht, wie endlos lang der Weg zum *Wissen* war, da sieht man nicht, wie wichtig es war, die Reste des Traumes zu bewahren, etwas lernen zu dürfen und *etwas anderes* zu werden.

Ein halbes Jahr nach der Hauswirtschaftsschule wohnte Kristine immer noch als arbeitsloses Mädchen zu Hause bei den Eltern. Erst als es auf den Winter zuging, wurde sie Dienstmädchen auf Lunke. Weiter weg hätte sie nicht gehen können, dazu war sie noch zu jung. Am Morgen des 9. April 1940 stieg Großmutter die Treppe zur Dachkammer hoch, wo die Schwestern schliefen, und sagte ihren Töchtern, daß die Deutschen nach Oslo gekommen waren.

Es war noch Winter und kalt im Tal, tagsüber wärmte die Sonne, aber auf dem Lågen lag noch dickes Eis. Es dauerte nur ein paar Stunden, bis sie sich selbst mitten in diesem Krieg befanden, der da draußen in der Welt schon seit einem halben Jahr tobte. An diesem Tag und am nächsten donnerten deutsche Bomber Richtung Norden. Das Oberkommando der norwegischen Streitkräfte, das Oberkommando des Heeres mit General Ruge an der Spitze, kam am 11. April zum Hof Klokkergard in Øyer. Tags darauf folgten Vertreter der britischen und französischen Legationen. Ein paar Tage lang war Øyer das Zentrum des norwegischen Kampfes gegen die deutschen Besatzer. Oben in Nordbygda ahnten sie das mehr, als daß sie es gewußt hätten.

Aber sie wußten von der Mobilisierung. Bis zum 20. April wurden im Lager Jørstadmoen 1600 Handfeuerwaffen ausgegeben. Alles war chaotisch, jeder verdächtigte jeden, ein Verräter zu sein, die wildesten Gerüchte schwirrten umher, keiner war auf das vorbereitet, was nun kommen sollte.

Die Deutschen rückten näher, am gleichen Tag meldete der Kommandant von Lillehammer an die Streitkräfte in der Gegend, daß vor der Stadt der Kampf beginnen würde. Im Hotel Victoria schliefen englische Soldaten den Schlaf der Gerechten und wachten erst auf, als die Deutschen 25 Kilometer vor der Stadt standen. Deutsche Kampfflugzeuge dröhnten tief über die Stadt und nahmen mit Maschinengewehren die Straßen unter Beschuß. Die Menschen flohen, aber die Lokalzeitung *Gudbrandsdølen* war optimistisch, weil britische Truppen auf dem Weg nach Süden waren. *Sieg gewiß*, schrieb die Tageszeitung *Laagen*, es war die letzte Ausgabe des Blattes.

Am 21. April war es ruhig in den Straßen von Lillehammer. Die Bürger wußten, daß etwas vorging. Am Abend wurden die Angestellten des Telegrafenamtes evakuiert, die norwegischen Sanitätstruppen wurden auf Lastwagen verfrachtet und nach Norden gefahren. In Lillehammer blieben nur blutjunge Soldaten zurück, unerfahrene Buben mit weniger als zwei Monaten Ausbildung. Sie sollten sich der stärksten Kriegsmacht der Welt entgegenstellen.

Am 21. April um halb vier hörte man ein furchtbares Krachen. Die Vignesbrücke stürzte ein. Es war die einzige Brücke, die von Süden in die Stadt hineinführte, die Norweger hatten sie gesprengt, um die Deutschen am Vormarsch zu hindern. Am folgenden Tag marschierten die Deutschen über den zugefrorenen Mjøsa nach Lillehammer hinein. Bald kam ein deutsches Transportflugzeug nach dem anderen, sie setzten Luftlandetruppen auf dem Dovre ab. Das Tal war wie ein Trichter, in dem das Brummen der Flugzeuge von den Bergen widerhallte. Englische Soldaten kamen mit dem Zug nach Tretten und Fåberg. Ein deutscher Kampfbomber flog im Sturzflug ins Tal und beschoß ein kleines norwegisches Flugzeug, das auf dem vereisten Lågen stand. Ein paar Tage später kamen Fahrzeugkolonnen. Abends und in der Nacht knatterten die Maschinengewehre und donnerten die Kanonen. Am 21. April brach General Ruge von Øyerbygda auf und zog durch das Tal nach Norden. Am 22. April waren die englischen Truppen da. Der Platz vor dem Klokkergard wimmelte von Menschen und Fahrzeugen. Die norwegischen Soldaten waren völlig erschöpft. Am gleichen Tag verließen die Engländer den Klokkergard. Eine endlose Karawane von Pferdefuhrwerken, Reitern und Menschen zu Fuß zog vorbei. Deutsche Flugzeuge begannen sie zu beschießen. Die norwegische Kompanie traf auf den Feind und erfaßte sofort, wie überlegen er in allem war. Viele Soldaten schlugen sich in die Berge, andere versteckten sich bei Bauern. Die Kämpfe dauerten die ganze Nacht. Am Morgen des 23. April rückten die Deutschen bis in die Stadtmitte vor und schlugen die letzten Norweger in die Flucht. Manche rannten in den Wald, andere suchten in Privathäusern Zuflucht. In diesem Teil des Gudbrandsdals endeten die Kämpfe am 23. April 1940. Das Städtchen Tretten stand in Flammen. Viele englische und norwegische Soldaten waren gefallen und wurden in eine große Grube gelegt, die deutsche Soldaten aushoben. Eine Brutalität wie in diesen Kämpfen hatten die Menschen in dieser Gegend noch nie erlebt. Was in Øyer übrigblieb, war ein desorganisiertes norwegisches Heer auf der Flucht und ein mächtiger Feind, der nun das Land in Besitz nahm.

Ein Grüppchen norwegischer Soldaten ging über die Wiesen nach Mæhlum in Nordbygda. Sie kamen aus dem Wald, wo sie sich nach einem kurzen Kampf versteckt hatten, sie waren hungrig und völlig erschöpft. Wenig später waren die deutschen Truppen schon da. Großmutter und Olga waren in Nylund. Zwei Deutsche gingen ins Haus, der eine trat die Tür ein und hielt dabei das Gewehr mit Bajonett im Anschlag. Der andere war menschlich. *Ruhig, ruhig*, sagte er. Die norwegischen Soldaten, die in Nylund gewesen und dort Zivilkleidung geliehen hatten, hatten ihre Uniformen im Stall versteckt, jetzt standen sie vor dem Bauernhof in Olstad und sägten Holz, als hätten sie nie etwas anderes getan. Aber die Deutschen passierten Olstad und fuhren weiter bergauf nach Olstadjordet, auch da hielten sie nicht an, das war ein Glück, denn dort im Heuschober schliefen englische Soldaten. Bergab kamen die Deutschen an Nylund vorbei, setzten sich an die Böschung und aßen. Danach verschwanden sie.

Großvater Mathias und seine Söhne machten im Wohnhaus von Lunke Zimmermannsarbeiten. Mutter schrubbte den Stall. Sie hatte eine Mistluke im Boden geöffnet. Ein deutscher Soldat riß die Tür auf, kam herein und schlitterte ins Loch, wo er an den Achseln hängenblieb. Er war wütend, aber er tat Mutter nichts.

Die Deutschen durchsuchten alle Häuser. Großvater bot den Leuten von Lunke an, nach Nylund zu kommen. Alle verließen Lunke und übernachteten in Nylund auf dem Fußboden.

Die deutschen Soldaten requirierten den Pfarrhof in Øyer, sie wohnten drinnen und draußen, insgesamt waren es 150 bis 200 Mann. Sie hißten die Hakenkreuzflagge über dem Pfarrhof. *Dies kann ich überhaupt nicht akzeptieren!* sagte Gemeindepfarrer Basberg auf deutsch, aber das war eine siegreiche Armee, keiner hörte auf ihn.

Weiter im Norden, in Ringebu und Kvam, wurde noch gekämpft. Höfe wurden verwüstet, Häuser angezündet. Die Deutschen bombardierten Åndalsnes im Romsdal. In der ersten Maiwoche ergaben sich die Norweger in Südnorwegen, da hatten die Briten das Land bereits verlassen, Ruge war bis Batnfjordsøra in Nordmøre gekommen. Die Kriegshandlungen in Südnorwegen waren vorbei.

Der Almsommer

I Mutter, die im August dieses Jahres sechzehn wird, geht mit einer Peitsche in der Hand, vor sich eine große Rinderherde, den Weg von Nordbygda bergauf zum Øyerfjell. Die zwölf, fünfzehn Kühe, ein paar Kälber und Jungtiere sollen an diesem hellen Junitage 1940 zur Lunkealm hinauf. Einer der Knechte ist schon mit Pferd und Wagen hinaufgefahren und hat hingebracht, was man für einen Almsommer braucht. Dazu gehören Pökelfleisch, Eier und das papierdünne *flatbrød*, etwas Erbsen, Graupen, Mehl und Salz, Soda und grüne Seife zum Saubermachen der Hütte und der Milchkannen, Einlagen für das Milchsieb, Melkfett für die Zitzen, Paraffin für die Lampe, Kerzen und Streichhölzer. Alles muß dasein, es fehlen nur noch Kuhmagd und Herde, die einen langen Sommer lang auf der Alm bleiben sollen. Kann es sein, daß Mutter froh ist, aus dem warmen Dorf mit seinen Menschen fortzukommen? Natürlich ist sie froh, aber sie ist auch still und nachdenklich. Sie kann nichts dafür, sie denkt immer, daß sie woanders sein sollte, an einem anderen Ort, wo ihre Sehnsucht gestillt würde. Wenn sie jemandem begegnet, lächelt sie ihr scheues Lächeln, ihr typisches Lächeln. Dann denken alle, daß sie auf etwas wartet, was nicht kommt. Die Zwillingsschwester Olga ist viel offener, sie kommt mit Leuten ins Gespräch, sieht den Menschen in die Augen, stellt Fragen, ist frei und unbefangen, fröhlich und freundlich. Olga ist schon auf der Høistadalm gleich nebenan, da wartet sie jetzt auf ihre Schwester. Ein drittes junges Mädchen, Janna Kruke, ist auf der Krukealm. Auf der Nyalm haben die Höfe aus Nordbygda und ein paar weitere Höfe ihre Almhütten und Ställe. Sie liegen auf einem kleinen Höhenzug über dem Øyerfjell, in Reih und Glied nebeneinander, weit über der Baumgrenze, mit Aussicht auf blinkende Seen, Hangwiesen und Heidekraut.

Der Weg ist fünfzehn Kilometer lang, es wird den ganzen Tag dauern, aber Entfernungen bedeuten nichts. Sie hätte diesen und noch einen Tag gehen können, nur um zu etwas anderem zu kommen, alles ist besser, als im Dorf zu sein und nirgendwo hinzukommen. In diesem Frühjahr war sie Magd auf dem Bauernhof Lunke gewesen. Jetzt darf sie in die Berge. Das Almleben ist ein gutes und freies Leben, das sagen alle, die einmal da waren. Ihre Schwester war schon im letzten Sommer da. Den ganzen Winter hat sie erzählt, wieviel in diesem ersten Almsommer auf der Alm passiert ist, wo doch eigentlich gar nichts passiert ist! Aber wenn die Kühe morgens versorgt sind, spülen die Sennerinnen alle Kannen und Milcheimer aus und drehen sie um, damit sie trocknen, sie waschen die Siebe und Tücher und hängen sie zum Trocknen auf. Dann gehen sie im Sommerwind umher, der über der Baumgrenze so wunderbar kühl ist. Nirgends kann man atmen wie dort! Die Bachstelzen ums Haus in Lunke waren in diesem Frühjahr ihre besten Freunde, die Schwalben, die durch die Luft sausen, die Elstern, die in der Birke krächzen, Mutter ist hellwach und hört dem Vogelgesang zu, als wäre er für sie. Sie genießt den jahreszeitlichen Wandel der Natur, der die Armen zu allen Zeiten erfreut hat, eine Freude, die nicht geringer war als die Freuden, die Wohlhabende und Reiche sich leisten können. An diesem Frühsommertag, auf dem Weg zur Lunkealm, hört sie von einem Sonnenfleck den Birkhahn kollern, einen Kuckuck rufen, und am Himmel kreisen Habichte und Adler.

Sie treibt die Kühe auf die Bergweide, dann geht sie zur Almhütte und beginnt, nach dem Winter sauber zu machen. Erst macht sie Feuer und geht zur Quelle, um in einem Kessel Wasser zu holen. Als das Wasser kocht, gießt sie es in einen Holzeimer und rührt grüne Seife unter, bis es schäumt. Dann beginnt sie zu schrubben. Auf viele Almen gingen andere hinauf und machten sauber, bevor die Sennerinnen kamen, aber hier ist es Mutter, die die toten Fliegen und Spinnweben wegfegt, sie wischt den Boden und bestreut ihn mit Wacholder. Das macht ihr nichts aus, das kann sie, sie hat es oft gemacht, es geht ihr leicht von der Hand.

Zwei Monate dauert der Krieg jetzt, und es sieht nicht aus, als würde er ein Ende nehmen. Wer weiß, denkt sie, vielleicht werden die Norweger für immer Deutsche. Man muß versuchen, in der Welt zu leben, wie sie ist. Sie hat keinen Grund zur Klage, auch wenn nichts im Überfluß da ist. Für hungrige junge Mädchen ist es immer knapp, sie versucht sich so einzurichten, daß das Essen reicht, Milch jedenfalls gibt es genug, damit kann man immer etwas machen, und sei es Brei oder Mehlsuppe. Bald gibt es Beeren, sie sind schon fast reif, und wer Molkenkäse kochen oder Butter machen kann, überlebt. Auf der Lunkealm ist mehr Platz als an vielen anderen Orten. In der Hütte findet Mutter im Schrank sogar eine Tüte Kaffeebohnen, ein Restchen, genug für eine Tasse oder zwei. Sie schüttet den Kaffee in die Mühle und dreht die Kurbel. Dann läuft sie hinaus zum Bach, der gleich nebenan fließt, und holt frisches Wasser, sie füllt den Kaffeekessel, feuert den kleinen Ofen in der Hütte an und kocht dieses bißchen Kaffee, den letzten für lange Zeit. Draußen läuten die Kuhglocken, sie muß gleich melken, aber jetzt will sie erst diesen einmaligen, gesegneten Schluck Kaffee genießen.

In der Hütte ist nicht viel, drei Schemel, auf die man sich

setzen kann, ein grob gezimmerter Tisch mit einem Stoffrestchen als Tischtuch, an der Wand hängt ein Schrank mit einer Tür, die von einem krummen Nagel zugehalten wird, ein paar Küchengeräte sind da. An der Wand hängen dünnbödige Töpfe, es gibt einen Kesselhaken an der Feuerstelle, ein paar Kaffeebecher, Kellen zur Käsebereitung und einen Separator zum Trennen von Sahne und Milch. Außerdem sitzt da noch ein junges Mädchen im Sommerkleid, das ist Mutter, sechzehn Jahre alt.

Sie streckt sich auf der schmalen Bank in der Hütte aus, und als sie einnickt, hat sie sonderbare Träume. Von draußen dringen wilde Geräusche herein. Sie wacht erschrocken auf und sieht hinaus. Eine Herde von zehn oder fünfzehn Pferden steht am Zaun vor der Hütte, sie sehen, daß Menschen gekommen sind, sie wollen ein Stückchen Zucker oder sonst etwas Gutes. Sie geht hinaus und scheucht sie fort. Als eins der Pferde einen plötzlichen Satz macht, geht es wie ein Ruck durch die anderen, sie wirbeln herum und verschwinden mit donnernden Hufen.

Nach dem Melken setzen Olga, Janna und Kristine sich im Abendlicht des weiten Himmels zusammen. Es gibt so viel, wovon sie reden wollen, und es gibt viel, wovon sie schweigen, auch solche jungen Mädchen erzählen einander nicht alles. Sie kratzen ihre Mückenstiche und gähnen, denn es war ein langer Tag. Keine bleibt im Liegen wach, sie schlafen, kaum daß der Kopf das Kissen berührt hat. Am nächsten Tag wird gemolken, die Kühe werden auf die Weide gejagt, aber da kommen die Pferde zurück, und die Mädchen beschließen, daß sie ausprobieren werden, ob sie reiten können. Junge und übermütige Mädchen machen Zügel aus Stahldraht, Olga sucht sich eine weiße Mähre mit Senkrücken aus, die aussieht, als könnte man gut auf ihr sitzen. Keine von ihnen ist jemals geritten. Aber Olga kommt auf das Pferd hinauf, und alles scheint bestens, als das Mährenbiest plötzlich einen komischen Ruck macht und Olga rücklings auf einem großen, flachen Stein landet. Sie hat sich blau und schwarz geschlagen, die Lust zum Reiten ist allen vergangen.

Morgens müssen die vielen Kühe gemolken werden. Wenn das getan ist, müssen die Mädchen die Milchkannen auf der Schubkarre zum Kühlplatz hinüberfahren, das ist ein Schuppen, der über einem fließenden Bach mit eiskaltem Wasser steht. Keiner hatte je so gute Milch wie sie dort, keiner hatte je so frisches Wasser. Und die jungen Mädchen lachen, wenn sie versuchen, die großen Schubkarren im Gleichgewicht zu halten, dann wuchten sie die großen Kannen ins Wasser und binden sie mit dicken Stricken an einer Eisenstange fest, damit sie nicht umkippen und auslaufen.

II So vergehen die schönsten Sommertage im Gebirge, der schönste Sommer in Mutters jungem Leben, sie reden über Jungen und träumen von Jungen, nur der Himmel weiß, ob sie nicht auch Besuch von Jungen bekamen, die drei Mädchen auf den Almen im Øyerfjell, in einem so schönen Sommer.

Vierzig Jahre später beschrieb Olga das Almleben in Zeiten des Krieges. Ihre Mutter kam herauf, um nach ihren Augensternen zu schauen. Einmal brachte sie Blutklößchen mit. Sie hatten in Nylund eine alte Kuh geschlachtet. Die hungrigen Mädchen aßen, bis sie zum Platzen satt waren. Ihre Mutter saß draußen vor dem Haus, als ein Bock mit einem steifen Bein kam und Zucker wollte. Sie ärgerte den Bock, bis er wütend wurde, dann lachte sie so sehr, daß sie fast auf dem Boden lag.

Ja, die arme Magnhild Nylund, es gab nicht so viele Freuden in ihrem Leben. Als die Töchter abends melken sollen, will sie ihnen erst helfen, aber sie sind erwachsen, die Mädchen, sie sagen, das hier seien ihre Kühe, und so muß die Mutter am Sommerabend vor der Hütte sitzen bleiben. Ihr gehen seltsame und beunruhigende Gedanken durch den Kopf. Was soll aus den Zwillingen werden? Einen Freier finden sie sicher, aber diese Mädchen wollen mehr als nur einen Freier, sie träumen von einem Leben jenseits von Schufterei und Kinderkriegen. Wo haben sie solch übermütige Gedanken nur her? Kann es sein, daß sie selbst, mit all dem Ungesagten, ihre Töchter auf den Gedanken gebracht hat, daß jenseits von Nordbygda in Øyer noch eine andere Welt liegt?

Darum sieht Großmutter an diesem Abend ausnahmsweise einmal nicht nach, ob in der Almhütte Stricknadeln und Garn liegen. Hätte sie danach gesucht, sie hätte sie gefunden, aber sie bleibt sitzen, während es Abend wird, die Töchter die Kühe herbeirufen, im Birkenwäldchen die Glocken läuten, die Kühe festgebunden, die Euter gewaschen, die Tiere gemolken werden, dann hört sie das Lachen der Mädchen, als sie die Milch zum Kühlplatz fahren. Da steht Großmutter auf, ganz jäh, als sei es völlig verwerflich, einfach dazusitzen und fast zu schlafen, wo es doch auf der Welt so vieles zu tun gibt, und sie geht rasch in die Hütte, um das Abendessen zu machen.

An zwei Tagen in der Woche kommt das Milchauto auf den Berg, holt die Milch und bringt sie nach Øyer in die Molkerei. Eines Morgens steigt Mutter auf ein Fahrrad, um ins Dorf hinunterzuradeln, der Plan ist, daß sie und das Fahrrad mit dem Milchauto zurückkommen, bevor abends das Vieh versorgt werden muß. Am Steilhang im Schotter kommt das Rad ins Rutschen, Mutter macht eine Vollbremsung, das

Fahrrad kippt nach vorn, sie landet kopfüber hinter einer Steinmauer und tut sich furchtbar weh. Sie schafft es gerade noch, mit dem Milchauto zur Alm zurückzukommen, aber in der Nacht werden die Schmerzen so schlimm, daß die beiden anderen Sennerinnen beschließen, einen Arzt zu holen. Das bedeutet für eine von ihnen eine weitere Fahrradtour, denn Telefon gibt es da nicht, aber der Arzt kommt und stellt fest, daß Mutter sich eine Rippe gebrochen hat, er bandagiert sie mit einem großen Handtuch, das er fest um den Mädchenkörper wickelt, dann gibt er ihr einen ordentlichen Schluck Branntwein gegen die Schmerzen.

Wie immer heilt junges Fleisch schnell. Großmutter muß noch einmal zur Alm hinaufkommen und eine Zeitlang das Melken übernehmen, aber Mutter erholt sich. Noch bevor die Schmerzen ganz vorbei sind, sitzt sie wieder in der Hocke und zieht an den Zitzen der zwölf oder fünfzehn Kühe vom Hof Lunke.

Hoch oben im Øyerfjell geht ein junges Mädchen hinter einer Kuhherde her, die bald von der Alm ins Dorf getrieben werden soll. In ihr ist eine unbestimmte Sehnsucht, sie schläft nachts nicht mehr gut, das Leben beunruhigt sie, es sieht aus, als habe es ihr nichts zu bieten, nach allem, wovon sie in diesem Sommer geträumt hat.

Die Abende werden kälter, das Eigenartige am Almleben ist, daß man schließlich gern wieder hinunter in den Ort will, auch Mutter möchte fort aus den Bergen, jetzt, wo die Abende so dunkel sind. Aber was soll sie in Øyerbygda, das ihr mehr und mehr wie ein Gefängnis vorkommt? Niemand hat davon erzählt, um so deutlicher sehen wir es vor uns: den weiten Sternenhimmel über dem Øyerfjell in den späten Augustnächten, die hellen Lichtpunkte dort oben, eine Kuhmagd, die allein im kalten Herbstwind auf der Almwiese steht.

Zweihundert Jahre vor Mutters letztem Almsommer schrieb der Pfarrerssohn Edvard Storm aus Vågå ein Lied darüber, was in den Sennerinnen vorgeht, wenn sie im Herbst aus dem Gebirge nach Hause zurückkehren, ein Lied, in dem auch etwas von dem stecken mag, was Mutter dachte und fühlte, als dieser Sommer sich dem Ende zuneigte. Mutter konnte das Lied singen, nicht laut und aus vollem Hals, sondern mit der ganzen Sehnsucht, die in diesen Zeilen liegt, und der Resignation, die auch darin liegt; man hatte sich so auf das Almleben gefreut, und dann kam der Tag, wo man nicht mehr dort sein mochte. Ja, Mutter gehört zu diesem Lied, wie alle Sennerinnen, die jemals Kuhherden auf die Alm trieben und dabei spürten, wie sie sich zu freuen begannen, weil sie der Fron im Dorf entfliehen und freie Gebirgsluft atmen konnten. Dort lebten sie ungezwungen, sie träumten einen Sommer lang. Aber das wurde anders, als es Herbst wurde, als sich die Dunkelheit über die Berggipfel legte und der eisige Herbstwind durch die Ritzen der Hüttenwände drang.

III Und da sehe ich Mutter, mit der Peitsche in der Hand und der Kuherde vor sich, wie sie vom Øyerfjell ins Dorf absteigt. Bis sie unten ankommt, ist es fast ganz dunkel geworden.

Unsre Arbeit ist getan,
Käse machten wir und Butter.
Jetzt beladen wir die Pferde
sperren noch die Hütte ab.
Keiner findet hier noch Futter
Sei er Heide oder Christ.

Wir sind froh, es geht nach Hause.
Auch die Küh' ziehn gern ins Dorf.

IV In diesem Herbst, dem ersten Kriegsherbst, kaufte der Fabrikbesitzer Jens Bull, der schon mehrmals Sommergast im Skjønsberghof gewesen war, in Roa, das zu Mæhlum gehört, ein Haus. Roa war eine Idylle, dort wuchs alles so gut, Beeren und Blumen gediehen üppig. Bull brauchte ein Dienstmädchen und stellte Mutter ein. Sie bekam eine Anstellung in einem Haushalt mit Silberbesteck und weißen Tischtüchern. Sie blieb den Winter über, es war eine leichte Stelle, sie sorgte für Bull und für seine Tochter und die Enkelkinder, wenn diese zu Besuch kamen, sie war nicht redseliger geworden, aber sie war nicht mehr so mißmutig. Bull konnte Mutter zum Lächeln bringen. Er sagte freundliche Dinge. Er fand, daß es ihm in Øyer sehr gut ging mit diesem jungen Mädchen, das ihm alle Mahlzeiten zubereitete, seine Wäsche erledigte und sein Bett machte. Er lud Leute aus dem Ort ein, mit denen er ganz selbstverständlichen Umgang hatte, und ständig kam seine Familie zu Besuch. Seine Tochter Wenche war ganz in der Nähe, sie wohnte mehrere Winter über mit ihren beiden Buben in Olstad. Bull war liebenswürdig zu seinem Dienstmädchen, er wollte sogar, daß sie ein Glas Wein mit ihm trank, wenn die Gäste gegangen waren. Aber das wollte sie nicht. *Nur ein winziges Gläschen, Kristine?* sagte Bull, aber das Mädchen aus Nylund preßte die Lippen zusammen und schüttelte den Kopf. Warum war sie so streng? Sie war doch so tüchtig, sie sollte sich ein wenig frei nehmen! Nein, keinen Wein und nicht frei! Soweit kam es noch, daß sie sich zu etwas verführen ließ.

Bull lenkte ein, aber Bull war geduldig, vielleicht wußte er, daß man solche Mädchen zu nichts drängen kann. Er suchte nach etwas, was sie interessierte, etwas, worüber sie reden mochte. Er sagte, sie solle mit nach Oslo kommen. Die Aussichten dort seien gut für Gudbrandsdalmädchen, sagte er, in den reichen Stadtteilen Smestad und Vinderen könnten sie leicht eine Stelle finden.

Das würde sie niemals wagen, sagte sie da.

Aber er sah, wie der Gedanke, alles hier hinter sich zu lassen, sie zum Leuchten brachte. So leicht sollte sie ihm nicht davonkommen.

»Du könntest deine Zwillingsschwester mitnehmen«, sagte Bull.

Sie erzählte ihrer Schwester, was Bull gesagt hatte, zusammen träumten sie eine Zeitlang von der großen Flucht. Aber schnell kamen Einwände, vom Zahnarzt Reenaas in Lillehammer, wo Olga in Stellung war.

Jetzt sei nicht die Zeit, um nach Oslo zu fahren, sagte Zahnarzt Reenaas.

Die Eltern und Brüder hätten das in jedem Fall glatt abgelehnt. Selbst die schwache Hoffnung, daß vielleicht später etwas daraus werden könnte, mußte Mutter sich aus dem Kopf schlagen. Es herrschte Krieg, und Deutschland siegte an allen Fronten.

Ihre Arbeit war erst spät am Tag zu Ende, dann konnte sie zu ihren Eltern nach Hause gehen. Aber es gab auch nichts, wohin sie sonst hätte gehen können. Keine Tanzveranstaltungen, keine anderen Zerstreuungen. Kaum zu Hause, wurde sie von der Mutter angegangen. Mußte Kristine nicht noch Wäsche waschen? Vater und die Brüder mähten oberhalb von Nylund, obwohl es Samstagabend war. Sie hatten die Erlaubnis bekommen, sich die Mahd von ein paar Bergwiesen zu holen, die die Bauern nicht selbst hatten mähen können. In Nylund hatten sie normalerweise eine Kuh und ein Kalb, aber jetzt war Krieg, darum standen sechs oder sieben Tiere im Stall, man mußte alles daransetzen, um sich selber mit Fleisch, Käse und Butter zu versorgen. Als Winterfutter für die Kühe mußten sie zusammenkratzen, was aufzutreiben war.

Gegen zehn Uhr versammelten sich alle, die dort wohnten, zu einem späten Abendessen um den Tisch, nur der älteste Bruder war ausgezogen, die anderen lebten noch bei den Eltern. Zwei Buben und zwei Mädchen, alle unter zwanzig. Lange vor Mitternacht wurde es still, alle schliefen, der folgende Tag würde ebenso früh beginnen wie der vergangene. Sie waren eine Familie, die gerade so über die Runden kam, wenn jeder seinen Teil beitrug. Bevor es gegen fünf hell wurde, war der Vater auf den Beinen. Er ging umher, machte nicht mehr Geräusche als nötig, aber die Zwillinge, die im selben Zimmer schliefen, atmeten tief und drehten sich auf die andere Seite, um noch ein Stündchen Schlaf zu ergattern, bevor der neue Tag mit neuen Aufgaben begann. Hatten sie von Mutter und Vater nicht alles bekommen? Doch, das hatten sie. Mußten sie nicht dankbar sein, daß sie Essen und Kleidung hatten? Doch, das mußten sie. Aber es gab einen Menschen, der von etwas anderem träumte. Das war Mutter. Sie bestand ihr Leben lang darauf, daß sie ein Mensch war, zuallererst und vor allem ein Mensch, kein Dienstmädchen, keine Bauersfrau und keine Schweinemagd, sondern ein stolzer Mensch. Sie war sie selbst, welche Arbeit sie auch verrichten mochte.

Aus dem Sommer 1941, als sie bei Bull aufhörte, gibt es nur eine einzige Geschichte über Mutter. Ihr Bruder Arve hatte eine Freundin namens Olaug, die auf einem Hof in

Tretten diente. Die Bauersleute hatten Olaug gesagt, daß sie ein Fest für ihre Freunde geben könne, wenn sie wolle, denn in einem der Häuser war ein großer Saal mit Platz für viele Menschen. Das ließ sich die muntere Olaug nicht zweimal sagen, sie lud dreißig Gäste ein, auch ihre künftigen Schwägerinnen, die Zwillinge Olga und Kristine. Großmutter hatte ihnen Festtrachten genäht, Mutter trug eine Dovretracht, sie war jung und schön, wie ihre Schwester auch, wie all die jungen Menschen, die voller Erwartungen waren in einer Zeit, in der die Besatzungsmacht nicht einmal öffentliche Tanzveranstaltungen erlaubte. Einige Mädchen trugen die Alltagstracht mit gestreiftem Rock und kariertem Mieder, aber es gab auch Gudbrandsdaltrachten, Telemarktrachten und viele andere. Sie aßen gut, dann tanzten sie, bis sie nicht mehr konnten. Sie hatten ein Grammophon mit Schallplatten aus der Vorkriegszeit geliehen, nur der Himmel weiß, was sie in dieser hellen Juninacht in Tretten hörten, vielleicht den Akkordeonspieler Calle Jularbo, der damals so berühmt war, vielleicht Tanzmelodien anderer Musiker.

Mutter tanzte ohne Pause, es lebt keiner mehr, der sagen könnte, ob sie verliebt war. Vielleicht war ein Junge dort, der sie fragte, ob sie ihn leiden könne, sie wird, wie stets, mißmutig geantwortet haben, denn sie war so schüchtern, daß ihr nichts anderes einfiel, als sie zu verscheuchen. Und die dummen Jungen nahmen dieses Nein hin! Sie begriffen nicht, daß es eine Prüfung war, der sie von einem jungen Mädchen unterzogen wurden, das wissen wollte, ob sie Rückgrat hatten. Olga war ein ganz anderes Mädchen, ein ganz anderer Typ. Olga konnte lachen und die Leute unterhalten, Kristine war streng und sagte nie etwas. Rühr mich nicht an! stand quer über das ganze Mädchen geschrieben, obwohl sie sich so danach sehnte, daß etwas passierte. Die Sommernacht wurde dämmrig und dann dunkel, aber gleich darauf war es wieder taghell. Irgendwann war es so spät, daß sie keine Musik mehr spielen konnten, sie mußten leise reden, einige mußten wohl schlafen gehen, das waren die, die am Morgen Vieh zu versorgen und Kühe zu melken hatten. Die anderen blieben vielleicht noch ein wenig sitzen, die Jungen in der Hoffnung, daß sich ein Mädchenarm finden würde, auf den sie den Kopf legen und einschlafen könnten. Und so sitzen sie zusammen, Arves Zukünftige, die beiden Zwillingsschwestern und die vielen anderen Jungen und Mädchen, sie reden, lachen, ermahnen einander, leise zu sein, bis es früher Morgen ist, dann legt jemand wieder eine Schallplatte auf, sie tanzen wieder, auch Mutter, die voller Wehmut ist, weil ihr an diesem Abend wieder keiner begegnet ist, der verstanden hätte.

Dann bricht der Tag an, und die Zwillingsschwestern gehen zu Fuß die fünfzehn Kilometer heim nach Nordbygda in Øyer.

Niemand kann zwei Herren dienen

I Über seine erste Reise als Prediger im Gudbrandsdal hat Vater nur erzählt, daß er mit dem Fahrrad loszog.

Ein junger Mann von vierundzwanzig Jahren schwingt sich am Bahnhof von Marstein im Romsdal auf ein schwarzes Fahrrad. Es ist der 1. Oktober 1941, die Mittagszeit ist schon vorbei.

Er hat eine hohe Stirn und ein ernstes Gesicht. Er hat dunkles, dickes Haar, wenn er es nach hinten kämmt, liegt eine große Welle über der Stirn.

Er ist auf Reisen, trägt aber keine typische Reisekleidung, sondern Mantel, Anzug und Krawatte. Am rechten Bein hat er eine Fahrradklammer. Auf dem Gepäckträger ist mit Schnur ein brauner Koffer festgebunden.

Er hat sich von einem Bekannten 250 Kronen geliehen und neue Kleider gekauft, denn jetzt soll er den Menschen Gottes Wort verkünden. Da kann man nicht wie ein Landstreicher daherkommen. Er war sein Leben lang davon überzeugt, daß Kleidung für einen Mann wichtig ist. Ein gepflegtes Äußeres stehe der Suche nach Stille im Inneren nicht im Weg. Er rechnet damit, daß er das Darlehen für die Kleidung im folgenden Sommer zurückbezahlen kann.

Er radelt unermüdlich. Der staubige Schotterweg schlängelt sich neben den Bahngleisen das Tal entlang, dann wechselt die Trasse über einen Brückenbogen auf die andere Flußseite, während die Straße unter großen Hängebirken weiterführt. Zu beiden Seiten des engen Tals steigen Felswände lotrecht empor zu wildgezackten Gipfeln mit unheimlichen Überhängen. Das ist das Romsdal, von jeher das Tor zwischen Ost- und Westnorwegen, für Vater ist es der Weg in die Welt, der Weg zur Berufung und zu den Menschen, denen er verkünden soll.

Ein Bus rumpelt an dem Fahrradfahrer vorbei, andere Autos gibt es fast nicht. Aber auf der Bahnstrecke von Åndalsnes, dem zerbombten Küstenstädtchen am Meer, kommt ein Frachtzug herauf. Das Kreischen der Waggons und der Qualm der Dampflokomotive stören kurzzeitig die Ruhe des friedlichen Tals.

Gleich darauf ist es wieder so still wie zuvor. Die Häuser liegen weit auseinander. Man sieht kaum eine Menschenseele, nur offene Scheunentore und Getreidefelder, die gelb sind und bald gemäht werden müssen. Auf den Höfen trippeln Hühner umher und verschwinden unter den Scheunenauffahrten. Am Himmel fliegen Stare. Sie landen in Schwärmen auf einer Telefonleitung, bevor sie wieder losschwirren, in den wolkenlosen blauen Himmel.

Er radelt weiter. Der Weg steigt leicht an, noch ist es nicht schwer, aber bald schon geht es steil bergauf, es wird zu steil, er muß absteigen und das Rad schieben.

Es herrscht Krieg in Norwegen, und weil man in diesem Land seit zweihundert Jahren keinen Krieg mehr gesehen hat, sind die Menschen mit diesem Gedanken noch nicht vertraut. Politische Versammlungen dürfen nicht abgehalten werden, wer auf Reisen gehen möchte, muß beim Amtmann eine Erlaubnis einholen. Die Fähren und Züge sind voller deutscher Soldaten in Uniform. Sie flanieren durch die Straßen, sie marschieren singend die Landstraßen entlang: *Wir fahren gegen Engeland!*

Es geht dem Herbst entgegen, aber der Laubwald ist noch

grün. Nach dem vielen Regen im Frühsommer tosen die Wasserfälle, das Wasser fällt in weißen Schleiern an den Felswänden herab, an manchen Stellen so dicht an der Straße, daß das Sprühen den Fahrenden einhüllt. Vor ihm liegen zahllose Kurven, zahllose Steigungen.

Da passiert es. Weit oben ist er vom Rad abgestiegen, um zu verschnaufen. Da hört er einen Lastwagen nahen. Er bleibt stehen und wartet darauf, daß das Auto an ihm vorbeifährt, da kommt es schon, in einer Staubwolke. Auf der Ladefläche sitzen einige deutsche Soldaten wie Hühner auf der Stange.

Vater hebt auf fast befehlende Weise die Hand, und das Unglaubliche geschieht, die deutschen Soldaten klopfen an das Rückfenster, veranlassen den Fahrer, anzuhalten, dann ziehen sie Mann und Fahrrad auf die Ladefläche hinauf.

Und so sitzt er zwischen den deutschen Soldaten, auf einem Getreidesack, das Fahrrad haben sie mit einem Strick an der Rückklappe festgebunden. Die Soldaten sind junge Männer wie er selbst, manche jünger als er, einige fast noch Buben. Er kann ihre Sprache nicht, nicht so, daß er sich mit ihnen unterhalten könnte. Aber einmal, vor langer Zeit, hat er ja kurz eine weiterführende Schule besucht, jetzt kommen die wenigen deutschen Wörter, die er damals gepaukt hat, zu ihrem Recht. Bevor er weiß, wie ihm geschieht, macht er den Mund auf und versucht zum ersten Mal, Deutsch zu sprechen:

Sind Sie zufrieden? Wie geht es Ihnen?

Es ist kaum zu fassen, wie gut diese beiden Sätzchen ankommen, in dieser Gegend versteht kaum ein Norweger Deutsch, und die Soldaten möchten nur zu gern ein Gespräch anfangen. *Frauen und Kinder*, fragt er, dann fällt ihm noch ein: *zu Hause*. Und tatsächlich zieht einer von ihnen seine

Brieftasche hervor und zeigt ein Foto von einer schönen Frau mit langen, blonden Haaren.

Vater merkt, daß er fröhlich sein muß. In Ermangelung von etwas Besserem beginnt er, rasch hintereinander einige Verben zu konjugieren, an die er sich noch erinnert, sofort mischt sich schallendes Gelächter in das Brummen des Lastwagens.

Ich hatte, du hattest, er hatte, sagt er, und die jungen Deutschen klatschen und lachen. *Wir hatten, ihr hattet, sie hatten!* Schallendes Gelächter auf der Ladefläche. Daran merkt er, daß er ihr Vertrauen gewonnen hat, aber bald verebbt das Gespräch, jeder hängt seinen eigenen Gedanken nach, außerdem macht das Auto einen furchtbaren Lärm, Staubwolken hüllen sie ein, es ist genauso, wie er immer gedacht hat: Menschen tragen ihre Geheimnisse in sich, plötzlich tauchen Erinnerungen und Gedanken auf, dann tritt das Heute in den Hintergrund. Bald führt die Straße an einem großen See entlang, der Himmel weitet sich über den kleinen Menschen auf der Ladefläche, zehn deutschen Soldaten und einem jungen Norweger in Hut und Mantel.

An einer verschlafenen kleinen Bahnstation sagt er, daß er absteigen möchte, und der Wagen hält an.

Er verabschiedet sich, das Auto startet wieder und fährt weiter, er bleibt stehen und winkt, bis der Lastwagen hinter der nächsten Kurve verschwunden ist. Er überquert die Straße, schiebt das Fahrrad. Neben der Reichsstraße fädelt sich die Bahnstrecke durch den Wald. Es ist früher Nachmittag. Die Eisenbahnschwellen riechen nach Teer. Zwischen den rostroten Schienen hüpft eine Bachstelze. Gleich gegenüber liegt ein Gemischtwarenladen.

Vater will nur wissen, wie er zu dem Hof kommt, wo er wohnen soll, der Kaufmann kommt heraus und deutet in die Richtung.

Dann steigt Vater aufs Fahrrad und radelt durchs Dorf, schließlich biegt er in eine Zufahrt ein und kommt, ein gutes Stück von der Hauptstraße entfernt, zu einer Hofreite mit Wohnhaus und Scheunen. Es ist ein stattliches Anwesen, obwohl es weit oben am Berg liegt. Die letzten Meter bis zum Haus schiebt er. Über ihm streckt sich ein weiter Himmel. Der Sommer war schön, er ist braun im Gesicht, aber seine Bewegungen haben etwas Vorsichtiges, als fürchtete er, einen falschen Schritt zu tun. Glaubt er nicht an seinen Auftrag? Zögert er vielleicht nur, weil er nun bei Fremden zu Gast sein wird?

Er hat ein Sausen in den Ohren, als er beim Wohnhaus ankommt und an der Windfangtür klopft. Es ist, wie er vermutet hat: Er kommt zu der Zeit, wo die Leute Mittagsschlaf halten. Der Bauer, der öffnet, hat sein Hemd noch nicht ganz zugeknöpft. Aber als er hört, wer da steht, bittet er ihn herein. »Bist du wirklich geradelt«, fragt der Bauer, »den weiten Weg geradelt? Da hast du doch bestimmt mehrere Tage gebraucht?«

II Zur Zusammenkunft im kleinen Versammlungshaus kommen zehn, fünfzehn Personen. Sie sind aus der Stallkleidung gestiegen, haben sich gewaschen und saubere Sachen angezogen. Sie tragen Strickjacke oder Westen aus dickem Wolltuch und solides Schuhwerk.

Der junge Prediger setzt sich auf einen Stuhl, das Gesicht den anderen zugewandt. Er wartet, langsam wird es still. Nachdem es eine ganze Zeit lang still gewesen ist, sagt er, daß sie mit einem Lied anfangen wollen. *Befiehl du deine Wege, / Und was dein Herze kränkt, / Der allertreusten Pflege, /*

Des, der den Himmel lenkt. Also singen sie, ohne jede Begleitung, erst einige Frauenstimmen, dann fallen die Männer ein, und als die Männer den Ton gefunden haben, sind sie es, die die Führung übernehmen.

Der Bauer, bei dem Vater wohnt, räuspert sich und steht auf.

Er sagt, daß er von Evenshaug aus Lillehammer einen Brief bekommen habe, mit dem er sie bittet, diesen jungen Prediger aufzunehmen, der am Beginn seiner Tätigkeit stehe. »Wir nehmen dich auf«, sagt der Mann. »Wir vertrauen darauf, daß das, was du uns vortragen wirst, das reine und klare Wort Gottes ist. Etwas anderes taugt nicht. Die Welt ist voller falscher Propheten, wir hier sind mit dem zufrieden, was Mutter und Vater uns gelehrt haben, dem alten Evangelium, das immer wieder neu ist.«

Aller Augen richten sich auf Vater.

Es sind nur Vaters eigene Notizbücher geblieben. Ich weiß gar nicht, wie viele Menschen damals kamen, aber ich weiß, über welche Bibelstelle er sprach. Die Episode folgt unmittelbar auf die Stelle, wo Jesus auf einem Esel in Jerusalem einzieht, es ist ein Palmsonntagstext, den er jetzt, an einem Herbstabend, hervorholt! Jesus sieht seinen Tod voraus, als er sagt, wenn das Weizenkorn nicht in die Erde falle und sterbe, bleibe es allein, wenn es aber in die Erde falle und sterbe, bringe es viel Frucht.

Und sie sitzen da, die Bauern und ihre Ehefrauen, außerdem ein paar junge Leute, vor allem Mädchen, aber auch einige Jungen mit linkischen Handbewegungen und unfertigen Gesichtern. Die Mütter der jungen Frauen taxieren ihn so, wie Mütter seit je junge Männer ansehen. Seine Augen sind blau, er scheint auf etwas weit Entferntes zu blicken. Es *gibt* einen, der für uns gelitten hat und der für uns gestorben ist. Wenn wir mit ihm leben und im Glauben an ihn sterben, werden wir einmal zu neuem Leben auferstehen, mit ihm. Um das zu erzählen, ist er hierhergeradelt. Haben sie das nicht gewußt? Doch, aber sie sind gekommen, um zu hören, was sie bereits wissen! Daran soll er sie erinnern, er soll bezeugen, daß das, worauf sie ihr Leben gegründet haben, Gültigkeit hat. Es muß immer wieder aufs neue gesagt werden, nicht nur, damit neue Menschen zum Glauben finden, zu Ihm bekehrt werden, sondern auch, damit alle, die schon glauben, im Glauben bleiben können.

Sie sind ein Sproß, ein Zweiglein an dem großen Stamm, der Gottes Volk genannt wird, sie sind Gottes Volk im Gudbrandsdal in Norwegen. Sie haben ihre Art des Gottesdienstes, sie haben ihre eigene Meinung darüber, worauf es beim Evangelium Jesu Christi wirklich ankommt. Das ist die norwegische Laienpredigerbewegung, als Opposition gegen Pfarrermacht und Rationalismus begründet von dem Bauernsohn Hans Nielsen Hauge. Seither sind einhundert Jahre vergangen, nun gibt es Prediger im ganzen Land. Hier nun predigt ein Bauernsohn aus dem Romsdal, der zwei Jahre lang die Bibelschule in Oslo besucht hat. Er ist jung, aber er kann gut werden, sagen sie. An diesem ersten Abend ist er eine Idee zu unsicher, eine Idee zu demütig, er zeigt nicht genug Autorität, nur Ernst, es ist aber ein Ernst, der die Anwesenden erreicht. Eine junge Frau, die an den Andachten bisher nicht sehr eifrig teilgenommen hat, beginnt zu weinen, und sie verstehen, daß er ein Herz angerührt hat.

Auf Vorschlag des Predigers singen sie ein weiteres Lied, Nummer 89 des Gesangbuchs, das die meisten von zu Hause zur Andacht mitgebracht haben: *Wunderbar ist mein Erlöser, lange verstand ich das nicht. Jetzt singe ich froh von dem Siege, daß jeder ihn seh'n muß wie ich.*

So geht es weiter, es ist zehn Uhr, bis sie fertig sind, dann aber gehen sie zügig, denn viele müssen am nächsten Tag früh in den Stall oder zu einer anderen Arbeit. *Wohin Gott dich gestellt, dort tu, was du kannst, sei nicht müßig, wenn die Tage vergehn,* wie es in einem anderen Lied heißt.

III Alle begeben sich zur Ruhe, über dem Hof und dem Lågen, der durchs Tal fließt, geht der Oktobermond auf. Vater liegt allein in einer großen Dachkammer in dem Haus, in dem er an diesem ersten Abend übernachtet, das Mondlicht fällt durch die weißen Gardinen und auf den blanken Dielenboden. Wie wird das werden, ist er würdig, Gottes Werk zu tun? Er erinnert sich daran, daß Gott selbst es ist, der das tun soll. Aber Vater hat persönlichen Kummer, es lastet soviel auf ihm. Der Hof, der Hof. Was soll aus dem Hof in Hoem werden? Seinem Vater fällt es immer schwerer, ihn allein zu bewirtschaften. Lars wird nicht gesund, nun ist er dran, er muß übernehmen.

Es dauert lange, bis Vater einschläft. Schlaflosigkeit sollte ihn sein Leben lang verfolgen. Aber manchmal geschieht es, daß mitten in solchen sorgenvollen Gedanken ein wundersames Licht in seine Seele fällt, ein Bibelwort kommt ihm in den Sinn, leicht wie ein Vogel, und er kann sich darüber freuen, daß es zu ihm gekommen ist. Ja, so ist es. Dann kann er aufstehen und vor Glück singen, wie er es häufig tut: *Sing in der stillen Morgenstunde, preise Gott und lobe ihn! Von Wundern gibt das Licht uns Kunde, vertreibt es doch die Dunkelheit.*

Er wird zum Frühstück gerufen. Sie haben ihn singen gehört, er gießt Wasser in die Schüssel und wäscht sich Hände und Gesicht. Er nimmt Platz und ist still, wie es sich gehört, wenn man am Tisch eines anderen sitzt. Als der Gerstenkaffee eingeschenkt ist, sehen sie ihn an, es dauert eine Sekunde, bis er begreift. Er soll das Tischgebet sprechen. Jetzt ist er ihr Mann, und er muß seine Pflichten erfüllen. Er ist jung, aber der Hausvater nickt. Er überläßt das Gebet dem Gast.

Da faltet Vater die Hände, senkt den Blick und betet. Er hätte ein Tischgebet sprechen können, statt dessen spricht er ein persönliches Gebet, Gott möge die Mahlzeit segnen, er erwähnt alle Mitglieder der Familie namentlich und bittet Gott, Seine Hand über sie zu halten.

Nach dem Tischgebet fällt die Unterhaltung leichter. Es ist ein warmer Herbsttag, sie wollen Kartoffeln ernten, denn bald kommt der Winter, man sieht es am Neuschnee, der auf den Bergen gefallen ist. Sie haben Kisten, Säcke und Hacken bereitgestellt, die Scheunentore und auch das Kellerfenster stehen offen, denn da unten im Keller sollen die Kartoffeln gelagert werden. Vater fragt, ob sie eine alte Hose haben, die sie ihm leihen können, dann kann er mitgehen, die Kartoffelernte ist eine Arbeit, mit der er vertraut ist. Aber zu seinem großen Erstaunen stellt er fest, daß sie ihn nicht auf dem Acker dabeihaben wollen. Das ist doch nicht seine Aufgabe! Und was ist seine Aufgabe? Nun, er soll sich vorbereiten! Er muß nachdenken, damit er ihnen etwas Neues zu erzählen hat. Sie meinen, daß er Zeit braucht, wenn es gut werden soll, was er sagen soll. In zwei Tagen wird eine weitere Andacht stattfinden, da kommen sicher mehr als beim letzten Mal. Und so bleibt er allein im Haus zurück, als die ganze Familie, die Frauen und Kinder ebenso wie die Männer, mit Pferd und Wagen zur Kartoffelernte auf den Acker fahren. Er steht da, ziemlich bestürzt, denn er wäre liebend gern mitgegangen. Ganz plötzlich versteht er es. Er hat sich der Einsamkeit geweiht, und als er sich umdreht und in die gute Stube geht, wo er sich, wie sie gesagt haben, an diesem schönen Herbsttag aufhalten kann, begreift er, daß er nicht einer von ihnen sein wird. Die Dimensionen seiner Berufung überwältigen ihn. Er soll hier und jetzt Gottes Wort verkünden. Vor ihm waren andere da, nach ihm werden andere kommen, aber in dieser Zeit der Gnade ist er es, nur er, der Licht in ihre Seelen bringen soll, damit sie erlöst werden.

IV Er bleibt bis Mitte Oktober in der Gegend. Dann reist er weiter, immer mit dem Fahrrad, den restlichen Herbst verbringt er in den Orten Skjåk und Lom. Der junge Prediger ist ein munterer Mensch, heißt es, aber in dem, was er sagt, liegt ein großer Ernst. Er ist umgänglich, das ist gut, er soll nicht leichtsinnig sein, aber er ist jugendlich unbefangen, gelegentlich zu sehr. Er kann lustig sein und Späße machen. Er hat einen Blick für Situationskomik und schafft selbst komische Situationen. Er scherzt mit den Mädchen. Bei einer sonntäglichen Versammlung, die sie *Fest* nennen, zieht er einer jungen Frau, die sich gerade setzen will, den Stuhl weg und fängt sie im Fall auf. Sie wird rot und böse und schlägt nach ihm, als sie wieder auf die Füße kommt, aber die anderen lachen.

Bald erklingt in der guten Stube eines weiteren Hofes erneut das Lied: *Nie verblaßt der Name Jesu, er trotze stets dem Zahn der Zeit.* Diese Andacht findet an einem Sonntag statt, vor der Stallarbeit. Nach einer oder anderthalb Stunden gehen die Bauern nach Hause, vorher haben sie sich von dem jungen Prediger verabschiedet. Er reist ab, aber er wird wiederkommen. Er ist jetzt ihr Mann, nun muß er zum nächsten Ort weiter. Ist er freimütiger geworden, nachdem das bisher so gutging? Freimut ist alles. *Woher kommt Freimut?* schreibt er auf einen seiner winzigen Zettel. *Die Stelle, die genannt wird, ist: der Thron der Gnade.* Freimütig wird, wer weiß, daß die Gnade unser Vorrecht ist, sie wird jedem, der Erlösung sucht, bedingungslos und grundlos, ja unverdient und überreich gewährt. Wer der Gnade teilhaftig wurde, muß die Menschen nicht fürchten.

Weiter, immer weiter. Neue Orte, kleine, stille Orte, Wintertage. Vaters Fortbewegungsmittel ist lange das Fahrrad, aber als der Schnee kommt, muß er darauf verzichten. Er radelt von Vågå nach Lalm, von Lalm nach Otta. Er hält eine Andacht in Sjoa. Er hält eine Andacht in Vinstra. Gegen Monatsende kommt er in Fåberg mit Freunden und Kollegen aus der Inneren Mission zusammen. Der erste Herbst von insgesamt vierzig, die er auf Reisen verbringen wird, ist vorüber. Dann wird es Winter.

V Im Jahr 1942 predigt Vater in Tretten, wo Mutter im Sommer zuvor getanzt hat. Dort bleibt er den ganzen Februar. In dieser Zeit hält er über vierzig Andachten, Hausandachten und Bethausandachten.

Jetzt kommt es im Gudbrandsdal zu einer regionalen Erweckung. Die Leute strömen zu den Versammlungen. Sich räuspernde Kerle und erregte junge Frauen sinken auf die Knie, um sich Jesus hinzugeben. Vater betet für jeden einzelnen, er kniet mit geschlossenen Augen neben ihnen, legt ihnen aber nicht die Hände auf. Er ist behutsam, aber seine Worte haben Kraft.

Die Frauen bemerken ihn. Er muß Abstand halten. Er ist Prediger, er kann sich nicht zu sehr auf einzelne einlassen.

Einen wie ihn sollen alle besitzen, das ist Teil der Aufgabe, da er sein Leben Gott geweiht hat. Er muß ein Bote sein, keine Privatperson. Er tritt zur Seite, er deutet auf einen, der größer ist.

Die Wirtsleute in den Orten, wohin er kommt, achten darauf, daß er das Beste bekommt, was der Hof zu bieten hat, oft wollen sie, daß er morgens im Bett liegen bleibt, bis sie warmes Wasser zu ihm hinaufgetragen haben. Es ist ein einfaches, aber auch ein einsames Leben. Die Kollekte, die er sammelt, ist seine Reisekasse, wenn der Monat vorbei ist, rechnet er genau ab und schickt den Bericht an Evenshaug nach Lillehammer, der an Lohn ausbezahlt, was die Kollekte nicht gedeckt hat.

In der Woche vor seinem fünfundzwanzigsten Geburtstag hielt er in Tretten eine Reihe von acht aufeinanderfolgenden Andachten. Abend für Abend trägt er in seinem Büchlein das Bibelwort ein, über das er gepredigt hat. Am zweiten Abend spricht er über Johannes 16, 20: *Wahrlich, wahrlich, ich sage euch: Ihr werdet weinen und klagen, aber die Welt wird sich freuen; ihr werdet traurig sein, doch eure Traurigkeit soll in Freude verwandelt werden.*

Das liest er ihnen vor. Darüber predigt er für sie. Und verrät nicht der Klang seiner Stimme, daß der junge Mann Gottes, der da steht, fest daran glaubt, daß für jene, die das Land unterjochen, der Tag der Abrechnung kommen wird? Selbst wenn er es nicht direkt sagt, müssen sie glauben, daß es so ist. Wahrlich, sie verstehen, was er über die Gerechten sagt. Denn es ist Anfang April, das Frühjahr, das ersehnte Frühjahr, ist schon seit langem auf dem Weg, es rauscht in den Bächen, es tropft von den Dachtraufen, es fließt und strömt, sie wissen, daß die Bäume im Wald darauf warten, daß das Frühjahr sie erweckt, wie Gottes Frühjahr die Gerechten erwecken und die Gerechten nähren wird, wenn Seine Zeit gekommen ist.

Aber bei der letzten Andacht geht der junge Prediger, den sie jetzt *Den Hoem* nennen, zu Paulus, um seine Botschaft zu finden. Dort findet er ein Wort für sich und für alle, die ins Missionshaus Tretten gekommen sind. Direkt hinter den Missionshausmauern sind die deutschen Soldaten, ja, möglicherweise sind sie gerade jetzt dort, und doch kann er sie laut herausrufen oder leise flüstern, diese aufsehenerregende Ermahnung des Apostels Paulus:

Wer will uns scheiden von der Liebe Christi? Trübsal oder Angst oder Verfolgung oder Hunger oder Blöße oder Gefahr oder Schwert? Wie geschrieben steht: Um deinetwillen werden wir getötet den ganzen Tag; wir sind geachtet wie Schlachtschafe. Aber in dem allen überwinden wir weit durch den, der uns geliebt hat. Denn ich bin gewiß, daß weder Tod noch Leben, weder Engel noch Mächte, noch Gewalten, weder Gegenwärtiges noch Zukünftiges, weder Hohes noch Tiefes, noch eine andere Kreatur uns scheiden kann von der Liebe Gottes, die in Christus Jesus ist, unserem Herrn.

Es war sein Geburtstag, der 12. April. So sprach Vater, als er das fünfundzwanzigste Jahr seiner Lebensreise beendete.

VI Als er einige Tage später nach Lom kommt, erwartet ihn dort ein Brief seiner Mutter: *Wir sehen, daß mit Dir alles gut ist*, schreibt sie, *uns geht es gut. Das Wetter ist jetzt milder, es geht wohl gegen Sommer, weil der Schnee jetzt langsam schmilzt. Anna und Solveig backen heute flatbrød. Dein Vater hat alle möglichen Arbeiten, er ist meistens allein, Edvin ist an einem Tag fort und am nächsten nicht da!* Sie bedankt sich für einen Kleiderstoff, den er geschickt hat, und fragt, ob er nicht einen Handkoffer besorgen könne. Die Geschwister haben beschlossen, für Edvin, der bald heiraten wird, einige Stühle schreinern zu lassen, die Stühle kosten 27 Kronen pro Stück. Ob er sich an dem Geschenk beteiligen wolle?

Immer wenn er mit der Arbeit gut in Gang gekommen ist, erinnert ihn seine Mutter an die Pflichten auf dem Hof. Der Bruder wird also heiraten. Und er denkt: Jetzt schlage ich zu!

In sein Reiselogbuch schreibt er: *Nacht zum 5. Juni radele ich von Lesja nach Åndalsnes. Heim zu Edvins Hochzeit.*

Es sind einhundert Kilometer von Kjøremgrenda nach Åndalsnes und heim zum Hof an den Fjord. Die Räder des Fahrrads knirschen auf dem Schotter, die Straße verläuft eben, bis sie zum Romsdal hin abfällt. An den Berghängen liegt der Schnee noch bis fast ins Tal hinunter, aber die Wiesen am Weg sind grün, der Wald hellgrün, ja, der Birkenwald steht in hellgrünem Flor. Der westliche Himmel ist abwechselnd hell und dunkel, mit dunklen Wolkenwänden. Viel heller wird es nicht werden. Die Straße ist naß, der Wald feucht, im Tal braust der Fluß, rundum sieht er kleine, schäumende Wasserfälle, das Wasser bildet stehende Lichtschleier in der hellen Nacht. Er ist noch jung, aber nicht mehr blutjung. Er ist fünfundzwanzig Jahre alt, es ist Zeit, Lebensbilanz zu ziehen.

Am 12. Juni 1942 heiratet sein Bruder Edvin Alfhild. Es sind nicht viele Gäste da. Vom anderen Fjordufer sind die Eltern und Geschwister der Braut gekommen, von der anderen Seite des Berges ein paar Vettern und Cousinen des Bräutigams. Das Brautpaar wird von Pfarrer Ulleland getraut, den alle so gern mochten, bis er der Quislingpartei *Nasjonal Samling* beitrat. Sie kommen aus der Kirche heim, die Mutter und die Schwestern des Bräutigams haben das Mittagessen gerichtet.

Am Nachmittag spazieren die Gäste auf der Straße durchs Dorf und schauen zu dem Hof hoch, der die Bürde in Vaters Leben ist. Es ist ein zweieinhalbstöckiges Wohnhaus, ein schönes Haus, mit Schieferdach. Vor dem Haus steht ein ungestrichener Schuppen, an der Seite ein Vorratshaus, beide Nebengebäude haben Grasdächer. Alles ist in brauchbarem Zustand, aber hier steht die Zeit still, eine Generation lang hat sich nichts verändert. Keiner hat einen neuen Nagel eingeschlagen, wenn ein Brett aus der Schuppenwand fiel oder ein Verschlag im Stall repariert werden mußten, wurden meist die alten Nägel geradegeklopft und wieder eingeschlagen.

Vater sagt: »Bitte sehr!«

Was meint er damit?

»Bitte sehr!« sagt er nochmals, zum Bruder und der frischgebackenen Braut. Sie sehen ihn fragend an.

»Das ist Hof Bakken in Ytre Hoem«, sagt er. »Den könnt ihr jetzt haben.«

Die Braut, sechsundzwanzig Jahre alt, schaut den Hang hoch, zur ungestrichenen Scheune, zum Gras auf Scheune und Vorratshaus. Die Frage kam unerwartet. Aber über die Sache hat sie schon nachgedacht. Darum ist sie um eine Antwort nicht verlegen.

»Haben?«

»Ja, bitte sehr«, sagt Vater noch einmal. »Jetzt gehört der Hof euch!«

Sein Bruder hat lange geschuftet, um ein Stückchen Land für ein Haus zu bekommen, jetzt bekommen sie einen ganzen Hof! Es dürfte nicht schwer sein, das Geschenk anzunehmen und sich obendrein dafür zu bedanken.

»Nein«, sagt die Braut, »das wollen wir nicht, Knut. Aber danke für das Angebot.«

Sie war eines von fünf Geschwistern, alles Mädchen. Sie haben alle erlebt, wie die Mutter im Stall geschuftet hat, sie haben sich alle geschworen, daß sie im Leben alles mögliche werden können, nur eines bestimmt nicht: Bäuerin!

Knut hat es die Sprache verschlagen. Er hat nicht damit gerechnet, daß sie ablehnen könnten, der Gedanke war ihm nicht gekommen. Er hatte sich auf dieses Gespräch monatelang vorbereitet, nun fiel alles in sich zusammen. Edvin aber ist froh und vergnügt, jetzt, wo er endlich verheiratet ist, vergißt er Baupläne und Bauernträume und sagt:

»Wir überlegen uns etwas anderes, ja, das machen wir.«

Dann gehen die Jungverheirateten lachend weiter. Vater bleibt zurück. Die Hochzeit ist vorüber. Er geht in den Stall. Im Süden, auf der anderen Seite der Wasserscheide, braucht die Innere Mission ihren jungen Prediger. Wieder muß er alles seinem Vater und seiner Mutter überlassen. Vom 12. bis 14. Juni findet in Fåberg die Jahresversammlung der Inneren Mission Gudbrandsdal statt. Da muß er dabeisein, er ist doch bei dieser Organisation angestellt! Das sind 360 Kilometer, einschließlich der steilen Bergstrecken im Romsdal. So ist das Leben für einen, der nicht in seinem Gebiet wohnt. Er muß 360 Kilometer radeln, um bei der Jahresversammlung dabeizusein.

Und wieder zurück! Am 16. Juni strampelt er die 360 Kilometer nach Hause, um auf dem Hof in Hoem bei der, wie es genannt wird, Torfernte mitzuhelfen. Mithelfen! Das ist doch der Hof, den er bald übernehmen soll! Der Torf wird im Moor gestochen und dann zum Trocknen in die Sonne gelegt. Der Wiesenkerbel steht in voller Blüte, alle nur denkbaren Sommerblumen blühen, der Hof ist voller junger Leute und voller Leben, auch wenn Krieg ist. Dann kommt die Heuernte und all das andere, was getan werden muß. Er meint, daß es nicht mit seiner Berufung vereinbar ist, daß er auf dem Mähbalken sitzt, die Trockengestelle errichtet und das Heu einholt, aber wie soll er sich dem entziehen?

Der Hof belastet ihn, aber er sieht keinen Ausweg. Er mäht mit Mähmaschine und Pferd, hat aber den Kopf woanders. *Niemand kann zwei Herren dienen*, heißt es in der Bibel, die Scholle ist ein harter Herr. Sie kann manchmal strenger sein als Unser Herrgott im Himmel. Er sticht noch etwas Torf für den Mann, vom dem er das Geld geliehen hatte, bevor er im vergangenen Herbst aufbrach, um Gottes Wort zu verkünden, dafür zieht der Mann 50 Kronen von der Schuld ab, den Rest bezahlt Vater mit seinem letzten Geld.

Während der Krieg sich wendet

I Im Herbst 1941 fand Mutter auf einem großen Bauernhof in Fåberg eine Stelle als Dienstmädchen und Schweinemagd. Es war ganz üblich, daß ein junges Mädchen sich um die Schweinefütterung kümmerte, wenn sie für die Arbeiter und die Bauersleute das Frühstück gemacht hatte. Das folgende ist eine der wenigen Geschichten, die Mutter aus jenen Jahren erzählt hat, die ansonsten im dunkeln liegen. Sie ging mit einem großen Eimer Schweinefutter in der Hand über den Hof in Jørstad. Das Wetter war noch warm, im Schweinefutter waren schon Maden, in den Essensresten wimmelte es. Bevor sie den Eimer in den Trog kippte, schüttete sie heißes Wasser hinein. Das war das Abwaschwasser, so wurden die Essensreste, die darin schwammen, auch noch genutzt.

Es war Krieg, und auf diesem Hof gab es etwas zu essen. Wo sollte man hin, so, wie die Zeiten waren? Für ein junges Mädchen gab es keine Möglichkeit, wegzukommen. Auf dem Hof waren viele andere Menschen, auch junge Männer, die Mutter anlächelten. Aber sie war scheu, und sie war auch zornig, daß das hier ihr Schicksal werden sollte.

Den ganzen Winter über stand sie gegen sechs Uhr auf, um Milch warm zu machen und für alle auf dem Hof Grütze zu kochen. Als im Frühjahr die Feldarbeit anfing, mußten morgens über dreißig Leute etwas zu essen bekommen. Irgendwie bekam sie das Gefühl, wichtig zu sein. Wenn sie morgens allein für die dreißig Leute rund um den Tisch in Jørstad

Hafergrütze schöpfte und warme Milch hineinrührte, wußte sie, daß sie größeren Aufgaben gewachsen wäre.

Sie war eine schüchterne und sensible junge Frau, aber sie wurde erwachsener, sicherer in ihrer Arbeit, fand zu sich selbst. Sie lernte ihre Träume und Sehnsüchte besser kennen. Sie war jung und bärenstark, schlief wie ein Stein, konnte aber auch mit wenig Schlaf auskommen. An ihren freien Abenden radelte sie nach Lillehammer und traf dort andere Mädchen aus Nordbygda. Überall sahen sie die deutschen Soldaten, in der Stadt, auf den Wegen am Fluß, auf dem Bahnhof und am Kino.

Nachdem Mutter einen Winter und einen Sommer lang auf Jørstad gewesen war, bekam sie eine Dienstmädchenstelle bei dem bekannten Maler Kristen Holbø. Bei ihm blieb sie einen Winter lang. Jetzt konnte sie einfach in die Stadt spazieren, wenn sie abends mit der Arbeit fertig war. Sie konnte hingehen, wohin sie wollte, für religiöse Versammlungen interessierte sie sich dabei nicht besonders.

Sie ging ins Kino und sah deutsche Liebesfilme. Im Dunkel saß sie mit weitgeöffneten Sinnen und träumte sich weg. In ihrer Mädchenkammer bei Holbø konnte sie nicht einschlafen, sie dachte an die entscheidenden Sätze, die zwischen den Liebenden gefallen waren und die sie dank der norwegischen Untertitel verstand: *Ich liebe dich. Ich werde dich nie verlassen.*

II Der Sommer 1942, daheim in Bakken, kommt Vater endlos vor, er will nur zu seiner Berufung ins Gudbrandsdal zurückkehren. Das Verhältnis zwischen ihm und seinen Eltern war immer gut und vertrauensvoll gewesen. Aber jetzt ist es, als wachse zwischen ihnen eine Mauer aus Ungesagtem. Er sitzt an ihrem Tisch, hört seine Mutter über ihre Sorgen sprechen, versucht, sie so gut wie möglich zu trösten, sagt, daß sich ein Weg finden werde. Sie aber ist beunruhigt und auch ziemlich scharf: »Was ist denn hier so verkehrt«, sagt sie, »daß du ständig fortwillst?« Er versucht, vernünftig mit seinem Vater zu reden, über den Hof und alles, Großvater bleibt zurückhaltend. Da wagt Vater, ihm von einem mutigen Plan zu erzählen, den er ausgebrütet hat, nachdem Edvin und Alfhild den Hof ausgeschlagen hatten. Es gebe jemanden, der als Bauer auf Hoem in Frage komme, sagt er. Man muß seinem Schwager, Marthas Mann, der schon zwei Kinder hat, die Übernahme anbieten! Aber Großvater sieht seinen Sohn erschrocken an und schüttelt den Kopf. Warum soll der Schwager den Hof nicht übernehmen? Nein, das geht nicht! Ist er nicht gut genug? Nun ja, doch, für die Arbeit auf dem Hof schon. Und wozu taugt er nicht? Nun ja, es geht doch nicht nur um den Hof, sagt Großvater. Worum denn dann?

Nun ja, um das Bethaus.

Das Bethaus! Genau! Es ist Großvaters Lebenswerk, und wenn der Sohn nicht dazu beiträgt, um es zu vollenden, wird es nie erbaut werden! Kein anderer hat die Geduld, geschweige denn *die Vision*. Und da ist auch noch *die Mutter*, sagt Großvater. Sie würde sich niemals damit abfinden, daß sie auf ihre alten Tage von jemand anderem als von einem ihrer Söhne versorgt wird. Edvin ist zu rastlos und zu ungeduldig, es ist ein Glück, daß er fort ist. Es kommt, mit anderen Worten, kein anderer in Frage als Knut. Daran ist nicht zu rütteln. »Findest du nicht, daß die Mutter genug ertragen hat«, sagt Großvater. »Hat sie nicht genug gearbeitet und genug gelitten?« So vergehen diese endlosen Sommertage, an denen ständig zuviel zu tun ist, zuviel unter Dach und Fach muß, und er, der Hoferbe sein soll, hilft mit, aber es macht ihm keine Freude, seine Gedanken sind nicht bei der Sache, sie sind überall, nur nicht auf dem Hof.

Sie arbeiten den ganzen Tag zusammen, aber bei den Mahlzeiten schweigen sie, und schließlich fragt Großmutter, ob etwas los sei, weil sie beieinandersitzen, ohne ein Wort zu sagen. Nein, überhaupt nicht! Vater hätte sich gut vorstellen können, ernsthaft mit seiner Mutter zu reden, doch wenn er Großvaters grimmiges Gesicht sieht, läßt er es lieber bleiben.

Aber nach dem Essen, als sie wieder draußen sind und am Bach mähen, der durch das Hofgelände fließt, und eine Landplage namens *smikka*, ein winziges Insekt, das bei bewölktem Wetter und Regen in Schwärmen kommt, ihr bestes tut, um ihnen die Laune zu verderben, verliert Vater wirklich die Geduld und sagt, er müsse diesen Hof, von dem nicht loszukommen sei, wenigstens überschrieben bekommen, damit er wisse, woran er sei. Großvater antwortet, erst einmal müsse sich der Sohn wohl darüber klarwerden, wie er sich im Leben einzurichten gedenke!

»Ach ja? Darum geht es?«

Er müsse erst dafür sorgen, daß er den Hof führen könne, bevor er ihn überschrieben bekomme, sagt Großvater.

Was er damit meint?

»Du wirst das hier wohl nicht allein machen wollen«, sagt Großvater.

Vater meint, die Reihenfolge müsse umgekehrt sein. Er könne doch nicht nach Hause kommen, um Bauer zu werden, solange der Hof nicht formell ihm gehöre. Er könne sich keine Ehefrau zulegen, solange er ihr keinen Hof zu bieten habe. »Du kannst ja wohl nicht allein mit einem Hof dasitzen, wenn du keine Frau hast, die dir hilft?« fragt sein Vater.

Da geht ihm auf, daß seine Eltern ihm nicht vertrauen. Was reden sie hinter seinem Rücken über ihn? Sie glauben tatsächlich, daß er den Hof nur an sich bringen will, um ihn zu verkaufen, kaum daß er ihn hat! Dieser Gefahr wollen sie sich nicht aussetzen. Sie wollen erst sehen, daß es ihm wirklich Ernst ist.

Vater ist empört, aber er versucht das zu verbergen. Als er im Herbst wieder auf Reisen geht, sagt sein Vater erwartungsgemäß, daß sie über die Sache reden sollten, wenn es wieder Sommer werde. Beide wissen, daß es jetzt Ernst ist und der Vater eine Entscheidung erzwingen will.

III Am 3. und 4. Oktober hielt die Bibelschulgesellschaft Gudbrandsdal in Fåvang ihr Jahrestreffen ab. Es wurde von Sigurd Evenshaug geleitet. Evenshaug stammte aus der Gegend um Trondheim, war aber schon lange Leiter der Inneren Mission im Gudbrandsdal. Nach dem Krieg nannten ihn die Leute den *kleinen Bischof*, weil die Missionsanhänger mit dem offiziellen Bischof im Bistum Hamar, Kristian Schjelderup, nichts zu tun haben wollten. Dieser vertrat nach ihrer Auffassung eine ketzerische Lehre und säte Zweifel in die Seelen der Gläubigen an dem Erlösungswerk und der Göttlichkeit Jesu.

Bei dieser Versammlung ergriff Vater das Wort. Denn im *Gudbrandsdølen* steht, daß ein junger Mann in einem *Zeugnis* davon berichtet habe, was in der Nacht des 10. April 1940 in der Bibelschule in Oslo geschehen sei. Die Schüler seien in einen sicheren Raum im Keller gegangen, erzählt der namenlose junge Mann, dort hätten sie selbst erlebt, was im 91. Psalm beschrieben steht: *Wer unter dem Schirm des*

Höchsten sitzt und unter dem Schatten des Allmächtigen bleibt, der spricht zu dem Herrn:

Meine Zuversicht und meine Burg, mein Gott, auf den ich hoffe. Denn er errettet dich vom Strick des Jägers und von der verderblichen Pest. Er wird dich mit seinen Fittichen dekken, und Zuflucht wirst du haben unter seinen Flügeln. Seine Wahrheit ist Schirm und Schild, daß du nicht erschrecken mußt vor dem Grauen der Nacht, vor den Pfeilen, die des Tages fliegen, vor der Pest, die im Finstern schleicht, vor der Seuche, die am Mittag Verderben bringt. Wenn auch tausend fallen zu deiner Seite und zehntausend zu deiner Rechten, so wird es doch dich nicht treffen.

Seit einem Jahr ist er im Dienst, bei diesem Treffen können ihn auch Leute aus Weilern kennenlernen, die er noch nicht besucht hat. Es fällt ihnen auf, daß seine Stimme sicher und fest ist, er spricht darüber, daß der Gläubige auch in diesen schwierigen Zeiten auf Gottes Gnade vertrauen kann. Als die Versammlung zu Ende ist und das Essen hereingetragen wird, gehen einige, die an diesem oder jenem Ort der Inneren Mission vorstehen, zu Vater und fragen ihn, ob er nicht bald einmal auch zu ihnen kommen werde. Evenshaug, der tüchtige Missionssekretär, der von Lillehammer aus alle Fäden in der Hand hält, kann hier und jetzt nichts versprechen, aber er merkt sich natürlich, wer Hoem gern bei sich sähe. Und dieser Hoem hat viele Talente. Später am Abend, nach der Versammlung, rezitiert er das Gedicht über den schottischen Heerführer Sinclair, der 1612 im Romsdal sein Heer zum Angriff führte und dabei den Tod fand. Die Bauern hatten einen gewaltigen Polter aufgetürmt und Steine zwischen die Baumstämme gepackt, den ließen sie über Sinclairs Soldaten niedergehen, als ihnen die legendäre Volksheldin Prillar-Guri das Zeichen gab, die Taue, die den Polter hielten, mit einer

Lyrasaite zu durchschneiden! Nach dem Sinclairgedicht trägt Hoem noch ein paar Gedichte vor, die er selbst geschrieben hat. Sie sind in munterem Ton gehalten und handeln von Erfahrungen, die er als Verkünder im Tal der Täler gemacht hat. Er erwähnt den einen oder anderen, den sie kennen, und die Freunde der Inneren Mission lachen herzlich.

Jetzt hat er den Ton gefunden. Für jede Stimmung und jede Situation hat er einen Reim, für jede Lebenslage ein Bibelwort. Evenshaug bemerkt, daß *der Hoem* dabei ist, eine Anhängerschaft zu gewinnen. Mehrere erwähnen ihn im Gespräch, Hoem hat offenbar etwas, was andere Prediger nicht haben. Er ist nicht leidenschaftlicher als sie, es liegt eher daran, daß er *geheimnisvoll* ist und nicht so geradeheraus. Manche Prediger sind so durchschnittlich, daß man von einem Tag zum nächsten vergißt, was sie vorgetragen haben, aber der hier kann so reden, daß man es behält. Evenshaug sieht, daß der Erfolg dem jungen Verkünder guttut. In den Gesprächen gibt er sich so unbefangen, daß es des Guten fast zuviel werden kann, aber das muß man auf das Konto seiner Jugend buchen.

Möglicherweise bemerkt Hoem, daß Evenshaug über seine Einfälle nicht immer so herzlich lacht wie die anderen. Und ob nun darüber gesprochen wurde oder nicht, vielleicht begreift er, daß jemand, der jahraus, jahrein im Dienste Gottes umherreisen soll, nicht sein ganzes Pulver auf einmal verschießen darf. Man muß sich so benehmen, daß man die, zu denen man sprechen soll, nicht verstört, man darf sie nicht überrumpeln und mit allen möglichen Ideen überschütten, man muß klar das Evangelium von dem Einen, was nottut verkünden, so, wie der Sekretär es in seiner Einführung und in seinen abschließenden Worten getan hat, bei dieser Versammlung der Christen im Gudbrandsdal im dritten Jahr des Krieges.

Die erste Lehrzeit ist vorüber. Wer Vater zuhört, bemerkt, daß ihm eine neue Kraft zugewachsen ist, aber auch eine größere Ungeduld. Er hat immer gesagt, das Werk des Herrn geschehe im stillen, aber er ist eindringlicher und drängender geworden. Ohne es auszusprechen, nimmt er seine Zuhörer zu etwas mit, das für Rosenius so wichtig ist, jenen schwedischen Verkünder, der sein großes Vorbild geworden ist: Das Erlösungswerk *ist schon vollendet*. Das brennt ihm jetzt auf der Seele. Jesus Christus hat für uns gesühnt, ein für alle Mal. Wenn wir mit ihm leben wollen, müssen wir umkehren, mit ihm leben bedeutet, daß er unsere Sünden auslöschen wird und wir ein Blatt wenden. Eines aber muß der Hoem immer wieder hervorheben, daß wir nämlich nicht mit unseren Taten bestimmen können, ob wir die Seligkeit erlangen. Für Gott besteht kein großer Unterschied darin, ob wir sittsam leben oder liederlich, Sünder sind wir allemal, erlösen kann uns nur seine wunderbare Gnade.

Die jüngeren Teilnehmer der Versammlungen sehen in diesem Hoem jemanden, der neue Wege einschlägt und alte Denkweisen hinter sich läßt, um so Erweckung und Umkehr zu ermöglichen.

IV

In einem Dorf im südlichen Gudbrandsdal lernt Vater eine junge Frau kennen. Sie hat einen Hof, den niemand außer ihr übernehmen kann. Es ist ein guter Hof, mit Alm und Wald, Jagdgebiet und Fischweiher, auch wenn der Boden zum Teil sehr abschüssig und schwer zu bestellen ist. Sie muß einen Mann finden, der diesen Hof mit ihr führen kann, und dieser Mann muß willens sein, sich nach denen zu richten, die dort schon wohnen, nach ihren Sitten und Gebräuchen, ihrem Glauben und ihrer Auffassung davon, wie ein solcher Hof am besten zu bewirtschaften sei. Dieser Hof ist kein Ort für neue Ideen. Einen Mann zu finden, der eine so große Bürde auf sich nehmen will, ist nicht ganz leicht.

Knut Hoem hat einen Hof, der in Hoem im Romsdal auf ihn wartet, er und die junge Frau sind also an je ihren Heimatort, je ihren Hof gebunden. Mit anderen Worten, sie haben einander nichts zu sagen, sie können kein Paar werden, ebensogut könnte sich einer mit einem Bauernhof im amerikanischen Minnesota mit einer Hoferbin in der norwegischen Hedemark zusammentun!

Und doch beginnt hier eine Geschichte, die niemand mehr erzählen will oder kann. Aber wenn Vaters Geschichte einen Sinn ergeben soll, muß zu dem, was später geschah, eine Brücke geschlagen werden. Denn das, was später in seinem Leben geschah, ist ohne das, was jetzt geschieht, nicht zu verstehen, und was jetzt geschieht, mußte gehen, wie es ging, weil vorher, lange vorher, einiges geschehen war, von dem man sich nicht befreien konnte.

An dieser Stelle ist es also, als müßte man einen schäumenden Fluß überqueren, nachdem Wasser und Eisschollen die Brücken weggerissen haben, als gäbe es nur noch eine Seilwinde mit einem Korb, als müßte man den Mut haben, hineinzusteigen, um ans andere Ufer zu gelangen. Also:

Zwei Tage vor Heiligabend, am 22. Dezember 1942, kam Vater nach Hause.

Er erzählt seinen Eltern, daß es eine Frau gebe, an die er viel denke. Er sagt auch, daß es wohl nichts werden könne mit ihnen, sie habe einen eigenen Hof, und wenn daraus etwas werden solle, müsse er wohl zu ihr ziehen.

Da bekommt sein Vater ein grimmiges Gesicht, und seine Mutter fragt, ob er nicht gesund sei, es wäre gut, wenn er sich ausruhen würde. *Nicht gesund*. Das hat in diesem Haus keinen guten Klang. Der Vater stellt sich zwischen Mutter und Sohn. Wenn er dieses Mädchen haben will, muß er dafür sorgen, daß sie herkommt, sagt der Vater. So verrückt sei die Welt ja wohl noch nicht, daß ein Erbe seinen Hof aufgibt und auf einen anderen Hof umzieht! Jetzt müßten sie über das *Leibgedinge* reden. Das Leibgedinge sind jene Dinge und Dienste, die ihm und Beret Anna zustehen, wenn Knut den Hof übernimmt. Diese Sache stehe im Grunde schon viel zu lange an.

V

Direkt nach Neujahr 1943 kehrt Vater ins Gudbrandsdal zurück, aber er reist nicht zu der jungen Frau. Er muß ein paar Umwege machen, um eine Lösung zu finden, und bleibt einige Wochen an anderen Orten. Er kann nicht zu ihr fahren und klipp und klar berichten, was seine Eltern gesagt haben.

Er ist unter Menschen, aber die Wintertage, die ihm einmal so gutgetan haben, die ihm wie Schneehöhlen vorkamen, in denen er sich verstecken konnte, werden ihm zu lang. Er hält es fast nicht aus. Er sitzt in den Stuben, aber er hat keine Arbeit zwischen den Fingern. Er schweift in Gedanken ab, grübelt. Wenn jemand ihn anspricht, antwortet er nicht. Die langen Wartezeiten, die ihm bislang guttaten, scheinen ihm jetzt unerträglich. Er braucht diese langen, leeren Tage nicht mehr, um sich darauf vorzubereiten, was er während der abendlichen Stunden sagen soll.

Er beginnt ihr Briefe zu schreiben, ausführliche, lustige Briefe. Schon bald kommt Antwort. Ihr war es schwergefallen, über ihre Träume und Gedanken zu sprechen, aber in den Briefen findet sie Worte für alles, was sie beschäftigt! In diesen Briefen beschreibt sie auch, wie sie sich ihr gemeinsames Leben vorstellt.

Die Briefe tun beiden gut. Sie lebt auf dem Hof, den sie erben soll, ist aber nicht mehr so isoliert und einsam. Und Vater, der so lange gereist ist, ist froh. Er will wirklich, daß sie ein Paar werden, auch wenn er im Augenblick nicht sieht, wie sie das bewerkstelligen sollen. Er, der ursprünglich gar keinen Hof haben wollte, hat eine Situation geschaffen, in der er zwei übernehmen müßte.

In diesem Frühjahr macht er eine zusätzliche Reise nach Hause. Er fährt zu einer weiteren Hochzeit, seine Schwester Solveig heiratet. Er schreibt für Solveig und ihren Mann, die als Kinder zusammen gespielt haben, ein Hochzeitslied. Das junge Ehepaar zieht auf Hoem ein.

Vater fährt zurück ins Tal der Täler und wohnt in diesem Frühjahr achtmal bei der jungen Frau. Das muß erst ein großes Glück und dann ein großer Kummer gewesen sein. Denn was nun geschieht, sollte viele Jahre seines Lebens prägen.

Eine *gescheiterte Verlobung*, schrieb er fünfzig Jahre später, in einer unbeendeten Notiz, führt auf dem Land zu Gerede, und das kann einem Menschen ein Leben lang anhängen!

Er sprach aus eigener, teuer bezahlter Erfahrung.

Zweimal habe ich Vater diese Angelegenheit erwähnen hören, beide Male schien sie unendlich fern. Es lag keine Wehmut in seinen Worten. Beide Male hatte er selbst davon angefangen, es sollte also nicht verschwiegen werden. Mir fiel auf, daß er nicht lächelte, als er darüber sprach. Das war keine leichtfertige Jugendliebelei gewesen, leidenschaftlich, solange sie andauert, aber schnell vergessen. Es war ernst gewesen, jedenfalls von seiner Seite. Und ich glaube, das war es auch von ihrer Seite. Mit dergleichen scherzt man nicht, wenn man erwachsen ist. Nur Kinder spielen Heiraten und Verloben. Sie war fünfundzwanzig Jahre alt, das war nicht das Alter für Spiele.

Im Frühjahr fuhr er nach Hause und sagte, daß er sich mit der Frau verlobt habe, über die er an Weihnachten gesprochen hatte. Er sagte, sie wolle zu Besuch kommen, wenn der Sommer dem Ende zu gehe. Seine Eltern fragten, warum sie zur Ernte nicht komme, wenn soviel zu tun sei. Er sagte nicht, daß sie auf ihrem eigenen Hof bleiben und die Ernte dort mitmachen müsse. Er wiederholte, daß sie nach den Hundstagen kommen wolle. So lebte er die ganze Erntezeit über mit einem Geheimnis, das er nicht lüften konnte. Er dachte, wenn sie sie erst kennengelernt hätten, würden sie verstehen, daß sie die richtige Frau für ihn war. Er hörte schon seinen Vater sagen, daß das eine sei, die das Zeug zu einer guten Ehefrau habe, daß sie *gestanden* sei, so nannte er Frauen, die etwas taugten, und auch stark. Wenn der Vater sie guthieß, dann würde auch die Mutter, so rechnete er, der neuen Schwiegertochter entgegenkommen und sich mit ihr aussöhnen. Und wenn all das geschehen war, würde er sagen, daß die Zeit auf Hoem vorbei sei. Sein Plan sah vor, die Eltern mitzunehmen auf diesen Hof, der für alle groß genug war und alle ernähren konnte. Er wäre von seinen Versammlungen schnell zu Hause. Sicher würde einer seiner Schwager Bakken übernehmen, sobald sie sähen, daß es ihm Ernst war, daß er wirklich nicht zurückkommen und den Hof fordern würde, dessen Erbe er jetzt war, nachdem Lars für unheilbar krank und unmündig erklärt worden war.

In jenem Sommer unternahmen Großvater und Großmutter die längste Reise ihres Lebens. Sie fuhren nach Lillehammer zu einer großen christlichen Versammlung. Evanshaug war ebenso da wie alle ihre gläubigen Freunde, sie kamen aus dem Gudbrandsdal und von noch weiter her, sie begrüßten Edvard Knutsen und Beret Anna, die alternden Eltern des Predigers Knut Hoem, und dankte ihnen für alles, was ihr Sohn den Menschen bei mittlerweile Hunderten von Andachten gegeben hatte, in seinen beiden ruhelosen Jahren als Prediger. Für Großmutter, die im Leben soviel Schweres erlebt hatte, war es eine große Freude, daß ihr Sohn da, wo er war, so segensreich wirkte. Dann stimmte der Chor ein Lied nach dem anderen an, und die Redner gingen an das Rednerpult, an diesem schönen Augustsonntag, in Nysætra, das weit oben im Øyerfjell liegt. Die beiden fielen in die Lieder ein, auch Großmutter sang mit, vielleicht bemerkten einige, daß sie eine schöne Stimme hatte. Zum ersten Mal seit vielen Jahren sang sie, wie sie in ihrer Jugend gesungen hatte. Tief im Landesinneren Norwegens sang sie das Lied, das zu jener Zeit das meistgesungene Kirchenlied Norwegens war, mit Bildern, die auf die Küste und das Meer verwiesen:

Wie ein Leuchtturm stets dem Seemann
in der Nacht die Richtung weist,
streben wir mit Jesu Namen
des Erlösers Hafen zu.

VI Als der Sommer sich dem Ende näherte, nahm das Mädchen, um das Vater angehalten hatte, den Zug nach Åndalsnes im Romsdal. Auf allen Bahnhöfen, an den Kais und den Anlegestellen waren deutsche Soldaten. In Molde wartete ihr Verlobter mit Pferd und Karriole.

Als an den Hängen des Jendemsfjells die Preiselbeeren reiften, kam das Mädchen aus dem Tal der Täler, um die Menschen kennenzulernen, die ihre Schwiegereltern werden sollten.

Sie waren freundlich zu ihr, fragten, wie es dort sei, wo sie lebte, aber es schien, als warteten sie die ganze Zeit darauf, daß sie sagte, wann sie zu ihnen kommen werde. Sie bemerkte, daß sie unsicher waren, wie alles werden sollte. Es ging ihr auf, daß ihr Verlobter seinen Eltern keineswegs unmißverständlich gesagt hatte, daß er jetzt ins Gudbrandsdal ziehen werde. Als sie ihn damit konfrontierte, war seine Nervosität deutlich. Er sagte, er werde mit seinen Eltern reden und ihnen alles erzählen. Bald darauf reiste sie ab, aber bei der Abreise war der Ton zwischen ihnen nicht so liebevoll wie bei der Ankunft.

Zusammen mit einem Mann, der jetzt mit Schwester Anna verlobt war und der sicher zeigen wollte, daß er als Schwiegersohn eines Bauern taugte, hatte Vater im nassen Torf auf Hoem einen Graben ausgehoben. Damit das Wasser ablaufen konnte, hatten sie ihn mit Steinen befestigt. Damit waren zwar nur ein paar Quadratmeter gewonnen, aber es war das letzte nutzbare Land, das es auf dem Hof noch gab. Sie legten jeweils einen Stein an die Seiten des Grabens, obenauf einen dritten als Abschluß, so entstand eine Rinne, durch die das Wasser abfließen konnte. Zum Schluß bedeckten sie sie mit Torf von der obersten Schicht, die Grasnarbe nach unten gekehrt, damit nicht Erde oder Geröll in den Graben fallen konnten. Das war schwere Arbeit, und Vater stocherte mit dem Spaten herum.

»Nein, *so* mußt du das machen«, sagte der künftige Schwager. Er griff mit bloßen Händen in den weichen Torf, trug ihn zum Graben und bugsierte ihn an die richtige Stelle.

»Aber so macht man sich schmutzig«, sagte Vater. »Die

Hände und die Kleider auch.« Da sagte der künftige Schwager, nicht ohne Spott:

»Junge, wenn du Bauer werden willst, mußt du damit rechnen, daß du dich schmutzig machst.«

Er, der gar kein Bauer sein wollte, würde nun bald Bauer auf zwei Höfen sein. In was für eine Lage hatte er sich gebracht!

VII

Es war ein Tag, an dem man fühlte, daß der Herbst kam, der Fjord war dunkel und grau, die Zugvögel sammelten sich. An diesem Tag sagte Knut Hoem seinen Eltern, daß er Bakken und Hoem verlassen und auf einen viel größeren Hof im Tal der Täler umziehen werde. Dort, in diesem Tal, hatte er seine Berufung und seinen Wirkungskreis. Der Hof von Hoem sollte an eines seiner Geschwister gehen, man werde sehen, wer sich am besten dafür eigne und am meisten dafür interessiere, sobald allen klar wäre, daß er nicht zurückkommen werde. Falls im Moment keiner wolle, müsse man auf die Zeit vertrauen, von seiner Seite jedenfalls sei die Angelegenheit jetzt entschieden.

Mutter Beret Anna sah ihn sehr lange nur an, er hielt ihrem Blick stand, trotzig, er mag gedacht haben, daß es an der Zeit, endlich an der Zeit sei, sich nicht mehr von ihr gängeln zu lassen. Er war jetzt sechsundzwanzig Jahre alt und konnte sich nicht erinnern, ihr ein einziges Mal widersprochen zu haben.

»Also, das ist jetzt entschieden«, sagte er.

Da schrie sie. Seine Mutter bekam einen Anfall, wie er ihn noch nie erlebt hatte. Sie ging schreiend zu Bett. Später verweigerte sie Essen und Trinken.

Am folgenden Tag stand sie nicht auf, auch an diesem Tag

wollte sie weder essen noch trinken. Vater ging zu ihr, um sie zur Vernunft zu bringen. Er sagte, er habe vor, sie, seine Eltern, mitzunehmen, sobald sie zum Umzug bereit seien, und daß er sich im Tal der Täler um sie kümmern werde. Sie sollten bei ihm alt werden. Sie brauchten, mit anderen Worten, keine Angst zu haben, daß sie allein auf Hoem zurückbleiben würden. Sie würden mit ihm dorthin ziehen, wohin er zog, und dort wohnen.

Sofort wurde ihm klar, daß er nichts Schlimmeres hätte sagen können. Was immer er vorhaben mochte, von ihrem eigenen Hof würden sie niemals wegziehen! Eher würden sie sich zum Sterben legen.

Man könnte also sagen, daß es seine Mutter war, die ihn vernichtete und alles kaputtmachte, aber wenn man es aus ihrer Sicht sieht: Es war Krieg, sie gingen Alter und Krankheit entgegen, es gab keinerlei Altersversorgung und keinen Ort, wo alte Menschen wohnen konnten, wenn sie nicht mehr allein zurechtkamen, außer auf dem Hof, wo sie ihr Leben lang gewohnt hatten. War er nicht schuld an diesem ganzen Unheil, weil er sich auf das Unmögliche eingelassen hatte? Wie wäre es Beret Anna und Edvard als Abhängigen und Kranken auf einem Gudbrandsdalhof ergangen? Sie hätten es selbstverständlich nicht ertragen, sie wären vor Kummer zugrunde gegangen. Großvater hatte diese Berghänge, diese Felsen und diese Erde nicht aus freien Stücken gewählt, aber nun war das hier seit über fünfzig Jahren sein Zuhause. Er konnte nirgendwo anders leben, und Großmutter wäre in weniger als einem Jahr zusammengeschrumpft und gestorben. Das leuchtete jedem ein, der sie kannte, auch dem, der nicht akzeptieren wollte, daß die Dinge waren, wie sie waren, und der daher um eine Frau angehalten hatte, die unwiderruflich an einen anderen Ort gebunden war.

VIII Im eigenen Land und in der Welt herrscht weiter Krieg, nun schon im vierten Jahr. Die Deutschen wohnen immer noch im Pfarrhof in Øyer, die Offiziere im Haus, die Soldaten im Garten. Die Pfarrersfrau, die geborene Finnin Ingrid Segerstråle Basberg, beschließt, im Saal des Pfarrhauses für die Soldaten eine Erbauungsstunde abzuhalten, sie ruft die älteste Tochter Anita hinzu, sie spielt Orgel. Während der Andacht stimmt sie Luthers Lied *Ein feste Burg ist unser Gott* an, die deutschen Soldaten singen, daß es nur so schallt. Aber nach der Erbauungsstunde sieht Anita Basberg sie draußen im Garten weinend umhergehen.

Im Herbst 1943 fanden die Zwillinge aus Nylund in Nordre Ål Arbeit, im dortigen Fåberger Pflege- und Altersheim. Olga arbeitete in den Zimmern, Mutter in der Küche. An einem Tag in der Woche war Waschtag, das war die schwerste Arbeit. Manchmal fingen sie morgens um vier Uhr an, damit sie früh genug fertig wurden, um sich noch eine Stunde ausruhen zu können, bevor das Abendessen serviert werden mußte. *Wir hatten die Hoffnung verloren, daß wir noch einmal frei werden. Von der Welt draußen hörten wir nichts, die Radiogeräte waren schon seit langem eingezogen*, schrieb Olga in einem Erinnerungsbüchlein, das sie *Im Zeichen des Löwen* genannt hat.

Im Pflegeheim arbeiteten viele junge Leute. Abends saßen sie auf der Veranda im ersten Stock und lauschten den Liedern aus einem nahen Lager für russische Kriegsgefangene. Das Wetter war noch mild, die Gefangenen froren nicht, aber der Winter stand vor der Tür. Deutsche Soldaten waren auf den Wegen in der Gegend unterwegs und sangen ihre Soldatenlieder, die ohne Zahl waren. Jetzt war es nicht mehr das triumphierende *Deutschland, Deutschland über alles*, jetzt fielen ihnen eher Lieder von Liebe und Freundschaft ein, die sie ohne Schwung und ohne Freude sangen: *Alte Kameraden. Lili Marleen.*

Die Nylund-Zwillinge wohnen im zweiten Stock, jede hat ein eigenes Zimmer. Sie sind, mit anderen Worten, erwachsene Frauen, die ein Recht auf ein eigenes Leben haben. Und wenn ein Film läuft, den sie gern sehen wollen, wer könnte ihnen den Kinobesuch verbieten, solange sie die Eintrittskarte mit ihrem eigenen Geld bezahlen?

Es liegt jetzt eine andere Stimmung in der Luft, selbst im Gudbrandsdal sprechen die Leute davon, daß sich das Kriegsglück wendet. Irgendwann schließt Mutters Bruder sich der Widerstandsbewegung in Øyer an. In Nordbygda ist der Widerstand sehr aktiv. Gruppenleiter ist Torleif Olstadjordet, ein Halbbruder von Großvater Mathias Nylund, eine weitere Schlüsselfigur ist Sverre Høistad, Großmutters Bruder. Kåre, Magne und Arve Nylund gehören alle zu seiner Gruppe, der Gruppe Fünf.

IX Im September, wenige Tage bevor Vater wieder abreisen muß, kommt Großvater mit einem handschriftlich aufgesetzten Leibgedinge, in dem steht, was ihm und Beret Anna vom Ertrag des Hofes zustehen soll, nachdem Vater ihn übernommen hat. Sie werden umsonst in der Südstube des Wohnhauses wohnen, dazu gehören noch eine Küche, das Zimmer über Stube und Küche und die Dachkammer darüber. Sie wollen den alten Kuhstall haben, weil sie daran denken, Schafe zu halten, sie wollen im Bootshaus Platz für ein Boot und die Fischereigerätschaften. Zusätzlich wollen sie jährlich 200 Kilo gut gereinigten Hafer, 100 Kilo Weizen, 100 Kilo Gerste und 500 Kilo Kartoffeln, das sind an jedem Tag des

Jahres fast anderthalb Kilo für ein altes Ehepaar. All das soll der Sohn, der Hoferbe, kostenlos anliefern, das Getreide muß gemahlen sein. Da steht auch, daß sie *ein Drittel der Milch* von bis zu *fünf* Kühen bekommen sollen, diese komplizierte Bruchrechnung ist schwierig nachzuvollziehen, aber solange der Hof nicht mehr als fünf Kühe hat, ist das jedenfalls fast die Hälfte der Milch, die der Hof produziert. Die Milch soll nach jedem Melken zwischen Altenteiler und Hoferben aufgeteilt werden. Sie wollen kostenloses Futter und Pflege für drei Schafe mit Lämmern, kostenloses Brennmaterial, ans Haus gefahren und in die Stube getragen, wenn sie das Holz selbst nicht mehr tragen können. Sie wollen ein Milchkalb und zehn Kilo Speck im Jahr. *Im Falle von Krankheit und Alter* wollen sie kostenlos gepflegt werden. Hier soll also keiner ins Altersheim kommen. Schließlich wollen sie 40 Ar Ackerland zu ihrer freien Verfügung. Die Altenteiler haben Anrecht auf fünfzehn Fuhren Mist sowie auf den kostenlosen Gebrauch des Pferdes, damit der Altenteiler all das betreiben kann, worauf er in den genannten Punkten Anspruch erhoben hat. Wenn einer der Altenteiler stirbt, bekommt der andere Zweidrittel des Leibgedinges, das für beide vereinbart wurde.

Dieser Altenteilvertrag streicht einen beträchtlichen Teil dessen ein, was der Hof in einem normalen Jahr erwirtschaftet, in einem schlechten Jahr kann es mehr als die Hälfte sein. Was wollen Großvater und Großmutter mit 500 Kilo Kartoffeln im Jahr? Ein ausgewachsener Mann könnte im Laufe eines langen Winters durchaus zwei Tonnen, also rund 200 Kilo, verdrücken, aber Großmutter, die nur im Essen herumstochert? Hat sie bei einer Mahlzeit jemals mehr als eine Kartoffel gegessen? Vielleicht vor langer Zeit, als sie jung war. Aber jetzt, als alternde Frau, mit der das Leben zu hart umgesprungen war?

Die Antwort ist, daß viele davon etwas bekommen sollten, nicht nur die Eltern. Mehrere ihrer erwachsenen Kinder wohnten dort, sie verschenkten Kartoffeln und Säcke Getreide oder verkauften sie für einen Apfel und ein Ei.

Nachdem Vater die Bedingungen des Vertrags akzeptiert hatte, konnte die Übertragungsurkunde aufgesetzt werden. Das geschah am 23. September 1943. Zusätzlich zum Leibgedinge sollte Vater für den Hof 4000 Kronen bezahlen.

Und sie hatten noch etwas ausgebrütet, was er schlucken mußte, wenn dieser Hof jemals ihm gehören sollte:

Solange wir, beide oder einer von uns, leben, behalten wir das Vorkaufsrecht auf den Hof zum gleichen Preis, Kr. 4000,–, falls erwogen werden sollte, den Hof außerhalb des engsten Familienkreises zu verkaufen.

Außerdem übernimmt der Käufer den Viehbestand des Hofes, Maschinen, Gerätschaften und den Anteil am Werkzeug, ausgenommen: 1 Kuh, 1 alte Stute und 3 Schafe, für einen Preis von 2000,– Kronen.

Da Vater kein Geld hatte, mußte die Bezahlung auf andere Weise geregelt werden. Er übernahm eine Pfandobligation von 500 Kronen und bezahlte 500 Kronen bar. Die restliche Kaufsumme blieb auf dem Hof stehen, mit dem Hof als Sicherheit. Vater sollte seinen Eltern nach den öffentlichen Pfandlohnregeln Zinsen bezahlen. Daher konnte er den Hof nicht verkaufen, aber er konnte ihn auch nicht beleihen, falls das nötig sein sollte. Das Rückkaufsrecht machte den Hof als Pfandobjekt wertlos.

Er übernahm den Hof, das sollte zu Neujahr geschehen, aber die Urkunde war ausgestellt. Der einzige Haken daran war, daß die Übertragung nur eine Formalität ist. Die Eltern haben die volle Kontrolle. Sie sitzen am langen Hebel. Vater hat nicht den geringstes Handlungsspielraum. Die Übernahme des Hofes hat ihn unfreier gemacht, als wenn er nicht der Eigentümer wäre.

Er erhielt den Grundbucheintrag, bevor er am 1. Oktober 1943 zu einer neuen Verkündigungsreise aufbrach.

Ich vermute, daß er äußerst erregt war.

Zunächst arbeitete er im nördlichsten Teil des Gudbrandsdals, dann blieb er den ganzen Herbst 1943 im Ottatal.

Als er zu Weihnachten nach Hause fuhr, hielt er immer noch daran fest, daß er nicht wisse, ob er sich als Bauer in Hoem niederlassen werde. Ab Neujahr war er der Besitzer des Hofes, aber Großvater sollte ihn weiter bestellen, im Auftrag von Vater, der ja gar keinen Hof haben wollte.

X Unmittelbar nach Neujahr 1944 ist allen klar, daß das Vorrücken der Roten Armee eine echte Winteroffensive bedeutet. Die deutsche Kriegsmaschinerie gerät von mehreren Seiten unter Druck. An der süditalienischen Front greifen die Amerikaner an, man rechnet damit, daß es in Norditalien bald einen amerikanischen Großangriff geben wird. Britische und amerikanische Flugzeuge bombardieren Kiel und andere westdeutsche Städte.

Der Ton in den Zeitungen wird heroisch und pathetisch. Jetzt führen die deutschen Soldaten keinen siegreichen Kampf für Deutschland und das Dritte Reich mehr, nein, jetzt ist der Kampf um die Zivilisation in seine entscheidende Phase getreten. Im Kino von Lillehammer laufen tagein, tagaus romantische Filme aus Deutschland und Italien. In ihnen geht es nur noch um das Zentrale, um Liebe und Tod. Den Soldaten soll die tragische Schönheit nahegebracht werden, die den deutschen Kampf auszeichnet. Im Dunkel des Kinosaals sitzen junge Norweger und deutsche Soldaten nebeneinander. Seite an Seite trocknen sich Wehrpflichtige aus Hessen oder Hannover und ahnungslose junge Norwegerinnen die Tränen.

XI Am Dreikönigstag wurde im Altenheim von Fåberg die Weihnachtszeit mit einem festlichen Kaffeetrinken abgeschlossen. Zwischen den vielen Alten stand ein großer geschmückter Baum. Probst Lyngaas sprach über das größte aller Weihnachtsgeschenke, über Ihn, Jesus Christus, nach einem Zeugnis des Predigers Trinerud fassen sich alle Anwesenden, wie es Tradition ist, an den Händen, bilden zwei große Ketten und gehen um den Weihnachtsbaum herum. Auch die zwei ältesten Bewohner des Pflegeheims, beide über neunzig, waren anwesend. Der Reporter des *Gudbrandsdølen* schrieb, es sei schön und anrührend gewesen, zu sehen, wie sich in den alten und starken Gesichtern, in denen die Jahre ihre Spuren hinterlassen haben, der Weihnachtsbaum und die Weihnachtsfreude spiegelten. Der Heimleiterin war es trotz der schweren Zeiten gelungen, einen einladenden Kaffeetisch zu decken, mit belegten Broten und selbstgebakkenem Kuchen, allem wurde eifrig zugesprochen. Vermutlich erwähnte keiner, daß der größte Teil dieser Weihnachtsbäckerei von der neunzehnjährigen Köchin Kristine Nylund stammte.

Bürgermeister Christiansen sprach zu den Alten über die schwierigen Zeiten und sagte, man müsse voll Glaube und Zuversicht ins neue Jahr gehen.

»Vielleicht waren wir zu selbstgerecht und übermütig geworden«, sagte der Bürgermeister, »so daß wir gezüchtigt werden mußten. Aber wir werden das Schwere überwinden, dann geht es wieder aufwärts!« Zum Schluß dankt der Probst dem Bürgermeister, und er dankt auch der Leiterin, den Krankenschwestern und den Angestellten des Heims für ihre aufopfernde und tüchtige Arbeit.

Zu ihnen gehörte auch die junge Kristine Nylund, aber ich kann mir nicht vorstellen, daß sie aus der Küche hereinkam. Sollte sie doch gekommen sein, machte sie einen Knicks, oder stand sie nur da? Ich glaube, sie war zu stolz zum Knicksen. Viele Jahre später sprach sie über Werna Gerhardsen, die Frau des sozialdemokratischen Ministerpräsidenten, die sich 1956 geweigert hatte, vor Königin Elizabeth zu knicksen.

Am Dreikönigstag des Jahres 1944 steht Mutter nach dem großen Fest im Fåberger Pflegeheim vor Bergen von schmutzigem Geschirr. Die anderen Mädchen haben frei. Im großen Waschkessel sprudelt schon das Wasser, Hunderte von Tassen müssen erst gespült und dann ausgekocht werden. Es geht auf Mitternacht, als Mutter unwillkürlich eine jähe Bewegung macht, woraufhin eine Lawine aufeinandergestapelter Tassen und Teller zu Boden geht. Mehrere Tassen und Teller sind zerbrochen, aber Mutter kehrt die Scherben auf und spült bis lange nach Mitternacht weiter, daß die Seifenlauge nur so spritzt.

Mutters Leben auf den Kopf gestellt

I Der Abend, der Mutters Leben auf den Kopf stellte, kam im Frühjahr 1944, im Februar, März oder April. Sie war mit einer Freundin im Kino von Lillehammer gewesen und hatte einen Film mit dem Titel *Für dich hole ich sogar die Sterne vom Himmel* gesehen.

Als die Mädchen an diesem Frühjahrsabend auf den Bürgersteig traten, wurden sie von zwei deutschen Soldaten angesprochen, die fragten, ob sie sie zu einer Tasse Schokolade oder einem Glas Wein einladen dürften. Die Mädchen hatten frei, es war Samstagabend, sie nahmen an. Sie überschritten eine Grenze, und das wußten sie. Sie wollten jedoch nicht, daß jemand ihnen, zwei erwachsenen Frauen, sagte, was richtig und was falsch sei.

In dem kleinen Städtchen am Mjøsa gab es mehr deutsche Soldaten als Einwohner. Lillehammer war keine belagerte Stadt, es war eine invadierte Stadt. Gerade damals baute die Wehrmacht Lillehammer als Kommandozentrale für ihre Operationen in Norwegen aus, zwischen 1942 und 1944 wurden Tausende von Pionieren nach Lillehammer versetzt. Einer von ihnen war der deutsche Pionier-Offizier Paul Wilhelm Schäper, der an diesem Abend zwei norwegische Mädchen ansprach und fragte, ob sie mit ins Café kommen wollten.

Es wird sich nie klären lassen, welches der Mädchen entschied, daß sie mitgehen würden. Das war ja bloß so ein Einfall, nur ein Spaß. Das war nichts, worauf sie sich einlassen wollten, keine dachte daran, sich einen Freund zu suchen.

Aber man konnte doch mit ihnen reden, auch wenn man nicht mit ihnen ins Bett ging!

Die Deutschen fragten, ob sie ihnen Gesellschaft leisten und etwas spendieren dürften, und die Mädchen kamen mit. Es gab Zigaretten und Komplimente. Wie soll jemand, der später nur den Nachklang und die stummen Erinnerungen an dieses Frühjahr in Mutters Leben gehört hat, sich dem nähern? Keiner hat mehr erzählt als das, was ich gerade erzählt habe.

Wie aber kann man etwas übergehen, das Folgen haben sollte, das viele Menschen für ihr Leben prägte und dazu führte, daß ein neuer Mensch zur Welt kam? Es gibt nur den Weg, sie *heraufzubeschwören*, die deutschen Soldaten in ihren grünen Uniformen und die norwegischen Mädchen, und so finden wir uns an diesem Frühjahrsabend wieder, es ist noch nicht richtig warm geworden, in allen Toreinfahrten und in schattigen Gartenecken liegen noch Schneeflecken.

Die Mädchen, die im Kino gewesen sind, tragen Wintermäntel, es ist Samstagabend, sie ziehen die Mäntel gar nicht aus, im Café im Hotel Breiseth, jedenfalls nicht gleich. An anderen Tischen sitzen andere norwegische Mädchen, die auch mit jungen deutschen Männern zusammen sind. Jedenfalls ging es dann so weiter, daß Paul Wilhelm Schäper aus Thüringen in Deutschland Mutter fragt, ob sie sich wiedersehen könnten.

Niemand kann erzählen, wann es anfing, niemand kann sagen, wann sie sich zum letzten Mal getroffen haben, niemand kann Auskunft darüber geben, ob sie sich zehn- oder zwanzigmal trafen, und auch nicht, wo diese Treffen stattfanden. Darum wurde auch niemals geklärt, was für eine Geschichte das war. Mutter wollte nie erzählen, wie Schäper gewesen war, wie er ausgesehen hat, was für ein Mann er war, und andere, die wissen könnten, was damals vorging, schweigen aus Loyalität.

Von einem aber ging Mutter niemals ab: Das war kein zufälliges Verhältnis, gar nichts war aus dem Augenblick heraus geschehen, sie war nicht verführt worden, sie hatte nach eigener Auffassung nichts falsch gemacht. Für sie war die Geschichte mit Willi Schäper, wie seine Kameraden ihn nannten, eine Liebesgeschichte. Sie liebte diesen Soldaten, darauf bestand sie, ich selbst habe sie das sagen hören. Das junge Mädchen aus Øyer war dermaßen aus dem Gleichgewicht gebracht, daß es ihr egal war, was die Umwelt dachte und meinte. Sie wäre durchs Feuer gegangen, um mit ihm zusammenzusein.

Dann kam das Frühjahr nach Lillehammer, die Abende wurden langsam heller, es war nicht einfach, den vielen neugierigen Blicken zu entgehen, aber die Wege in Nordre Ål waren damals noch Wege auf dem Land, es gab Wäldchen und Verstecke, außerdem hatten die höheren Dienstgrade der Deutschen sicher Autos, die ein norwegisches Mädchen an einer zuvor vereinbarten Stelle abholen konnten. Unter den Norwegerinnen, die in Lillehammer mit deutschen Soldaten zusammen waren, waren Mädchen mit festen Anstellungen und langen Arbeitstagen, man tuschelte über sie und ließ sie Verachtung spüren.

Aber dieser Mann sah in Mutter etwas, was keiner der anderen Männer in ihrem Leben sah. Er sah ihren Stolz. Sie war jung, und sie kam aus kleinen Verhältnissen, von da hatte sie nichts anderes mitbekommen als ihren wachen Verstand, und der war ihr einziges Kapital. Der deutsche Soldat merkte schnell, daß ihr das am allerwichtigsten war. Er machte ihr Komplimente für etwas, dem bisher niemand besondere Bedeutung beigemessen hatte, vor allem keiner der Jungen, die sie bis dahin kennengelernt hatte: daß sie so schnell dachte. Sie, die immer so scheu und wortkarg gewesen war, konnte bald mehr Sätze auf deutsch sagen, als sie jemals einem Mann auf norwegisch gesagt hatte. In wenigen Abenden lernte sie eine fremde Sprache verstehen. Mit diesem Mann war sie kein junges Mädchen ohne Ausbildung und ohne Zukunft mehr, sondern eine erwachsene Norwegerin, die mit dem Mann zusammen war, mit dem sie zusammensein wollte. Falls jemand davon wußte und sich in das einmischen wollte, was sie tat, dann bekam er sicher zu hören, daß er sich um seine eigenen Angelegenheiten kümmern solle. Für sie war das richtig, sie liebte diesen Mann, keine Macht der Erde konnte sie davon abbringen.

II Freitag, den 21. und Samstag, den 22. April läuft in Lillehammer der Film *Der Untergang der Titanic.* Ernst Fürbringer spielte Sir Bruce Ismay, Kirsten Heiberg seine Frau. Im Saal sitzen Kristine Nylund und der deutsche Soldat Wilhelm Schäper, und als die Lichter verlöschen, nimmt er ihre Hand. Von nun ab gibt es kein Zurück. Als ich Kind war, erzählte Mutter mir, wie der Film endet, wie das Schiff langsam untergeht, während das Orchester *Näher zu dir, mein Gott* spielt, und als ich sie fragte, wo in aller Welt sie diesen Film gesehen habe, sie, die nie einen Fuß ins Dorfkino in unserem kleinen Ort setzte, antwortete sie, das sei im Kino in Lillehammer gewesen.

III Niemand kann es erzählen, niemand will sagen, was genau geschah, aber in dieser Geschichte kann es nur so gewesen sein, daß die junge Frau, mit der Vater verlobt ist, ihn fragt, was eigentlich los sei. Er freut sich nicht mehr, bevor er sie trifft, er spricht nicht mehr über das, was sie verbindet. Er ist unruhig, er scheint in Gedanken verloren und nicht bei ihr zu sein. Das macht sie unruhig, ja eifersüchtig. Woran denkt er die ganze Zeit? Als er sagt, daß es ungewiß sei, ob er auf ihren Hof kommen kann, regt sie sich auf. Das hat er ihr versprochen, das hat er ihr gesagt, nur darum hatte sie eingewilligt, nur darum war sie die Seine geworden. Darüber konnte man im nachhinein nicht mehr diskutieren, das war die Grundlage ihrer Verbindung gewesen. Hätte er nicht gesagt, daß er zu ihr zieht, sie hätte sich niemals darauf eingelassen! Was ist los mit ihm? Hat er sie zum Narren gehalten? Nein, aber er hat die Rechnung ohne den Wirt gemacht, er hat gesagt, daß er sich frei machen werde, aber das kann er nicht, er ist an Händen und Füßen gebunden.

Noch wissen die beiden nicht, daß etwas Unerhörtes geschieht, bis heute weiß niemand ganz genau, was es war. Aber irgendwann holt Großmutter Stift und Papier hervor und schreibt an Sekretär Evenshaug, Vaters Arbeitgeber in Lillehammer, einen Brief, in dem sie ihm ihr Leid darüber klagt, daß der Sohn sie und ihren Mann einem unsicheren Alter im Romsdal überlassen will.

Was dann geschah, beweist, daß der Brief ankam, aber Evenshaug wußte zunächst nicht, wie er reagieren sollte. Er wird Großmutter geantwortet haben, daß er ihre Unruhe verstehe, aber Zeit brauche, um eine Lösung zu finden. Er muß geglaubt haben, daß Knut Hoem ein Doppelspiel trieb, das für keinen der Beteiligten hinnehmbar war.

Möglicherweise stand in dem Brief etwas, was es Evenshaug unmöglich machte, die Sache als belanglos abzutun. Großmutter könnte Dinge über diese Beziehung behauptet haben, mit denen Evenshaug nicht leben konnte.

Und Vater? Er mochte geglaubt haben, daß er eine Lösung gefunden hatte, vieles deutet darauf hin, daß er den neuen Schwager, mit dem er im Sommer den Graben ausgehoben hatte, als geeigneten Kandidaten sah. Magnar war auf einem großen Hof bei Molde aufgewachsen. Er war ein umgänglicher Kerl und ein guter Arbeiter, außerdem würde er Vaters älteste Schwester heiraten.

Allerdings begeisterte sich dieser Mann nicht sonderlich für Großvaters zweites großes Lebensprojekt: das Bethaus. In einem Wortwechsel mit Großvater hatte er gesagt, die Geldsammelei für das Bethaus sei völlig umsonst, die Leute in Indre Hoem ließen sich nicht bekehren, egal, wie viele Bethäuser man für sie baue. Großvater hatte seit über zwanzig Jahren Geld für sein bislang unrealisiertes Lebenswerk gesammelt, er fand diese Bemerkung nicht lustig.

Vater hoffte in diesem ganzen Herbst 1944, daß diese Schwester und ihr Mann Magnar den Hof in Hoem übernehmen würden. Vater wird gedacht haben, daß jemand, der kein Dach über dem Kopf hat, liebend gern einen ganzen Hof nimmt. Er hätte verstehen müssen, daß das, was man bekommen kann, nicht immer das ist, was man annehmen möchte. Es sah immer mehr so aus, als hinge diesem Hof etwas Unheilvolles an. Mehrmals wurde angedeutet, daß die Schwester den Hof haben könne, deutlicher wurde man allerdings nicht. Natürlich sah Magnar, daß dieser Hof für ein sicheres Auskommen nur knapp ausreichte. Und doch hätte alles anders kommen können. Der Mann, der den Nachbarhof in Hoem besaß, bot ihn Vaters ältester Schwester zum Kauf an! Hätte sie es geschafft, die Kaufsumme von 19000 Kronen aufzubringen, hätte sie die beiden Höfe zusammenlegen können und genug Land gehabt, um gut davon zu leben. Nichts wäre natürlicher gewesen, denn die beiden Höfe waren früher einmal ein Hof gewesen, damals sogar einer der größten in der Gegend. Aber sie schlug nicht zu, sie hatte wohl weder den Mut noch das Geld, und als das Frühjahr kam und sie heiraten wollte, fanden sie und ihr Mann in einer Baracke in Strande bei Molde ein Dach über dem Kopf. Magnar fuhr Lastwagen, Tante Anna lernte ein anderes Leben als das auf einem Bauernhof kennen, sie war nicht mehr darauf erpicht, ins Elternhaus zurückzukehren und sich nach dem zu richten, was Großmutter und Großvater für richtig hielten.

Vater, *der Hoem*, ahnte noch nicht, daß die Türen, die noch offenstanden, alle zufallen sollten, und er ahnte auch nicht, daß die Zeit, die ihm blieb, bereits ablief. Er meinte Herr über sein eigenes Leben zu sein, aber da wollten noch ein paar andere ein Wörtchen mitreden.

Wo das Flüßchen Sjoa in den Gudbrandsdalslågen mündet, gleich südlich der Zugstation Otta, biegt links ein Schotterweg ab. Folgt man ihm durch das enge Tal, kommt man nach Heidal, nur wenige Orte im Gudbrandsdal sind so traditionsverhaftet wie dieser. Dort liegen einige der größten Höfe im ganzen Gudbrandsdal, aber auch ein paar kleinere Höfe kommen gut zurecht. Die Sommer können warm sein, der Boden garantiert ein gutes Einkommen, solange man neben den Äckern noch große Almwiesen mit saftigen Weiden hat und außerdem Wald, der dem Bauern im Winter zusätzliche Einkünfte beschert.

Am westlichen Flußufer liegen die Höfe Dalen und Harehaugen. Sie waren im vierten Kriegsjahr nur schwer erreichbar, weil eine Flut die Brücken weggerissen hatte. Wer auf der Ostseite war und keine weiten Umwege fahren wollte, mußte sich mit Hilfe einer Seilwinde in einem Korb hinüberziehen. Nur im tiefsten Winter konnte man an einigen wenigen Stellen über die zugefrorene Sjoa gehen, so wie jener junge Mann, der am 19. Januar 1944 mit einem Koffer übers Eis nach Dalen ging. Das war Vater.

Er kam zu Tobias Dalen, der schon ein alter Mann war. Vater durfte im Predigerzimmer, wie es dort hieß, übernachten. Hier war man es gewöhnt, umherreisende Verkünder zu beherbergen. In den Pfarrhäusern wurde das Gästezimmer oft als *Bischofssaal* bezeichnet, die Prediger waren also die vornehmsten Gäste.

Dort schlief Vater, oder genauer gesagt: Er schlief nicht.

Er stand morgens auf, nach einer schlechten Nacht. Er sang nicht *Sing in der stillen Morgenstunde,* wie er es oft tat, damit die Wirtsleute wußten, daß er wach war. Als Morgentoilette spritzte er sich nur kaltes Wasser ins Gesicht. Dann ging er auf den Hof hinaus und zur Scheune hinüber.

Da, wo er stand, auf dem Platz vor dem Wohnhaus in Dalen, zog er den Brief hervor. Er war von Evenshaug.

Evenshaug schrieb, er habe einen Brief von Hoems Mutter erhalten. War es denn wirklich wahr, daß er, Knut Hoem, sich mit einer Hoferbin im Gudbrandsdal verlobt hatte, wo er doch den Hof im Romsdal übernehmen sollte? Was hatte ihn zu einem solchen Schritt veranlaßt, wen wollte er damit zum Narren halten? War er sich nicht im klaren darüber, daß ein Mann in seiner Stellung völlig davon abhängig war, daß man ihm vertraute? Es war ein überaus unangenehmer Brief.

Vater wußte, daß er das dem alten Tobias Dalen nicht erzählen konnte und auch dessen Frau nicht, aber jetzt mußte er mit jemandem reden.

Am folgenden Tag fuhr er weiter nach Harehaugen, wo er

sich Karl Rønningen anvertraute, dem dortigen Bauern. Karl Rønningen fand, daß es dem *kleinen Bischof* nicht zustand, sich in Knut Hoems Liebesleben einzumischen. Die Lage war heikel, das schon, aber wo der Hoem wohnte oder wen er zur Frau nahm, das mußte nach Karl Rønningens Meinung der Hoem allein entscheiden.

Es kann sein, daß Karl Rønningen sich schon früher darüber geärgert hatte, daß der kleine Bischof dazu neigte, sich zum obersten Richter über alles mögliche aufzuschwingen.

Knut Hoem bleibt vier Tage bei Karl Rønningen in Harehaugen. Er hat einen Freund gefunden.

Bald ist Evenshaug persönlich auf dem Weg nach Heidal. Am 29. Januar hält der Zug am Bahnhof Sjoa, ein Mann in Mantel und Pelzmütze kommt ins Tal, ein Pferdefuhrwerk hat ihn mitgenommen. Er hat zwei Aufgaben, die eine ist offiziell, die andere geheim. Die offizielle ist die Teilnahme am Jahrestreffen der Inneren Mission Heidal. Die geheime Aufgabe gilt Knut Hoems Verlobung, seiner Beziehung zu einer bestimmten jungen Frau im Tal der Täler.

Evenshaug ist ein gutaussehender und hochgewachsener Mann im besten Alter, unbeirrbar in der Erfüllung der Aufgabe, zu der Gott ihn berufen hat, jederzeit und ohne Angst vor möglichen Folgen bereit, klipp und klar darzulegen, was Gottes Wille sei und worauf die Prediger der Inneren Mission Rücksichten zu nehmen hätten. Zum damaligen Zeitpunkt glaubte er offenbar, daß Knut Hoem im Romsdal das eine und im Tal der Täler etwas anderes sagte und daß Hoem begreifen mußte, daß er so nicht weitermachen konnte. Aber *der Hoem*, der jetzt an vielen Orten im Tal großen Erfolg hat, ist empört darüber, daß Evenshaug sich anmaßt, in seine, Hoems, Angelegenheiten einzugreifen, und sagt, daß er sich damit nicht abfinden wolle. Er werde eine Lösung finden. Er wolle auf die Zeit vertrauen, aber Evenshaug habe nicht das Recht, sich in solche weltlichen Dinge einzumischen.

Evenshaug nimmt am Jahrestreffen der Inneren Mission Heidal teil, das in der guten Stube des Hofs Storødegård abgehalten wird. Es kann sein, daß bei diesem Jahrestreffen über dreißig Leute zusammenkamen. Diese Einheimischen wollten sowohl den Hoem wie den kleinen Bischof hören. Aber manche Gespräche sind im Tagungsprotokoll nicht erwähnt, sie werden am späten Abend in Harehaugen geführt, wo Karl Rønningen unmißverständlich sagt, daß es ihm nicht gefällt, wie Evenshaug in Hoems Liebesleben eingreift. Zumindest blitzt in dem wenigen, was von dieser Versammlung überliefert ist, etwas in dieser Art auf. Die Bauern im Heidal sind freie Bauern, nach ihrem haugianischen Glauben sind sie ebenso gute Christen wie der Sekretär und verstehen Gottes Wort ebenso gut wie er. Jetzt stellen sie sich schützend vor Hoem und zeigen Evenshaug, daß dieser Prediger ihr Mann ist. Nach dem Jahrestreffen, an dem auch, wie es im Protokoll heißt, *der Sekretär* teilnahm, fanden im Bethaus drei weitere Zusammenkünfte statt, am Sonntag, dem 30. Januar, gab es eine letzte Versammlung in Harilstad. Der Protokollant der Jahresversammlung findet es angebracht, darauf hinzuweisen, daß bei einer Versammlung in Heidal nicht die Angereisten die Hauptpersonen seien, sondern die einheimischen *Jahresversammlungsteilnehmer*! Die Angereisten, auch der kleine Bischof, sind *Teilnehmer*, die ihre Nase nicht in Dinge zu stecken haben, die sie nichts angehen, ob das nun die Angelegenheiten in der Inneren Mission Heidal sind oder das Liebesleben der Prediger. Einiges deutet darauf hin, daß Evenshaug bei seiner Abreise aus Heidal entrüstet darüber war, wie man ihn dort empfangen hatte. Gleichwohl verlangte er von Vater, daß er sein Leben in Ordnung bringen müsse, sonst werde das für alle Konsequenzen haben.

Vater blieb in den folgenden Wochen in Heidal und im Ottatal. Erst Anfang April reist er in den Heimatort der jungen Frau. Falls sie sich noch Briefe geschrieben haben, sind diese nicht erhalten. Was geschieht nun?

Das schwierige Frühjahr 1944 ist weit vorangeschritten. Vater reist zu Fuß und per Fahrrad durch das Tal, in dem es endlich Frühjahr wird. Er leiht sich einen Tretschlitten, einmal benutzt er sogar einen Rodelschlitten, um pünktlich zu einer Andacht zu kommen, aber bald hört der Frost auf, und die Straßen tauen. Die Reifen seines Fahrrads, das auch in diesem Winter im Tal gestanden hat, versinken in den aufgeweichten Schotterwegen in Heidal und im Ottatal.

Da geht er, da fährt er mit dem Bus und dem Auto, dem Fahrrad und dem Pferdewagen, Woche für Woche, in diesem Frühjahr 1944, wo in der großen Welt soviel passiert und in seinem eigenen Leben soviel ungeklärt ist. Aber der Sommer naht, er muß bald nach Hause ins Romsdal. Die endgültige Entscheidung läßt sich nicht länger hinauszögern.

In der Nacht vom 7. zum 8. April besucht Vater seine Freundin zum letzten Mal.

Die Aufregung und die gekränkten Gefühle haben ihren Höhepunkt erreicht. Als sie erneut den Gedanken zurückweist, ihm auf seinen Hof zu folgen, löst er die Verlobung. Noch am gleichen Abend zieht er in einen anderen Hof in der Nähe. Er verkündet weiterhin in der Gegend, niemand weiß, was in ihm vorging. War er erleichtert oder verzweifelt?

Vielleicht hat er versucht, sowohl mit der jungen Frau als auch mit den Freunden aus der Inneren Mission ihres Distriktes über das Dilemma zu sprechen, in das er geraten war. Vielleicht erschreckte es ihn, daß sie nicht verstanden, in welcher Situation er sich befand. Irgend etwas führt dazu, daß es nicht mehr geht. Er war drauf und dran, sich an etwas zu binden, das ihn unfrei gemacht hätte. Er ist eine freiheitsliebende Seele. Der Hof der jungen Frau ist zu groß für ihn, wenn er weiterhin tun will, wozu er seiner Meinung nach berufen wurde: Gottes Wort verkünden. Schlimmer aber ist, daß er dort immer ein Fremder bliebe. Die, die den Hof jetzt noch führten, waren bei bester Gesundheit und arbeitsfähig. Sie hätten ihm sicher bei der Arbeit geholfen, aber sie hätten genauso am längeren Hebel gesessen wie sein Vater in Hoem. Im Grunde ging es nur darum, bei wem er, der überhaupt kein Interesse an einem Hof hatte, Knecht sein wollte. Er war drauf und dran, in eine Stammes- und Freundesgesellschaft hineinzugeraten, in der die Ältesten das letzte Wort hatten. Er würde nicht stark genug sein, um sich gegen sie zu behaupten. Man schrieb das Jahr 1944, aber an diesem Flekken, an den seine Verlobte für immer gebunden war, wegen eines Hofes, der niemals ihm gehören würde, war von modernen Gedanken nichts zu spüren.

All das hätte er selbstverständlich bereits in der ersten Stunde sehen müssen. Niemand weiß, was den Ausschlag gab, als er die Verlobung löste. Aber er hatte offenbar nicht vorhergesehen, wie gekränkt und verraten sich seine Verlobte fühlen würde. Sie war eine erwachsene junge Frau, sie war für ihr eigenes Tun verantwortlich. Aber er war es gewesen, der sie gebeten hatte, seine Frau zu werden, und sie hatte den Kopf gesenkt und ja gesagt.

Vielleicht versuchten sie, noch einmal miteinander zu sprechen. Aber dann wollte sie ihn nicht mehr sehen. So muß es gewesen sein. Denn es kam nie dazu, daß sie ihn persönlich um das bat, was ihr jetzt am wichtigsten war: Sie wollte die Briefe zurückhaben, die sie ihm geschrieben hatte. Er verließ ihr Dorf, hielt aber noch bis Mitte Mai in diesem Abschnitt des Tals Andachten. *In der Nacht zum 15. Mai bin ich mit dem Zug von Dombås nach Åndalsnes gefahren*, steht in seinem Notizbuch.

Zutiefst deprimiert fährt er heim ins Romsdal.

IV Am Hang über Bakken in Hoem liegen die Männer an einem Sonntag auf dem Rücken, vor sich den tiefblauen Frænafjord.

Sie haben die Hände unter dem Kopf und reden über den Krieg, über den Churchill, den Roosevelt und den Stalin, die sich jetzt ernsthaft zusammengetan haben, um die Deutschen zu besiegen, und alle meinen, daß das nur noch eine Frage der Zeit sei. Denn jetzt hat sogar in den nazifizierten Zeitungen gestanden, daß die Alliierten in der Normandie gelandet sind.

Ein fröhliches junges Mädchen mit Gudbrandsdaldialekt kommt zu den Männern am Hang gelaufen, um Knut Hoem zu sagen, daß das Essen fertig sei. Es ist ein neues Mädchen, das der Knut im Sommer aus dem Gudbrandsdal mitgebracht hat. Sie heißt Inger und kommt aus Fåvang, wie die Mädchen, die vor ihr hier waren! Der Knut hat ein Dienstmädchen mitgebracht, das drinnen und draußen hilft, das ist nicht mehr als recht und billig, denn jetzt ist er der Hofbesitzer. Das Mädchen ist erst achtzehn Jahre alt, aber lieb, hübsch und umgänglich.

»Ein Prachtmädel«, sagt Großvater. »Und gestanden!« Warum kann der Knut nicht die hier nehmen, wo er die im Süden aufgeben mußte?

Na, darum geht es ja wohl, sagen die Kerle. Auch wenn der

Knut Prediger ist, bringt der kein Mädchen aus dem Gudbrandsdal nach Hoem, um sie hier auf ein Podest zu stellen, oder?

Ja, nein, also was soll man sagen? Da kommt ja der Knut! Sein Schwager knufft den Prediger und nickt zur jungen Inger hin, aber Knut scheint nicht im geringsten interessiert. Inger ist viel jünger als er. Aber vor allem gibt es neue und ernste Dinge, über die er nachdenken muß.

V 1943 und 1944 lief in Lillehammer kein Film mit dem Titel *Für dich hole ich sogar die Sterne vom Himmel.* Er muß anders geheißen haben. Die Worte, die sich Mutter eingeprägt hatten, standen vielleicht in den norwegischen Untertiteln, oder es war eine Liedzeile aus irgendeinem anderen Kriegsfilm.

Die Brüder erfuhren, in welcher Gesellschaft Mutter gelandet war, und fuhren zum großen Soldatenheim auf dem Lagergelände Jørstadmoen, um sie vom dortigen Tanzabend fortzuholen, aber sie rief, sie sei erwachsen und könne tun und lassen, was sie wolle. Der Rest dieser Geschichte liegt im dunkeln. »Wir fanden das schade«, sagte einer von ihnen, als er von der Schwester erzählte, die in schlechte Gesellschaft geraten war. Eine wahrhaft zurückhaltende Formulierung angesichts der Wut, die sie empfanden, aber was konnten sie tun? Sie konnten sich nicht mit den Deutschen anlegen, schon gar nicht die, die im Widerstand arbeiteten. Ich weiß nicht, ob Großvater und Großmutter wußten, daß die ältere ihrer Zwillingstöchter ein Verhältnis mit einem deutschen Soldaten angefangen hatte. Ich weiß nicht und werde nie erfahren, wie lange Mutter mit Wilhelm Schäper zusammen war und wie oft sie ihn traf. Aber ich glaube ihr aufs Wort, daß es eine Liebesbegegnung war.

Sie war völlig davon absorbiert, völlig außerstande, sich darum zu kümmern, was die Leute meinten und sagten. Es wurde Abend im Pflegeheim. Wenn das Abendessen serviert und der Abwasch erledigt waren, hatte sie endlich frei, im Wald gab es zehntausend Stellen, wo man sich treffen konnte. Es störte sie nicht mehr, wenn jemand sie sah. Sie wußte, daß sie jeder für das verurteilte, worauf sie sich einließ, sie tat es dennoch. Sie hörte seinen Atem, sie hörte ihren eigenen Atem. Sie gab sich ihren Gefühlen hin, sie ließ sich vom Gesang der Vögel anrühren. Sie ging unter dem hellen Frühlingshimmel und gehörte in allem, was sie tat und dachte, nur ihm. Wenn er nicht auf die Minute pünktlich zum vereinbarten Treffpunkt kam, war sie außer sich vor Angst. Ihm konnte etwas zugestoßen sein. Wenn er dann auftauchte, empfand sie große Erleichterung und war sich erneut ganz sicher, daß dies die große, unwiderrufliche Liebe war, gegen die sie nichts ausrichten konnte, von der sie sich einfach mitreißen lassen mußte.

Mutters Betragen hatte etwas Trotziges, ja Gewaltsames. Es war ein Aufbegehren gegen alles und alle.

Sie ging weiterhin ins Kino, sobald sie frei hatte, im Kinodunkel konnte sie seine Hand halten, seine Zärtlichkeiten empfangen. Wenn sie sich trennen mußten, spürte sie, wie groß ihre Angst wurde: Was, wenn das ihre letzte Begegnung gewesen war? Und da sie so sehr fürchtete, ihn zu verlieren, konnte sie ihm nichts abschlagen, wer kann schon etwas abschlagen, wenn man nur den einen Wunsch hat, zu verschenken, was man hat? Im Kino flossen die Tränen, und bei Mutter flossen die Tränen, und wenn sie ins Bett fiel, dann immer in Sorge, was der nächste Tag bringen würde. Nachts wachte sie davon auf, daß Autos am Pflegeheim vorbeifuhren, oft durchzuckte sie der Gedanke, daß vielleicht er es war, der da draußen durch die Nacht fuhr! Früh am Morgen war sie nicht ausgeruht, aber sie kam auf die Beine, ging hinunter in die Küche, setzte den Brotteig an, kochte Hafergrütze. Ständig dachte sie nur an ihn, sie war geistesabwesend und kaum ansprechbar. Jeder mit einem Funken Verstand konnte sehen, daß die Köchin in etwas hineingeraten war, aus dem sie nicht mehr herauskam. Und die deutschen Soldaten gingen singend von der Innenstadt durch Nordre Ål hinaus zu ihren Unterkünften in Smestadmoen, Hovemoen und Jørstadmoen:

Vor der Kaserne, vor dem großen Tor
stand eine Laterne, und steht sie noch davor,
so woll'n wir da uns wiederseh'n,
bei der Laterne woll'n wir steh'n
wie einst, Lili Marleen!

Am Pfingstmontag gab der Musikverein Lillehammer sein erstes Promenadenkonzert auf dem Almgelände des großen Freilichtmuseums Maihaugen. Die Musik machte den Frühjahrstag festlich, der Himmel war blau und der Birkenwald grün. Alles war so schnell gegangen wie in einem Film, und in diesem Film hatte die Köchin des Fåberger Pflegeheims endlich ihren Platz und ihre Rolle gefunden. Als Freundin eines deutschen Soldaten war sie Teil des welthistorischen Dramas, das sich abspielte. Er war galant, er behandelte die frühere Stallmagd wie eine Prinzessin. Im Gegenzug akzeptierte sie alles, was er sagte, mit grenzenloser Naivität. Das kluge Mädchen aus Nordbygda sog jedes seiner Worte auf. Er hielt ihr Vorträge darüber, wie die Engländer sich als Kolonialmacht in Afrika aufgeführt hatten und daß man jetzt, in dieser historischen Abrechnung zwischen Deutschland und England, wieder einmal sehen könne, wie sich ihre barbarische Seite entfalte! Die wahre Bedrohung Norwegens aber seien die Bolschewiken, es gehe darum, ob die Menschen in diesem Land mit ihren christlichen Brüdern zusammenstehen oder sich von den bolschewistischen Horden vergewaltigen lassen wollten, die jetzt über Deutschland herfielen.

So stand es in den deutschfreundlichen Zeitungen, so redete auch Willi Schäper. Er war kein um Worte verlegener Jugendlicher, sondern ein erwachsener und lebenserfahrener Mann, der wußte, warum er in diesem Land war. Und sie, seine Freundin, widersprach ihm nicht, sie dachte nur daran, daß er nicht Angriffen ausgesetzt sein und nicht zu Schaden kommen sollte, und welche Sympathien sie früher in diesem Krieg gehegt haben mochte, jetzt war sie selbstverständlich eine Feindin all derer, die ihrem Geliebten ein Leid antun konnten, der brutalen Engländer, der gottlosen Russen und der prahlenden Amerikaner.

Eine Beziehung hat viele Aspekte, es geht nicht nur um Körper und Leidenschaft. Ein vierunddreißigjähriger Deutscher erklärt einer neunzehnjährigen Norwegerin die Welt, und sie hängt an seinen Lippen. Alles will sie verstehen, kein Detail will sie versäumen. Sie will, daß er mehr über seinen Heimatort erzählt, über seine Geschwister, ob er überhaupt welche hat, wie seine Eltern heißen, will sie wissen. Sie erfährt, daß die Familie Pferdezucht betrieben hat, oder vielleicht meint er Pferdehandel, auf jeden Fall sagt er, als sie noch einmal fragt, daß sie Joseph und Antonia Schäper heißen, daß er Schwestern hat und auch zwei Brüder, daß aber der eine als Soldat vermißt sei.

Ihr Liebster hat selbst erlebt, welches Leid der Krieg bringt, und obwohl sie selbst mehr als nur ahnt, daß ihre eigenen Brüder zur großen Abrechnung mit dem deutschen Besatzer bereit sind, hofft sie mit jeder Faser ihres Herzens, daß dem Mann, dem sie ihr Herz geschenkt hat, nichts zustößt.

VI In den ersten Junitagen finden südlich von Rom Kämpfe statt, die der *Gudbrandsdølen* als die schwersten der Kriegsgeschichte bezeichnet. Die deutsche Propaganda behauptet, die Oberkommandierenden der englischen und amerikanischen Divisionen in Süditalien seien ermächtigt, Rom zu zerstören, falls die Durchführung ihrer militärischen Pläne dies erfordere. Einige Tage später steht in der Zeitung, die deutschen Truppen verließen Rom, um zu verhindern, daß die älteste Kulturstadt der Welt direkt in die Kampfhandlungen hineingezogen werde. Aber alle wissen, daß sie fliehen.

Der Leitartikelschreiber des *Gudbrandsdølen* nennt Pfingsten *das blutige Pfingstfest*, er zieht eine Verbindung zu Kains Mord an Abel und schreibt dann:

Allein in diesen Pfingsttagen haben die anglo-amerikanischen Terrorpiloten das Leben von 5000 Frauen, Kindern und friedlichen französischen Bürgern auf ihr Gewissen geladen.

Die 5. US-Armee marschiert in die italienische Hauptstadt ein und befreit sie. Die Straßenkämpfe hören auf, die Stadtbevölkerung kommt zur Ruhe. König Vittorio Emmanuele dankt ab. Der *Gudbrandsdølen* meldet die Invasion der Alliierten in Frankreich am 6. Juni, dem Tag, an dem sie beginnt. Die alliierten Streitkräfte unter Dwight D. Eisenhower gehen in der Normandie an Land, der letzte Akt der welthistorischen Abrechnung nimmt seinen Lauf. In dieser Zeit sucht doch bestimmt kein Norweger, der bei Sinnen ist, Kontakt zu den deutschen Soldaten, die zu Tausenden auch in Lillehammer sind? Alle sehen, wohin das führt. Kann es sein, daß Mutter nichts von der Landung in Frankreich wußte, daß sie nicht wußte, daß das deutsche Kriegsglück sich endgültig wendete? Natürlich wußte sie das. Worauf hatte sie sich in ihrer Verzweiflung eingelassen? Es ist sicher, daß sie sich weiterhin mit dem deutschen Soldaten traf, während es auf den Hochsommer zuging, den letzten Kriegssommer in Norwegen.

Die Invasionen nehmen an Umfang zu, schreibt der *Gudbrandsdølen* zwei Tage später, der Invasionsflotte wurden schwere Schäden zugefügt und der Brückenkopf zerstört, aber der Ton des Artikels verrät doch den Ernst der Lage. Die größte Entscheidungsschlacht der Weltgeschichte bahne sich an. Die Alliierten stoßen auf breiter Front vor, sie erleiden zwar große Verluste, aber sie sind offensichtlich auf dem Vormarsch. Am 15. Juni wird gemeldet, daß in der Normandie vierundzwanzig alliierte Divisionen an Land gegangen seien.

In Øyer lösen diese Nachrichten die wildesten Gerüchte aus, die Zeitungen können nicht mehr zwischen Wahrheit und Lüge unterscheiden. Deutschlands Geheimwaffe komme zum Einsatz, heißt es, die ganze Welt halte vor Spannung den Atem an, die Stimmung in der deutschen Hauptstadt sei unbeschreiblich. Die Invasion an der Küste der Normandie verblasse gegen das, was in England vor sich gehe. Das deutsche Volk erfährt, daß London und das südliche England mit einer unbekannten Waffe bombardiert werden, die Auswirkungen seien verheerend. Es handle sich um eine reine Angriffswaffe, die sich gegen General Eisenhowers Invasionsarmee in Südengland und die Hauptstadt an der Themse richte. Der Krieg geht in seine furchtbarste Phase. Das Motto lautet: Auge um Auge, Zahn um Zahn.

VII An einem Morgen Ende Juli begreift sie, was los ist. Es ist Hochsommer, sie backt Brot, es ist so warm, daß sie kaum Luft bekommt. Der Schweiß läuft in Strömen, sie geht mehrmals vor die Tür, um sich abzukühlen. Und als sie dasteht, weiß sie es plötzlich, sie versteht nicht, warum sie es nicht schon lange begriffen hat.

Sie ist schwanger.

Sie bekommt ein Kind von Wilhelm Schäper.

Ihr wird heiß und kalt, sie droht ohnmächtig zu werden, sie umklammert den Türrahmen und hält sich fest.

Später an diesem Tag hat sie sich so weit gefangen, daß sie Pläne machen kann. An diesem Wochenende wird sie es ihm sagen. Oder soll sie warten, bis sie ganz sicher ist? Warum soll sie ihn damit belasten, falls sie es sich nur einbildet. Aber sie weiß, daß es alles andere als eine Einbildung ist. Sie entscheidet sich dafür, ihre Unruhe mit ihm zu teilen. Sie zweifelt nicht daran, daß er die Vaterschaft anerkennen, sie heiraten und nach Deutschland mitnehmen wird, wenn er eines Tages von hier fortmuß.

Mit großer Angst und schwindelerregender Freude geht sie zu ihrer Verabredung. Er umarmt sie, aber als sie sich entzieht, fragt er, was los sei. Es ist, als ahne er es. Ein Kind ist unterwegs, ihr Kind. Sie achtet auf seine Augen, als das Wort fällt. Es sollte Jubel ausbrechen, sie sollten einander in die Arme fallen. Aber es kommt ihr vor, als schlage der Blitz ein, als verlösche das Licht, das Licht dieses Juliabends im Wald in Nordre Ål: Er freut sich nicht. Sie sieht es ihm an.

Immer noch kann sie nichts anderes denken, als daß er sie zu sich holen und sie mitnehmen wird, er hat gesagt, daß sie zusammengehören, er hat gesagt, daß er sie liebt: *Ich liebe dich, ich nehme dich mit!* hat er gesagt, und sie hat seine Worte niemals angezweifelt. Aber sie muß ihn fragen, warum er sich über das, was sie ihm gerade gesagt hat, nicht freut, und er hat sofort eine Antwort, eine glaubwürdige Erklärung, die sie dennoch niederschmettert:

Er müsse fort, sagt er.

Er werde nicht in Lillehammer bleiben, er sei an einen anderen Ort abkommandiert worden, nach Bergen.

Aber er hat gesagt, daß er sie mitnehmen wird!

Begreift sie denn gar nichts? Versteht sie nicht, daß der Krieg in seine entscheidende Phase geht? In der jetzigen Situation kann kein deutscher Soldat seine Freundin mitnehmen. Nun ja, aber *danach*, danach werden sie zusammensein, nicht wahr?

Ach, diese unglücklichen jungen Frauen, die jedes Wort für bare Münze nehmen!

Ich kann ihr Weinen hören, als er sagt, daß der Befehl schon erteilt sei, er werde an einem der nächsten Tage abreisen. Vielleicht sehen sie sich heute zum letzten Mal, aber er wird ihr schreiben, sie wird erfahren, wo er sich aufhält, sobald all das Furchtbare vorüber ist, wird er, das versichert er ihr, zu ihr zurückkommen, dann bleiben sie für immer zusammen.

Aber ich höre dieses Weinen, ein unbeschreibbar einsames und verletztes Weinen, ein Weinen, so untröstlich wie das Weinen eines Kindes, das die Mutter, den Vater verloren hat. Meine Mutter ist es, die da weint, ganz untröstlich, und der Mann, der ihr Geliebter ist, kann nichts tun, als ihr über das Haar zu streichen. Aber sie ist nicht zu trösten, dann begreift sie, daß sie sich selbst trösten muß, und das ist, was letztlich geschieht: Sie verbietet sich das Weinen und trocknet ihre Tränen. Er möchte ein letztes Mal mit ihr zusammensein, aber an diesem Abend kann sie ihm nicht entgegenkommen. Sie fühlt sich unwohl, bittet ihn, sie zum Wäldchen hinter dem Pflegeheim zu begleiten, dort nimmt sie Abschied von ihm, dann läuft sie hinein und legt sich ins Bett.

Am nächsten Morgen ist alles nur ein böser Traum, ein Traum, den sie weiterträumt, auch am hellichten Tag, dann entlädt sich, nach einem unerträglich heißen Julitag, ein schweres Gewitter. Die Menschen im Pflegeheim sind Schatten, auch ihre Schwester ist ein Schatten, aber diesem Schatten erzählt sie tonlos, wie es steht und daß der deutsche Soldat fortmuß. Der Schwester verschlägt es die Sprache, sie kann nicht sprechen, sie hält die Hand vor den Mund, steht auf und sagt nein, sieht Kristine an, dann schlägt sie den Blick nieder und flüstert nein, nein, nein. Wie betäubt geht Mutter am nächsten Morgen in die Küche, niemand versteht, was mit ihr los ist. »Bist du schlecht gelaunt?« sagen sie zu ihr. »Bist du mit dem falschen Fuß zuerst aufgestanden, geht dir etwas gegen den Strich?«

An diesem Tag kann sie nicht antworten, am folgenden Tag sagt sie, es sei nichts, nur die Kopfschmerzen, die sie immer bekomme, wenn es so unerträglich heiß sei.

Den ganzen Tag lang wartet sie darauf, daß er sich bei ihr meldet, es ist ihr gleichgültig, was die anderen denken oder glauben, er muß doch wenigstens kommen, um sich von ihr zu verabschieden, mehrmals an diesem Nachmittag und Abend meint sie vor dem Fenster seine Stimme gehört zu haben. Am dritten oder vierten Abend zieht sie ihr bestes Kleid an und geht nach Hovemoen. Am Kasernentor fragt sie nach Wilhelm Schäper, man sagt ihr, daß er nicht mehr da sei.

Da steht eine junge Norwegerin beim Wachtposten in Hovemoen und erfährt, daß die Pioniereinheit nach Smestad bei Oslo verlegt wurde, im Herbst solle sie nach Bergen weiter. »Wie lange willst du hier noch herumstehen?« fragt der Soldat. »Mir ist es egal, aber für dich ist es nicht gut!« Zwei

Soldaten kommen aus dem Tor, Mutter kennt sie nicht, aber der eine fragt, ob sie *spazieren* möchte. Erst da faßt sie sich und geht.

Die Trockenfäule befällt die Kartoffeln im Gudbrandsdal, vor dem neuen Winter ist der Brennstoff besorgniserregend knapp. In deutschen Archiven findet sich ein Brief vom Hauptquartier in Lillehammer, mit dem die Angehörigen der Pionierkompanie vom 25. September bis zum 22. Oktober 1944 zur Schulung ins Rosenlund-Lager bei Lillehammer beordert werden. Das könnte Wilhelm Schäpers Kompanie gewesen sein. Andere Unterlagen deuten darauf hin, daß Schäper Lillehammer zu diesem Zeitpunkt verließ, weil er ins Røa-Lager nach Oslo und später in die Gegend von Bergen kommandiert wurde.

Die schwangere Köchin im Fåberger Pflegeheim schickt Briefe an den Mann, den sie für ihren Verlobten hält, und fragt ihn, was nun werden soll. Sie bekommt aus Smestad bei Oslo einen Brief von Schäper, in dem er mit keinem Wort erwähnt, daß sie zusammengehören oder zusammenkommen werden. Jetzt sei alles anders, schreibt er, er sei Soldat, er müsse weiterziehen. Er hat ihr nichts mitzuteilen, nichts außer seinem Wunsch, daß das Kind Wilhelm Christian heißen soll, falls es ein Junge, Wilhelmine Kristine, falls es ein Mädchen ist.

Sie schreibt einen neuen Brief, dann weitere, aber es kommt keine Antwort mehr.

Vielleicht geht sie an einem Tag im Frühherbst 1944 zum allerletzten Mal in Lillehammer ins Kino. Der Film *Tanz mit dem Kaiser* gibt ihr nichts. Die Zukunft ist düster und ohne Hoffnung. Ihre Familienangehörigen reagieren mit Entsetzen auf die Nachricht, daß sie von einem deutschen Soldaten ein Kind erwartet.

Abends wird es dunkel, die Wolken treiben über den Himmel, über Fåberg in Nordre Ål. Hin und wieder donnert ein Flugzeug nordwärts, nach Trondheim und zu anderen fernen Zielen. Eine junge Frau ist auf dem Weg zu einem zweistöckigen, weißen Haus nicht weit von Hovemoen. Dort wohnt Kristine Engeseth, sie ist die Schwester von Großmutter Magnhild und daher die Tante der Nylund-Zwillinge.

Auch Kristine Engeseth und ihre Schwester Jenny arbeiten im Fåberger Pflegeheim, sie wohnen mit ihren Ehemännern im Engeseth-Haus in Nordre Ål. In diesem Haus hat Mutter eine Dachkammer bezogen. Das hat die resolute Tante beschlossen. Mutter ist dankbar für die Fürsorge, aber nichts auf der Welt kann den verzehrenden Kummer lindern, in dem sie lebt.

Im riesigen Gemüsegarten des Fåberger Pflegeheims richtet sich ein hochgewachsener junger Mann auf. Er erntet Winterkohl, er schneidet ihn mit einem langen Messer und legt ihn vorsichtig in eine Holzkiste. Es ist spätabends, trotzdem ist es noch warm, der Mond geht auf. Er ist der neue Gärtner des Pflegeheims, er arbeitet seit dem Sommer dort und ist seit kurzem der Freund von Olga aus Nylund. Mit Olga ist alles in Ordnung, aber um ihre Zwillingsschwester steht es schlecht. Mutter weiß weder aus noch ein. Sie ist zwanzig Jahre alt und im dritten Monat.

Sie bleibt im Herbst 1944 bei Kristine und Gunnar Engeseth in Nordre Ål wohnen. Sie fühlt sich zutiefst einsam und verlassen, sie begreift, daß Deutschland den Krieg verlieren wird. Von Wilhelm Schäper hört sie nichts mehr.

VIII Etwas weiter nördlich, im Heidal, einem Seitental des Gudbrandsdals, unterhalb eines Hofes namens Dalen, steht ein junger Mann am Ufer der Sjoa und blickt übers Wasser. Das ist Vater. Warum sollte er stundenlang dort stehen, wenn nicht etwas los wäre mit ihm?

Etwas ist schiefgelaufen. Auf diesem Hof hatte er schon vor einem halben Jahr einmal gewohnt, als Evenshaug anreiste, ihn mit dem Brief seiner Mutter konfrontierte und aufforderte, sein Leben in Ordnung zu bringen. Das hat er getan, es verursachte großes Leid, aber er konnte damals nicht wissen, welche Folgen es haben würde.

In den Heften, in denen er neben seinen Aufenthaltsorten auch die Bibelstellen notierte, über die er auf seiner jahrelangen Reise predigte, finden sich für den Herbst 1944 keine Eintragungen. Erst glaubte ich, er habe das Notizheft irgendwo liegengelassen und es dann versäumt, das Fehlende nachzutragen. Es dauerte lange, bis ich in Erfahrung brachte, was damals wirklich geschehen war und wo er in jenem Herbst war. Erst nach vielen Gesprächen mit Leuten, die Bescheid wußten, aber nichts sagen wollten, kam ich dahinter:

Vater war beurlaubt. Er war von seiner Arbeit als Verkünder im Gudbrandsdal suspendiert worden.

Er durfte nicht als Verkünder reisen, solange die Sache mit der gelösten Verlobung nicht geklärt war. Über den Grund mochte niemand laut reden, aber er hatte Evenshaug keine Wahl gelassen: Die stolzen Menschen im Heimatdorf der jungen Frau hatten an Evenshaug geschrieben und erklärt, daß sie Knut Hoem nicht mehr bei sich verkünden lassen wollten. Man habe zu dieser Angelegenheit eine Versammlung abgehalten, alle seien sich einig, daß er eine Frau hintergangen habe, die ihm voll und ganz vertraut hatte. Mit einem solchen Mann wollten sie nichts mehr zu tun haben.

Das war noch nicht alles: Nachdem Vater die Verlobung gelöst hatte, wollte die junge Frau keine Verbindung mehr mit ihm, statt dessen hatte auch sie an Evenshaug geschrieben und verlangt, Vater solle die Briefe zurückgeben, die sie ihm geschrieben hatte, Evenshaug solle dafür sorgen.

Vater blieb den größten Teil des Herbstes 1944 im Heidal. Er wollte nicht, daß seine Eltern erführen, welche Folgen Großmutters Brief gehabt hatte. Er, Eigentümer eines Bauernhofs im Romsdal, war im Heidal untergetaucht! Im Romsdal machte er nur kurze Besuche, seine Eltern verstanden nicht, warum er unentwegt vom Heidal erzählte und nicht an andere Orte weiterreiste.

Er ist also im Heidal, als die Schafe von den Bergweiden kommen und alle, die den Sommer auf der Alm verbracht haben, mit dem Vieh, ihr Gepäck auf dem Rücken, ins Dorf zurückkehren. Er ist da, als die Regenschauer einsetzen und die Herbststürme, er ist da, als die Abende lang und dunkel werden, die Talbewohner Arbeiten im Haus erledigen müssen und Zeit für christliche Andachtsstunden haben. Er ist da, als an klaren Abenden die Sterne aufgehen, und er ist da, als der dichte Winterschnee fällt. Er packt beim Holzfällen und anderen einfachen Aufgaben mit an, aber jeder kann sehen, daß er nicht praktisch veranlagt ist, darum finden sie es in Ordnung, daß er sich ans Verkünden hält, Gottes Wort studiert und versucht, sich darüber klarzuwerden, was Gott nun mit ihm und seinem Leben vorhat.

So wie ich ihn später kennenlernte, war er ein Meister in der Kunst, wieder auf die Füße zu kommen, wenn er von Schwierigkeiten eine Zeitlang wie gelähmt gewesen war. Dabei war er leicht aus dem Gleichgewicht zu bringen, er war nicht unverletzbar. Einige von denen, die ihn beherbergten, mit ihm fühlten und ihm in einer rauhen Welt ihr Wohlwollen entgegenbrachten, wußten, daß ein junger Mann von so etwas einen Knacks davontragen kann, der das weitere Leben prägt. Sie beteten für ihn, sagten, daß er eine Berufung habe, der er sein Leben geweiht habe, und die schweren Zeiten mit Geduld ertragen müsse. Vielleicht hatte auch manch einer von ihnen genug von denen, die sich so ganz besonders scheinheilig und gerecht verhielten.

Und er selbst? Er griff nach dem, was ihm seit seiner Jugend, seit er in Reknes Sanatorium lag, immer der größte Trost gewesen war: der Bibel!

Zum dritten, vierten oder siebten Mal stürzte sich dieser Hoem auf die Bibel, jetzt war es die neue, ins Neunorwegische übersetzte Bibel, die 1938 erschienen war und *Indrebø-Bibel* hieß, nach Bischof Ragnvald Indrebø, der die Übersetzung der Bibel ins Neunorwegische entscheidend vorangetrieben hatte. Es ist die poetischste aller norwegischen Bibelübersetzungen, und Vater, der viel Sinn für Poesie hatte, fand Zeit zum Lesen. An den langen, kürzer werdenden Oktobertagen im Heidal las er von früh bis spät. Er las im ersten Buch Moses die bewegenden Schilderungen des Schöpfungsaktes, der ersten Menschen und der ersten großen Flut. Er las von den Patriarchen Abraham, Isaak und Jakob, von Sarah, die lachte, als sie erfuhr, daß sie ein Kind bekommen würde. Er kämpfte sich durch alle Vorschriften und Regeln im dritten und vierten Buch Moses, er sah, wie der Herr mit dem Volk Israel verfuhr. Noch näher rückten ihm diese Menschen, als er im November zu den Büchern der Könige und den Psalmen Davids kam, zu schweigen von der Zeit kurz vor dem Weihnachtsmonat, als er das Hohelied und die Propheten las. Da sah er, wie unerheblich seine Probleme im Grunde waren, verglichen mit den großen Stürmen, die die Frauen und Männer der Bibel aushalten mußten. Und war es nicht fast, als begäbe er sich in eine Landschaft, in der er mit diesen Menschen zusammen war? Sie waren, wie er selbst, nicht vollkommen, sie stolperten und fielen, aber sie wurden zu neuem Glück aufgerichtet! Da mußte auch er hoffen und daran glauben, daß ihm das widerfahren konnte! Immer wieder fand er Stellen, die ihn daran erinnerten, daß das Leben des Menschen ein ewiger Kampf ist, aber daß es auf dem Weg auch viel Licht gibt, daß es Liebe gibt, die währt, und Freundschaft, die nicht vergeht. In den Büchern über Esther und Ruth begegneten ihm untadelige Frauen, er begann die Adventszeit mit dem Übergang vom Alten zum Neuen Testament, und das Licht des Neuen Bundes erfüllte ihn.

Gott im Himmel allein weiß, warum er nicht nach Hause fuhr, um nach dem Hof zu sehen, der ihm gehörte. Ich kann es nur so deuten, daß er es nicht wollte, aber ganz entziehen konnte er sich nicht. Die Sjoa braust, und es schneit in dikken Flocken. An diesem fremden Ort sitzt ein junger Mann herum und tut nichts, während es auf Weihnachten und die Wintersonnwende zugeht und die Tage immer dunkler werden.

Damals lebten in Heidal einige Kinder, die an den langen Herbsttagen mit ihm zusammen waren. Sie können sich nicht erinnern, daß er traurig gewesen wäre oder von Unglück und Kummer gesprochen hätte. Im Gegenteil, er brachte sie zum Singen. Was war er für ein sonderbarer Mann, und warum bemerkten sie nicht, daß er bekümmert war? Kinder merken doch immer, wenn jemand nicht froh ist. Die dreizehnjährige Esther bat ihn, etwas in ihr Poesiealbum zu schreiben, und er schrieb, wie stets, einen kleinen Vers:

Mög' dieser Vers begleiten dich
Auf allen deinen Wegen.
Glaub Gottes Worten inniglich
und auch an seinen Segen.
Knut Hoem, Aureosen bei Molde

Die Begegnung

I Zum Weihnachtsfest fuhr Vater nach Hause, von dem Wort gestärkt, das Leben und Tod überdauert. Falls es ihm noch schlechtging, ließ er es sich nicht anmerken, falls er erleichtert war, ließ er es sich auch nicht anmerken, denn jetzt war er ein erwachsener Mann. Es kam ein Brief von Evenshaug, in dem stand, daß es keinen Grund mehr gebe, ihn von der Verkündigungsarbeit auszuschließen. Er dürfe im Gudbrandsdal wieder Gottes Wort verkünden und solle am 19. Januar 1945 anfangen.

Sein guter Name und sein Ruf waren nicht unbeschadet geblieben. Man redete über Vater und seine Liebesgeschichte. Aber viele meinten auch, daß man nun einen Strich unter die Sache ziehen müsse, an manchen Orten war sie fast vergessen, als Knut Hoem seine Versammlungen wiederaufnahm.

Möglicherweise war ihm nach dieser Rehabilitation ziemlich frostig zumute, er war wohl nicht der Ansicht, daß er Grund zur Dankbarkeit habe. Aber man meinte ihm eine Hand hingestreckt zu haben, und er hatte keine andere Wahl, als sie zu ergreifen. Also fuhr er mit dem Bus in die zerbombte Kleinstadt Molde, nahm das Dampfschiff nach Åndalsnes, bestieg dort als rehabilitierter und freier Mensch den Zug und fuhr durch die schneebedeckte Berglandschaft des Romsdals, unter sich die singenden Gleise, erst zwischen den hohen Bergen hinauf und dann hinunter ins Tal der Täler, dieses Mal ganz bis Lillehammer, in die Stadt am zugefrorenen Mjøsasee. An den Bürgersteigrändern und in allen engen Gassen lag der Schnee noch aufgetürmt, überall wimmelte es von deutschen Soldaten.

Ich blättere wieder in dem Büchlein, in dem seine Wirtsleute aufgeführt sind und das inzwischen ein wenig abgegriffen ist, nachdem ich Hunderte von Malen nachgeschlagen habe. Seit einem Jahr begleitet mich dieses Heft auf meinen Reisen, und noch ist die Reise nicht zu Ende, noch ist Vaters Reise nicht zu Ende, nein, seine Reise hat gerade erst begonnen.

Nach den aufwühlenden Herbst- und Vorweihnachtswochen hält er bei Gunnar Engeseth in Nordre Ål in Fåberg eine Hausandacht.

Dort, in Nordre Ål, steht ein zweistöckiges Handwerkerhäuschen, gut gepflegt, ich glaube, es war sogar weiß gestrichen. Er kam abends an, bei Leuten, die er auf irgendeinem Treffen der Inneren Mission kennengelernt hatte. Es waren Gunnar Engeseth und seine Frau Kristine, sie kam aus Øyer und war eine geborene Høistad, also Großmutters Schwester.

Sie saßen im Wohnzimmer, die Schwestern Kristine und Jenny aus Høistad, und ihre Männer mußten sich dazusetzen. In diesem Wohnzimmer fehlte es an nichts, weder an Stühlen für die, die zur Versammlung kamen, noch an Kissen oder Wandteppichen, und da kein Kaffee aufzutreiben war, wird es für jeden ein Glas schwarzen Johannisbeersaft gegeben haben, der heiß gemacht worden war und nach Sommer schmeckte. Mitten unter den Gläubigen aus Fåberg und Lillehammer, die mit Tretschlitten und zu Fuß gekommen waren, so daß man ihren Weg anhand der Abdrücke von Kufen und Absatzeisen hätte nachgehen können, stand der junge Prediger aus dem Romsdal, um nach einem halben Jahr zum ersten Mal wieder bei einer Versammlung zu sprechen.

Da kehrten die Unbekümmertheit und Freude zurück, die immer typisch für ihn gewesen waren, er konnte das Lied mitsingen, aus vollem Herzen und noch unbekümmerter als früher:

Himmel und Erd mögen brennen,
Gipfel und Berge vergeh'n,
Wer im Glauben lebt, wird erkennen,
daß Seine Versprechen ewig bestehen!

Alle kannten das Lied, keiner schmetterte, keiner legte sich zu sehr ins Zeug, aber sie zierten sich auch nicht, sie glaubten, was sie sangen, und sie waren zusammengekommen, um das erneut zu bestätigen.

II Mutter war im Frühherbst zu Kristine und Gunnar Engeseth gezogen. Als sie an jenem Abend von der Arbeit im Pflegeheim zurückkam, wußte sie, daß ein Prediger im Haus war und eine Andacht stattgefunden hatte. Sie war beendet, aber die Teilnehmer saßen noch in der Stube und unterhielten sich. Mutter wollte nur eines: schlafen gehen. Sie hatte im Pflegeheim zu Abend gegessen. Sie wollte sich die Treppe hinaufschleichen, in ihr Zimmer, ohne mit jemandem zu reden. Zufällig kam Vater in den Flur hinaus und sah sie, es ist sicher, daß er sie grüßte und daß sie ihm auffiel, aber ihr stand nicht der Sinn nach Plaudern, das zeigte sie so deutlich, daß er nicht einmal den Versuch machte, mit ihr zu sprechen. Zum ersten Mal sprach er am 3. Februar mit ihr, als er erneut zu Engeseths kam, um dort zu übernachten.

Das heißt: Er versuchte mit ihr zu sprechen, aber auch da

war sie schüchtern, abweisend. Er bekam aus ihr heraus, daß sie im Pflegeheim arbeitete. Sie ging in ihr Zimmer und ließ sich an diesem Abend nicht mehr blicken.

Als er mit den Wirtsleuten zu Abend aß, fragte er, warum die junge Frau, die bei ihnen wohnte, so furchtbar traurig sei, sie sahen sich an und sagten, es sei mehr als Traurigkeit. Sie erwarte ein Kind von einem Deutschen, der im Herbst verschwunden sei.

Ach ja?

Ja, so hinge das zusammen.

Da sagte er: *Ich kann sie doch nehmen!*

Das waren seine Worte, und Malermeister Engeseth lächelte. Aber die Frau schnaubte verärgert, denn über so etwas machte man keine Witze.

Vater mußte weiter. Einige Tage später hielt er eine Erbauungsstunde im Pflegeheim. Mutter war da. Dieses Mal kam sie und setzte sich zu den Alten, für die er predigte. Sie war da, um dafür zu sorgen, daß es allen gutging, sie machte nicht den Eindruck, als interessiere es sie, was dieser Mann zu sagen hatte. Immer noch wechselten sie kaum ein Wort. Um die Wahrheit zu sagen: Sein suchender Blick war ihr gleichgültig.

Wenn man ihr Glauben schenken will, dachte sie zu jenem Zeitpunkt an keinen anderen Mann als an den deutschen Soldaten, von dem sie ein Kind erwartete. Abends weinte sie sich in den Schlaf. Sie würde ihn finden! Und wenn sie die Welt umrunden müßte, sie würde ihn finden. Daß ein anderer Interesse an ihr zeigte, war ihr egal. Der Prediger mit dem eigenartigen Blick ging sie nichts an. Er war Luft für sie. Oder doch nicht? Vielleicht dachte sie, daß da immerhin einer sah, daß sie ein Mensch war, trotz der Schande. Er suchte ihre Nähe, trotz allem, was über sie geredet wurde.

Auch wenn sie nichts für ihn übrig hatte, mußte sie einräumen, daß er ein mutiger Mann war. Er kümmerte sich nicht um das Gerede. Darin waren sie gleich. Mutter war weder damals noch später eine reuige Sünderin. Was aus Liebe geschah, kann man nicht bereuen.

So dachte sie abends, und da sie so erschöpft war, schlief sie schnell ein, kaum schien sie eingeschlafen, klingelte schon der Wecker, und sie mußte aufstehen, auch wenn draußen noch pechschwarze Nacht war. Das Kind in ihrem Bauch strampelte, und sie, der einsamste Mensch auf der Welt, fühlte, daß sie nicht einsam war.

III

Vom 7. auf den 8. Februar ist der Hoem wieder bei den Engeseths zu Besuch. Er kommt früh ins Haus, zu früh, Frau Engeseth serviert ihm ein zweites Frühstück und erinnert ihn an das, was ihm ein paar Tage zuvor herausgerutscht war, als er ihre Nichte sah. *Ich kann sie doch nehmen!*

Was in aller Welt hatte er damit gemeint? Sie denke doch, daß irgendwo eine auf den Hoem wartete, an die möge er sich bitte halten.

Erst bekam Vater wegen dieses unerwarteten Angriffs einen merkwürdigen Gesichtsausdruck. Dann regte er sich ziemlich auf. Es war nicht seine Art, aus der Haut zu fahren, aber sie sollte wissen, daß er sich auch nicht auf der Nase herumtanzen ließ. Er gab ihr durchaus recht, daß das, was er damals gesagt hatte, nicht so ernst gemeint gewesen war. Er hatte die junge Frau ja noch nie gesehen! Aber wie kam sie, die jetzt hier mit ihm zusammensaß, dazu, sich in seine Angelegenheiten einzumischen? Er könne schauen, nach wem er wolle, sagte er, er sei erwachsen und er sei ungebunden.

Ungebunden?

Ja, ungebunden!

Was für ein sonderbares Gespräch in der Küche dieses Handwerkerhauses in Nordre Ål, nachdem der Hausherr am Morgen zur Arbeit gegangen war. Es liegt eine grünkarierte Wachstuchdecke auf dem Tisch, sie frühstücken, der Prediger und die Hausfrau, es ist ein reichgedeckter Tisch, auch wenn es jetzt, im Krieg, an manchem fehlt. Kristine Engeseth hat für den Prediger Milch gewärmt. Es gibt sogar ein Ei von einem der Bauernhöfe in der Nähe. Noch liegt Nordre Ål auf dem Land.

Hoem erzählt, was ihm widerfahren ist: die aufgelöste Verlobung und die häßliche Klatschflut, die ihn aus dem Teil des Gudbrandsdals, wo er bisher tätig gewesen ist, vertrieben und dazu geführt hat, daß er auf unbestimmte Zeit in der Gegend von Lillehammer wirken soll.

Aha, eine gelöste Verlobung, so so. *Aber Junge, wie konntest du denn in so etwas hineingeraten?* Da kommt dann dieses und jenes über seine Mutter und Evenshaug heraus, was sie gesagt haben und was nicht. Er redete eigentlich nie schlecht über andere, aber was die Verwandten dieses Mädchens ihm angetan hatten, hat ihn verletzt. Er sei doch nicht mit *ihnen* verlobt gewesen, sagte er. Und Frau Engeseth, die andere dazu bringt, sich zu öffnen und zu erzählen, Frau Engeseth wird laut und schlägt auf den Tisch, so daß der kleine Sohn, der im Wohnzimmer spielt, erschrocken zu seiner Mutter hinüberblickt. *Aber daß du dich auf diese Weise um den kleinen Finger wickeln läßt!* ruft sie und hat wenig Gutes zu sagen über Frauen, die Listen anwenden, um Männer zu verhexen und einzufangen, und über Männer, die dann die Ehre dieser Frauen retten sollen.

Ja, es ist wirklich überraschend, wie unumwunden diese

Frau redet. Er muß sich wirklich wundern. Nun kommt sie auf etwas zu sprechen, bei dem sie einer Meinung sind: Liebeserklärungen und Herzschmerz, Seufzen und Kummer, alles schön und gut, aber eine gute Ehefrau ist mehr wert als ein Spaziergang im Mondenschein, sie ist mehr wert als Perlen, so steht es geschrieben.

Der junge Prediger und die ältere Frau führen ein Gespräch, in dem die Frage auftaucht, ob es nicht an der Zeit sei, das Ganze praktisch zu sehen, und ob man etwas tun könne, um die Lebenssituation, in die er geraten ist, zu ordnen. Er brauche eine Ehefrau, die mit ihm auf seinen Hof im Romsdal kommen könne, das sei es doch, was jetzt auf der Tagesordnung stehe. Und brauche er da nicht eine, die gewohnt sei zu arbeiten und zuzupacken, die etwas *im Kopf* habe und obendrein so geschaffen sei, daß sie eine Freude für einen Mann sein könne? Nun, gerade so eine sehe er doch wohl hier, in diesem Haus!

Frau Engeseth schafft es, die Stimmung in kürzester Zeit völlig zu drehen. Der junge Prediger muß lachen. Er wird nachdenklich, und kehrt nicht sogar der Lebensmut zurück?

Aber man könne doch nicht allem den Rücken kehren und sich in eine Neue verlieben, wenn man gerade mit einer anderen Schluß gemacht habe?

Ach nein? Nun, dann müsse man auf die Zeit vertrauen und abwarten, wie man in ein paar Monaten darüber denke. Jedenfalls werde Kristine Nylund, ihre Nichte, gegen Abend nach Hause kommen, dann könne er sie näher in Augenschein nehmen. Es sei auf keinen Fall nötig, etwas zu überstürzen. Jetzt müsse sie erst das Kind bekommen, dann könne man weitersehen. Frau Engeseth wolle sich ja nicht als Kupplerin aufspielen, aber man müsse auch seinen Kopf gebrauchen, so sah sie das.

Vater grübelt und lacht ein bißchen vor sich hin. In ihm meldet sich etwas Aufrührerisches und Trotziges. Er macht einen langen Spaziergang, das hat er seit Monaten nicht mehr getan. Er geht in die Stadt, sieht die vielen deutschen Soldaten und denkt, daß es so einer war, der die junge Frau verlassen hat. Er empfindet Mitleid, er würde gern ihren Schmerz lindern. Aber die Andacht steht an, und an diesem Abend predigt er über: *Meine Lieben, wir sind schon Gottes Kinder; es ist aber noch nicht offenbar geworden, was wir sein werden. Wir wissen aber: Wenn es offenbar wird, werden wir ihm gleich sein; denn wir werden ihn sehen, wie er ist.*

Plötzlich spürt er, daß er ist, wo er sein soll, dies ist seine Berufung, der Bibelvers, den er gewählt hat, beginnt zu leuchten, und er kann ihnen darlegen, wie wunderbar alles ist. Wie eigenartig ist doch das Wort, daß wir Ihm gleich sein werden, um Ihn zu sehen, wie Er ist! Ja, ebendas sei das ewige Leben, sagt er, daß wir Seiner göttlichen Klarheit teilhaftig werden, wir werden die Herrlichkeit schauen, in die Er schon aufgefahren ist, damit Er einen Ort bereiten kann, an dem wir mit Ihm zusammensein können.

Die Andacht ist fast zu Ende, da kommt Mutter, und Frau Engeseth ruft nach ihr. Mutter will in ihr Zimmer gehen, aber die Tante sagt nein, nein, du mußt den Prediger begrüßen, und sie fügt sich, kommt herein und sitzt eine Zeitlang mit der Tante, dem Prediger und den anderen zusammen, aber sie sagt kaum ein Wort.

Aber er sieht sie und wird still und nachdenklich beim Anblick der unglücklichen, schwangeren Frau, die die anderen gleich wieder vergessen haben, weil sie sich über alles nur Erdenkliche unterhalten. Er sieht den Ernst in ihrem Blick, aber auch ihre Aufmerksamkeit für kleine alltägliche Dinge. Er sieht, wie sie sich hinabbeugt und die Katze streichelt, die aus irgendeinem Grund bei der Andacht dabei ist. Sie streicht der Katze über den Rücken, nicht wenige hätten sich gut vorstellen können, von einer solchen Hand gestreichelt zu werden.

Als er an diesem Abend im Bett liegt, kann er nicht einschlafen. Es kann einem jungen Mann über den Kopf wachsen. In seiner Bibel, die fast seine einzige Lektüre ist, hat er von den guten und den schlechten Ehefrauen gelesen. Nun verhält es sich mit der Bibel aber so, daß die Geschichten, die da stehen, auch *für sich* stehen können, sie sind nicht nur gut für unsere Seligkeit, sie erzählen auch vom irdischen Leben. Da denkt er an Eva im Paradies und an Sarah, die lachte, aber am meisten denkt er an Ruth, und er denkt an Boas, der sich abends schlafen legte. Als er sich hingelegt hatte, spürte er, daß jemand zu seinen Füßen lag, und das war Ruth. Als die Ernte eingebracht war, *nahm Boas die Ruth, daß sie seine Frau wurde*, so steht es geschrieben, es gab weder Spaziergänge im Mondschein noch schmachtende Melodien, es war offenkundig und beschlossen, und als die Ernte eingebracht war, mußte es nur noch getan werden.

Da liegt er also im Haus der Engeseths im Bett. Er hört die Autos, die mit den Soldaten Richtung Hovemoen fahren. Er hat das Zimmer des Söhnchens bekommen, das drei Jahre alt ist, die Hausleute leben im Parterre, sie haben den Buben mit zu sich genommen, im ersten Stock wohnen Henry und Jenny Johansen sowie die junge Kristine Nylund.

Träumt der Prediger vielleicht davon, daß eine junge Frau kommt und unter *seine* Decke schlüpft? Solche Gedanken kann selbst ein Mann Gottes nicht von sich fernhalten. Aber es ist still im Haus, nicht das geringste Geräusch ist zu hören, das sind arbeitende Menschen, sie schlafen den Schlaf der Gerechten, und Kristine Nylund, wie sie heißt, hat nicht vor, sich mit einem Mann unter eine Decke zu legen. Nach des langen Tages Reise in die Nacht fällt sie sofort in Schlaf. Als der Prediger am folgenden Morgen auf die Füße kommt, ist sie verschwunden.

Eine Woche später wohnt er wieder bei den Engeseths, die junge Frau ist da, sie gibt sich keine Mühe, mit ihm zu sprechen, setzt sich nicht hin, wenn sie von der Arbeit kommt, will mit alldem nichts zu tun haben, will mit ihrer Tante nicht darüber sprechen, die mehr als nur andeutet, daß das eine passende Partie sein könnte, denn sie hat die Bemerkung des Predigers, nachdem er Kristin Nylund das erste Mal gesehen hatte, nicht für sich behalten können: *Ich kann sie doch nehmen!*

Aber Mutter sagt, wenn es etwas gebe, was sie wirklich nicht interessiere, dann seien es Männer.

Hoem sagt guten Tag, und er sagt auf Wiedersehen, er fragt, wie es ihr geht, auf seine vorsichtige Art, aber das soll er bloß lassen, sie hat kaum ein Wort der Entgegnung für ihn. Darum weicht er zurück, wenn sie an ihm vorbeieilt, im schmalen Gang bei Engeseths, sie ist ihm so nah, daß er sie berühren und anhalten könnte, er wagt es nur nicht, denn sie hätte ihn wohl geohrfeigt, wenn er es versucht hätte. Aber diese Zurückweisung führt nicht dazu, daß er aufgibt, im Gegenteil, nun fängt sie an ihn ernstlich zu beschäftigen. Er sagt, daß sie sich freuen solle, sie werde doch bald Mutter, das sei das größte Wunder, das es gebe, sagt er. Eben reicht es mit dem Mitgefühl, denkt sie, darum sagt sie, sie gehe davon aus, daß er wisse, wie sich das mit ihr und dem Kind verhalte?

Da sagt er, daß ein Kind ein Kind sei, und *wer ohne Schuld sei, der werfe den ersten Stein.*

Sie erschrickt ein wenig, er ist nicht leichtfertig, er sagt nicht, daß sie recht gehandelt hat, er teilt nicht ihre Auffassung, daß es ein Akt der Liebe war, er sagt nur, daß niemand das Recht habe zu richten, und vielleicht war es das, was sie jetzt zu hören verlangte. Niemand, der entschuldigt und vertuscht, sondern einer, der das in einem größeren Zusammenhang sieht. *Wer ohne Schuld ist, der werfe den ersten Stein.*

Und so reicht sie ihm die Hand, als er sich verabschieden will.

Er kann nichts dafür, er beginnt an sie zu denken, wenn er in fremden Häusern schläft, jede Nacht oder fast jede Nacht an einem neuen Ort, immer weiter.

Das Eigenartige geschieht, das Bild der anderen verschwindet, das der Neuen taucht auf. Niemals wird er ganz verstehen, warum das so ist, aber er spürt, daß er unterwegs ist zu der Neuen.

Er kommt in Mutters Heimatdorf, nach Øyer. Auf der Versammlung, die dort abgehalten wird, lernt er Kristines Vater, Mathias Nylund, und seine Frau Magnhild kennen, sie sind gläubige Menschen, aber sie sind auch von der Situation gezeichnet, in die ihre Tochter hineingeraten ist. In einem persönlichen Gespräch, das sie einige Tage später mit ihm führen, stellt sich heraus, daß sie verzweifelt sind. Da muß er sie daran erinnern, daß das, was sie jetzt durchmachen und was so tief schmerzt, zu allen Zeiten passiert ist und immer wieder passieren wird. Aber ein Fehltritt könne am Ende zum Segen werden, und Gottes Gnade sei größer als all unsere Fehltritte. Und dann erzählt er ihnen einfach, daß er soviel an ihre junge Tochter denken müsse. Nein, jetzt sei nicht der richtige Zeitpunkt, um darüber zu sprechen, aber ihm sei der Gedanke nicht fern, daß sie ein Paar werden könnten, wenn es sich für sie so fügen würde.

Ich kann sie nehmen, sagt er.

Großmutter Magnhild hat von ihrer Schwester in Lillehammer schon diese und jene Andeutung gehört, aber das wird ihr fast zuviel, sie wird richtig mißtrauisch und fragt sich, ob es recht sei, daß ein reisender Prediger solche Gedanken hat. Aber eines mußte man ihm lassen, mutig war er. Sie schüttelt ein wenig den Kopf und lächelt knapp, sie danken ihm und möchten, daß er sie besuchen kommt, wenn er das nächste Mal in der Gegend ist.

IV

Ende Februar kam Vater von Tretten nach Olstad in Øyer, weil er in Øyer mit einer Reihe von Versammlungen beginnen wollte. Harald Olstad, dem der Hof Olstad gehörte, hatte in Tretten einen Jagdkameraden, Bodvar Sprækkenhus, und Vater brachte schlechte Nachrichten. Sprækkenhus war von Widerstandskämpfern getötet worden. Er war Mitglied von Quislings Nazipartei *Nasjonal Samling* gewesen, und die Widerstandskämpfer hatten ihn für einen Verräter gehalten. Der Mord ging Harald Olstad sehr nah. Andere in Nordbygda fanden ihn angebracht, denn der Mann habe seine Freunde und Nachbarn an den Feind verraten. *Der häßlichste Mord, der im Gudbrandsdal jemals begangen wurde*, schrieb die nazifizierte Lokalzeitung.

Gelegentlich hielt Knut Hoem seine Andachten zusammen mit Amund Hasli. Hasli arbeitete für die China-Mission, Hoem für die Innere Mission, aber welche Rolle spielt das schon? Die Stunde des Herrn ist nah, wer Sein Wort hört, wird aus Gottes Reich nicht ausgeschlossen sein. Vater besucht andere Orte in der Gegend, kehrt aber nach Øyer zurück.

In der letzten Märzwoche hielt er jeden Abend eine Andacht, nur am allerletzten Tag nicht, dem 31. März. An diesem Abend bringt Mutter im Krankenhaus von Lillehammer eine Tochter zur Welt. Ich weiß, daß es abends war, aber ich kann nicht sagen, ob die Geburt schwer oder leicht war, ich weiß nicht, wer dabei war außer der Hebamme und den Krankenschwestern, die Mutter und Kind versorgten, außer dem Arzt, der Visite machte. Aber als Mutter das Kind ansah, da fielen Kummer und Scham von ihr ab.

V Fünf, sechs Tage später ging Großvater Mathias Nylund zu Harald Olstad, es war einer der schwersten Gänge seines Lebens, er mußte ihn dennoch tun, denn er war ein treuer Mensch. Er bat darum, ihm Pferde und Schlitten zu leihen, er wollte seine Tochter und sein Enkelkind aus Skåden abholen, das wenige Kilometer von Olstad und Nylund entfernt lag.

Sie würden mit dem Zug bis Øyer fahren und dann ein Taxi nach Skåden nehmen. Die Straßen nach Nordbygda waren nicht geräumt, dorthin kam kein Auto.

Großvater, der seit seiner Kindheit bei Olstad ein und aus gegangen war, war niedergeschlagen und einsilbig: »Ich verstehe, wenn Sie dafür das Pferd nicht hergeben wollen«, sagte er zu Harald Olstad, der rief: »Was in aller Welt redest du denn da, Mathias!«, sofort hinausging und das Pferd anzuschirren begann. Gemeinsam zogen sie den Schlitten heraus.

Dann fuhr Mathias Nylund nach Skåden und holte seine Tochter, an diesem Wintertag, an dem alle schon das Frühjahr spürten, auch wenn die Straßen noch nicht schneefrei waren.

So kamen sie also von Skåden an, im geliehenen Schlitten

und mit einem geliehenen Pferd, Mathias Nylund und seine Tochter, eine blasse, aber nicht niedergeschlagene junge Frau, Mutter, auf dem Arm hatte sie ein Kind in einer Decke. Wie ging es Mutter?

Ich glaube nicht, daß sie den Kopf senkte. Sie kümmerte sich nicht darum, daß Leute stierten, sie kümmerte sich auch nicht darum, daß sie die Köpfe zusammensteckten. Ich glaube, daß sie aufrecht in diesem Schlitten saß und mit ihrem Vater fuhr, einem hochgewachsenen Mann, der sich immer gerade hielt, nun aber, als er durch den Ort in Richtung Nylund und Olstad fuhr, fast zu einem Nichts zusammensank.

In Olstad saßen zwei Mädchen am Fenster und sahen sie kommen, aber woran sie sich sechzig Jahre später erinnern, stimmt nicht ganz überein. Die eine meinte, Mathias Nylund habe in Olstad angehalten, das Pferd ausgespannt, abgeschirrt und in den Stall geführt, dann habe er das Kind genommen und sei vor der jungen Mutter her den Weg nach Nylund gegangen. Die andere ist sicher, daß er Mutter und Kind bis zum Haus fuhr, bevor er zurückkam und das Pferd abschirrte.

Zwei Tage später brachten die Einwohner von Olstad das Wöchnerinnenessen nach Nylund, wie immer, wenn ein Kind zur Welt kam, für sie war dieses Kind nicht weniger wert als jedes andere Kind. Sie brachten *Rømmegraut*, die Grütze aus saurer Sahne war für die junge Mutter, aber im Grunde kamen sie nicht, um *Rømmegraut* zu bringen, sie kamen, um zu zeigen, daß zumindest sie Wohlwollen und Sympathie für Kristine empfanden, die aus dem einen oder anderen Grund in etwas so Unglückliches hineingeraten war. Aber wie hätten sie noch behaupten können, daß sie unglücklich sei, nachdem sie das Kindchen gesehen hatten? So ein unglaublich schönes kleines Mädchen. Noch sechzig Jahre später sollten sie darüber reden, was für ein süßes Mädelchen damals in Nylund angekommen war.

VI

In diesem Frühjahr sahen Vater und Mutter sich nicht, nicht bevor es Sommer wurde. Ende April unterbreitete General Eisenhower seinen Plan, Norwegen von Osten aus zu erobern. Es sollte von schwedischem Gebiet aus geschehen, auf einer breiten Front von Oslo über Trondheim bis Narvik.

Aber dann nahm Hitler sich das Leben, und Admiral Karl Dönitz unterzeichnete die bedingungslose Kapitulation. Deutschland kapitulierte an allen Fronten.

In der Nacht zum 10. Mai kamen die Engländer nach Lillehammer. Die Menschen strömten auf die Straße. Mutter war nicht dort, sie war in Nylund. Einige Tage später wurde sie von Widerstandskämpfern geholt. Sie mußte das Gemeindehaus in Tingberg putzen, nach den deutschen Schweinen, die dort gewesen waren. Und während sie dort die Wände schrubbte, zusammen mit anderen, die sich eine solche Strafe verdient hatten, dachte sie an den einen, der sie nicht verdammte, der zu ihr das wahre Wort gesagt hatte: *Wer ohne Schuld ist, der werfe den ersten Stein.*

Vater fuhr zur Frühjahrsbestellung heim. Die Sonne stand mit jedem Tag höher über den Wiesen in Hoem, auf den Hängen und ums Haus wurde es grün, hinter dem Vorratsschuppen kamen erst die Buschwindröschen, dann der Hahnenfuß. In den ersten Maitagen lief in dem abgeschiedenen Ort das Gerücht um, nun seien die kriegsentscheidenden Schlachten im Gang. Als sie von der Telefonvermittlung in der Nachbargemeinde angerufen wurden und eine aufgeregte Stimme berichtete, daß Friede sei, konnten sie die Nachricht nicht überprüfen, weil niemand ein Radio hatte.

Vater lief dennoch auf den Dachboden und holte die alte Fahne, die dort versteckt lag. Weil der Fahnenmast in den Kriegsjahren umgefallen war, knüpfte er die Fahne an eine Heustange und hängte sie aus dem Fenster im zweiten Stock. Seine Mutter kam und schimpfte, er gefährde ihr Leben. Man dürfe nicht flaggen, bevor absolut sicher sei, daß die Deutschen geschlagen seien und der Krieg zu Ende! Aber Vater war sich seiner Sache sicher, er sah, wie in Tornes, auf der anderen Fjordseite, eine Fahne nach der anderen gehißt wurde. Am Abend fuhr er nach Molde, um in der bombardierten Stadt, wo kaum ein Haus unbeschädigt geblieben war, mitzufeiern. Ich glaube nicht, daß er ausgelassen war, laut jubelte und Leute umarmte. Aber er sah die anderen, die jubelten und feierten, er hörte die Musik, er sah die glücklichen Gesichter. Dachte er an Mutter? Wußte er, daß sie ein Mädchen bekommen hatte? Ich glaube, daß er es wußte, denn ich weiß, daß er kurz davor an dem Ort vorbeigefahren war, wo sie wohnte.

VII

Im Krankenhaus Opdøl liegt Lars Hoem, isoliert in einem Einzelzimmer, nackt unter einer dicken Decke. Er reagiert nicht mehr, wenn er angesprochen wird. Er ist 36 Jahre alt und seit fünfzehn Jahren Patient in der geschlossenen Anstalt. Er vegetiert vor sich hin, aber dieser Zustand wird von Tobsuchtsanfällen unterbrochen, darum kann er nicht mit anderen Patienten zusammensein. Es wäre viel gewonnen, schrieb jemand in die Krankenakte, wenn man nur diese Tobsuchtsanfälle abstellen könnte.

Das verweist bereits auf etwas, was später geschehen sollte.

Mutter behielt die Initialen der Namen Wilhelm und Kristine bei, wollte aber ein kleines Mädchen in Øyer nicht Wilhelmine nennen. Es wurde auf den Namen Wenche Kristine Nylund getauft, ihr Kindchen. Das geschah in der Kirche in Øyer, am Sonntag, den 6. Mai 1945, zwei Tage bevor die Wehrmacht in Norwegen kapitulierte. Als sie dem Gemeindepfarrer Thorolf Basberg den Täufling meldete, sagte Mutter, der Vater heiße *Wilhelm Schäper.* Und Basberg, dessen Ehefrau im Internierungslager Grini einsaß und dessen Tochter im schwedischen Exil lebte, taufte das Kind.

Es kam der Tag der Befreiung, den Mutter niemals mit einem einzigen Wort kommentierte. Auch in Øyer verließen die Widerstandskämpfer die Deckung, darunter waren auch Mutters Brüder Arve, Magne und Kåre, letzterer noch keine zwanzig Jahre alt.

Jeden Tag kamen neue Meldungen über die Untaten der Deutschen. Russische Kriegsgefangene berichteten den Zeitungen von Mißhandlungen im Gefangenenlanger von Jørstadmoen, wo der Sadist Meyer die Gefangenen tagtäglich verprügelt hatte, einmal hatte er in einem Wutanfall 250 Mann die Hosen herunterreißen und sie mit Gummischläuchen verprügeln lassen, weil ein Gang nicht sauber war. Das Essen war erbärmlich, zum Frühstück gab es nichts, mittags Kartoffeln, die nicht gekocht, sondern nur zu Brei gerieben waren, nachdem man sie mit kochendem Wasser übergossen hatte. Das Brot war steinhart. Fünf Gefangene mußten sich einen Teelöffel Marmelade teilen. Und auch wenn das keiner ausdrücklich schrieb, so warfen doch solche Meldungen über die Schreckensherrschaft der deutschen Besatzungsmacht ein gnadenloses Licht auf alle, die mit ihnen zusammengearbeitet und Umgang mit ihnen gehabt hatten, dazu gehörten auch die Mädchen, die mit den Deutschen im Soldatenheim von Jørstadmoen, nur einen Steinwurf von den Gefangenenbaracken entfernt, tanzen gewesen waren.

Am 24. Mai meldet der *Gudbrandsdølen*, das Gebiet zwischen Dovre und Smestadmoen sei *von Deutschen rein*. Die Deutschen befolgten genauestens alle Anweisungen der Alliierten, sie zogen sich aus den Ortschaften und dichter besiedelten Gebieten in Lager zurück, die ihnen zugewiesen wurden. Sie erhielten den Befehl, sich selbst zu entwaffnen. Die lange Internierungszeit setzte sie besonderen Belastungen aus. Nur deutsche Soldaten mit Verwaltungsaufgaben durften die Lager verlassen. Die anderen mußten tagein, tagaus dort bleiben. Bemerkenswert viele Deutsche waren in Zivil geflohen. Vielleicht hoffte Mutter immer noch, daß Wilhelm Schäper darunter war? Ich glaube, daß sie sich irgendwann eingestehen mußte, daß er sie sitzengelassen hatte. Nur so konnte sie sich von ihm befreien. Denn war es nicht das, was sie mit jenem Satz sagte, den ich fünfzig Jahre lang im Gedächtnis behalten sollte? *Dein Vater war beständig, beständig und treu, und das ist genauso wichtig wie Liebe.*

VIII

Die norwegischen KZ-Gefangenen kehrten aus Deutschland zurück, einer von ihnen war Simen aus Skjønsberg. Die Kinos in Lillehammer spielten in diesem ersten Kriegssommer statt deutschen und italienischen Liebesfilmen nun amerikanische Filme, dann auch Filme aus vielen anderen Ländern. Zuerst kamen die Filme, die in den Kriegsjahren nicht gezeigt werden durften, Filme wie *Casablanca*.

Mutter ging nicht ins Kino. Mutter saß in Nylund. Und entweder ist es wahr, oder ich habe es nur geträumt, daß ihr Vater einen kleinen Kinderwagen schreinerte, damit sie, als es richtig Sommer wurde, ihr Kind auf den steilen Wegen bergauf nach Olstad und Olstadjordet, ja ganz bis zum Hof Kråbøl und in Richtung Øyerfjell schieben konnte. Was war aus ihrer Jugendzeit geworden, die jetzt in so glücklichem Licht erschien, was aus dem Glockenläuten der Kuhherde, die in die Berge zog, dem Duft der Sommerblumen auf der Sonnenseite der Almhütte, den Mückenstichen auf ihren Jungmädchenbeinen und dem Geschmack des eiskalten Quellwassers im Kühlschuppen der Nyalm, wo sie vor drei Jahren mit ihrer Schwester und Janne Kruke den Sommer zugebracht hatte?

Alles war unwirklich, sie empfand deutlich, daß sie nicht nur ausgeschlossen wurde, jetzt wurde sie von vielen auch verurteilt und verachtet, darum konnte sie die wechselnden Farben der Natur nicht mehr so genießen wie früher. Sie befand sich in einer Unterwelt, in der es weder Farben noch Düfte gab.

Nur wenn ihre kleine Tochter aufwachte, erwachten für Mutter Farben und Düfte, nur wenn sie sich ermahnte, alle Gedanken auf das Kind zu richten, lebte sie in der gleichen Welt wie die anderen, dann war sie eine von ihnen, ein Mensch, der Kummer hatte. Aber wie konnte sie über diesen Kummer, ihren Kummer, sprechen, wie konnte sie ihn mit anderen teilen, da doch immer deutlicher wurde, wie brutal die deutsche Besatzung gewesen war, wie unmenschlich das Herrenvolk gegen Juden und Zigeuner vorgegangen war sowie alle, die gegen es gewesen waren?

Die Zeitung *Gudbrandsdølen*, jetzt mit neuer Redaktion, konnte berichten, daß sich die Bevölkerung sehr dafür interessiere, was mit den sogenannten Deutschenflittchen geschehen solle, es herrsche große Ungeduld, weil die Behörden noch nichts getan hätten, um sie festzunehmen. Nun aber sollten sie angeblich in speziellen Erziehungsanstalten interniert werden. *Soweit bekannt, wurden die Behörden per Gesetz ermächtigt, in diesen Anstalten die Flittchen unterzubringen, um die sich die Behörden mit gutem Grund kümmern müssen, erstens, weil viele von ihnen ihre Umgebung belästigen, zweitens muß man sie offensichtlich dazu erziehen, bessere Menschen zu werden.*

Mutter las das, der Himmel weiß, was sie dachte. Fühlte sie sich als eine von ihnen? Ich glaube, sie kam gar nicht auf den Gedanken, daß sie eine von ihnen sein könnte.

In der ersten Junihälfte wechselten im Gudbrandsdal Regen, Schnee und Kälte. In der Nacht zum 27. Juni wurden in Øyer vier Grad unter Null gemessen. Die Tabakpflanzen, die hier und dort angebaut worden waren, wurden gelb und welk, aber das Gras wuchs, und die Äcker sahen gut aus.

Auf einer Pressekonferenz äußerte sich Reichspolizeichef Aulie am 21. Juli gegenüber den Hauptstadtzeitungen dazu, welche Haltung die Gesellschaft den Deutschenflittchen gegenüber einnehmen solle. Er betonte, man dürfe keinesfalls alle über einen Kamm scheren. Es gebe unterschiedliche Gruppen. Da seien vor allem die Straßenmädchen, die schon vor dem Krieg Prostituierte gewesen seien, sowie jene, die in den Jahren des Krieges dazugekommen seien.

Eine weitere Gruppe seien Frauen, die nicht nur mit Deutschen Kontakt gehabt hätten, sondern die auch Spitzeldienste geleistet oder den Besatzern auf andere Weise geholfen hätten. Diese Frauen verdienten nicht viel Mitleid.

Aber es gebe eine dritte Gruppe, bei der müßten Öffentlichkeit ebenso wie Behörden Umsicht walten lassen, um keine irreparablen Schäden zu verursachen, er meine jene jungen Frauen, die mit einem einzigen Deutschen in Verbindung gestanden hätten oder noch ständen. Diese Frauen seien oft jung und unerfahren, sie hätten sich auf etwas eingelassen, was sie als Liebesverhältnis erfahren hätten, sie seien von keinem Gesetzesparagraphen betroffen. Das waren kluge Worte in einer dunklen Zeit, aber nur wenige sprachen wie er.

IX Dienstag, den 7. August, wurde Mutter 21. An diesem Tag meldeten die Zeitungen, daß über Japan die erste Atombombe gezündet worden war.

Zwei Tage später erklärte die Sowjetunion nach Aufforderung durch die anderen Alliierten Japan den Krieg. Hiroshima war zu Zweidritteln zerstört. Die Alliierten übermittelten Japan die Kapitulationsbedingungen.

Der Kirchenvorstand von Øyer veranstaltete am 1. September ein Fest für die Widerstandskämpfer. Gemeindepfarrer Basberg, überglücklich, weil Frau und Tochter wohlbehalten wieder zu Hause waren, begann seine Willkommensrede mit dem Apostelwort: *Ich habe euch jungen Männern geschrieben, denn ihr seid stark*. Der Männerchor Øyer sang *Gott segne unser teures Vaterland* und *Nun leuchtet hell das Gudbrandsdal*. Frau Emilie Ile, die seinerzeit die Hauswirtschaftszeugnisse für Kristine und Olga Nylund ausgestellt hatte, hielt eine Rede.

»Die Widerstandsbewegung entstand aus dem Nichts«, sagte Frau Ile, »und umfaßte schließlich etwa 40 000 Mann. In Øyer passierte viel. Es gab Radioapparate in der Kirche von Øyer und an anderen mystischen Stellen«, wie sie sich ausdrückte. Aber sie sagte, daß viel geschehen sei, was man *nicht* verstehen könne, und daß man sich in acht nehmen müsse, damit die Schadenfreude nicht überhandnehme.

Vidkun Quisling wurde zum Tod verurteilt und später in der Osloer Festung Akershus erschossen. Am 7. Oktober 1945 wurde, nach einer kleinen Zeremonie, morgens um zehn Uhr auf dem Gelände des Lagers Jørstadmoen wieder die norwegische Fahne gehißt.

Zwei Menschen in Friedenszeiten

I Aus den Räumen der Heilsarmee mitten in Lillehammer, aus denen man auch in den unglücklichen fünf Jahren oft bei geöffneten Türen Kirchenlieder gehört hatte, hört man jetzt jemanden auf einer Gitarre zupfen.

Das ist Olga Nylund. Als Rekrutin im großen Heer mit Jesus Christus als dem Oberkommandierenden hat sie die Aufgabe erhalten, alle Gitarren zu stimmen. Und dort, etwas abseits, sitzt auch Mutter auf einem Stuhl, sie wartet darauf, daß die Versammlung beginnt. Es ist ein Herbsttag im Jahr 1945. Sieben Monate sind vergangen, seit Wenche zur Welt kam, jetzt ist das Kind so groß, daß jeder auf es aufpassen kann. Mutter arbeitet wieder im Fåberger Pflegeheim, die Schwester hat sie zu dieser Versammlung mitgeschleppt. Sie ist zum ersten Mal seit langem wieder unter Leuten, und es entgeht den netten Heilsarmisten nicht, daß da eine neue junge Frau sitzt. Olga ist mit diesem kräftigen Kerl von einem Gärtner zusammen, auch er geht jetzt bei der Heilsarmee aus und ein, keiner möchte sich mit ihm anlegen. Zur Andacht kommen viele Leute, der Raum platzt fast aus den Nähten, als Olga, ihr Freund und viele andere Soldaten mit Gitarren und Mandolinen auf dem Podium Aufstellung nehmen und den Lobgesang erklingen lassen: *Komm zu uns, Herr Jesus, komm zu uns in unsrer Not. Heut kannst nur Du uns helfen.* Es ist eine gelungene Zusammenkunft. Als der Kapitän spricht, biegen sich die Zuhörer vor Lachen, wer hier zur Heilsarmee gehört, ist wirklich kein Trauerkloß!

Auch Mutter lacht, es ist schön zu sehen, daß sie lacht, sie hat in letzter Zeit nicht viel Lustiges erlebt. Als dann Kaffee serviert wird, werden die Türen zur Straße geöffnet, viele gehen hinaus, um zu rauchen, auch Olga geht hinaus, weil sie dort sein möchte, wo ihr Freund und die lustigsten Kerle sind. Mutter begleitet sie, sie stehen zusammen auf dem Bürgersteig an diesem Abend, an dem es nun wirklich Herbst wird. Die Straßen glänzen nach dem Regen, im Lichtkegel der schwarzen Autos treibt gelbes Laub über das Pflaster.

Da sah sie ihn, den Prediger Knut Hoem, es war das einzige Mal, daß sie ihn sah, ohne daß er sie sah. Es ging ein Mann mit einem Koffer vorbei. Er geht unendlich langsam durch die Straße, in der die Heilsarmee ihr Haus hat, und als er vor dem Haus ist, bleibt er stehen, als dächte er einen Moment lang daran, hineinzugehen. Er geht nicht hinein, er ist auf dem Weg zu seiner Unterkunft. Er sieht Kristine Nylund nicht, aber sie sieht ihn, und sie sieht, daß dieser Mann, der bei Hausandachten in Lillehammer und im Gudbrandsdal predigt, eine einsame Seele ist. Noch versteht sie nicht, daß sie etwas von ihm will, und falls er jemals etwas von ihr wollte, dann hat er es, denkt sie, vergessen, dennoch bemerkt sie ihn, dennoch ist er ihr nicht ganz gleichgültig, zumindest ist sie dankbar für das, was er sagte, als es am dunkelsten für sie war: *Ich kann sie doch nehmen.*

Das habe ich nicht geträumt, das war wirklich so. Aber sie weist Olga nicht darauf hin, daß er dort geht, sie gibt sich auch nicht zu erkennen, sie sieht nur, daß er in der Dunkelheit und im Nebel verschwindet, unter dem Licht der Straßenlaternen.

Aber nein, nein, auch hier findet sie keine Ruhe. Denn hier ist ein anderer Mann, ein Soldat im großen Heer des Heils, der unbedingt mit Mutter sprechen möchte. Den ganzen Abend bleibt er in ihrer Nähe. Als sie in der folgenden Woche nicht zur Versammlung kommt, schickt er ihr ein Geschenk, einen Glasteller, das war, wenn man die Situation bedenkt, geradezu ein Luxusgegenstand. Mutter nimmt das Geschenk an, den Mann aber will sie nicht. Als er nicht bekommt, was er will, droht er, sich das Leben zu nehmen. Er könne und wolle nicht ohne sie leben, sagt er. Es nützt nichts. Mutter sieht das als Heuchelei und Getue. Sie denkt immer noch an keinen anderen als Wilhelm Schäper, aber sie spricht nicht mehr über ihn.

Jeden Tag ging sie zum Postkasten, um nach dem Brief zu schauen, der nie kam. Es vergingen Wochen und Monate, der Winter und das Frühjahr. Wenn er sich mit ihr in Verbindung hätte setzen wollen, er hätte es hinbekommen können. Aber er ließ keine Silbe von sich hören. Lange wollte sie nicht glauben, daß sie hintergangen worden war. Aber mit den Jahren mußte sie begreifen, was sie vielleicht die ganze Zeit geahnt hatte: Er war ein verheirateter Mann, nichts sprach dafür, daß er die Verbindung zu Kristine in Lillehammer aufrecht halten würde. Später sollte sie nur zwei Dinge erwähnen: daß er aus einem Ort kam, den sie *Rieba* nannte, und daß seine Eltern *Joseph* und *Antonia Schäper* hießen.

Es ist Zeit, einen Moment innezuhalten.

Vierzig Jahre blieb das Geheimnis Wilhelm Schäper unangetastet. Solange Vater lebte, erwähnte Mutter weder seinen vollen Namen noch seinen Heimatort. Erst 1990 gab sie seinen Nachnamen und den Namen seines Heimatortes preis: *Rieba*. Aufgrund dieser Angaben fanden sowohl das Rote Kreuz als auch andere Institutionen einen Wilhelm Schäper in *Riesa*.

Wilhelm Schäper, geboren am 15. 07. 1909 in Tiefenort in

Thüringen, Deutschland, Feldpostnummer 15465, 3. Kompanie des *Baubataillons* 409, eine Heeresabteilung, die am 19. August 1943 in *Bau-Pionier-Bataillon* 409 umbenannt wurde. Wilhelm Schäper, jedenfalls dieser *Paul* Wilhelm Schäper, starb am 28. Juni 1985 bei einem Verkehrsunfall in Strehla, etwa sieben Kilometer entfernt von seinem Heimatort Riesa an der Elbe, nordwestlich von Dresden.

Sein Dienstgrad ist unbekannt. Das Kriegstagebuch des Bataillons gibt es nicht mehr.

Dieser Mann könnte im Frühjahr 1944 nach Lillehammer gekommen sein, in das Lager Smestadmoen, das Lager Hovemoen (die von den Deutschen als *Lager Barbara* und *Lager Speer* bezeichnet wurden) oder nach Rosenlund (das sogenannte *Lager Todt*).

Sein Vater hieß Albert Schäper und wurde am 8. November 1885 geboren, die Mutter hieß Margrethe, ihr Geburtsjahr ist nicht verzeichnet. Paul Wilhelm zog am 19. September 1946 nach Strehla in der Nähe von Riesa.

Es ist der 5. September 2004, ich fahre mit dem Zug nach Riesa und komme gegen neun Uhr morgens an. Der Tag ist neblig. In Riesa steige ich in den Bus nach Großenhain. Im Landratsamt wartet Frau Regina Möhler, die geholfen hat, Paul Wilhelm Schäper aufzuspüren. Sie erzählt, daß es in Riesa nie, weder vor dem Krieg noch danach, eine andere Familie Schäper gegeben habe als die von Paul Wilhelm.

Zwei Details stimmen nicht: Dieser Wilhelm Schäper war *vor dem Krieg* nicht in Riesa gemeldet, wieso hatte er also zu Mutter gesagt, daß er aus einem Ort mit einem ähnlichen Namen kam?

Auch die Namen der Eltern stimmen nicht. Könnten die Eltern zwei Namen gehabt haben? Hießen sie Joseph Albert und Margrethe Antonia? Haben sie die Namen geändert?

Und ist es denkbar, daß sich der Mann, mit dem Mutter zusammen war, während des Krieges nicht *Paul* nannte?

Um das zu klären, schreibe ich an die Gemeindeverwaltung Tiefenort. Nach vier Monaten bekomme ich Antwort von der zuständigen Sachbearbeiterin Frau Wilhelm: In Tiefenort wurde kein Schäper geboren, dessen Eltern Joseph und Antonia heißen.

Hier enden alle Spuren dieses Wilhelm Schäper. Entweder haben wir den falschen Mann gefunden, oder er hat darüber, wie seine Eltern heißen, nicht die Wahrheit gesagt, als eine Frau in Norwegen fragte, was sie denn sagen solle, wer die deutschen Großeltern des Mädchens seien, dessen Vater er im Krieg geworden war und das nach seinem Willen *Wilhelmine Kristine* heißen sollte.

Frau Wilhelm mußmaßte in ihrem Antwortbrief, der Soldat könnte möglicherweise falsche Angaben gemacht haben, um im vorhinein der einen oder anderen Verpflichtung zu entgehen.

II Tag für Tag ging im Morgengrauen ein Arbeiter durch Nordbygda und den Berg hinunter. Das war Großvater Mathias Nylund auf dem Weg zur Arbeit. Weil die Schande so groß war, nahm er nicht die Straße, sondern einen Fußpfad am Skådental entlang. Viele Monate ging er dort, bis Halle Lunke eines Tages aus dem Haus trat und nach ihm rief, dann führten sie ein langes Gespräch miteinander.

Am 4. oder 5. Dezember 1945 hielt Knut Hoem eine Andacht, die Mutter mit ihren Eltern besuchte. Es war ein ganz normaler Abend. Vater stimmt ein Lied an, einer der ernsten Menschen aus Nordbygda spricht ein paar Willkommensworte. Vater wird vier Tage lang in Øyer Andachten halten. Er predigt über Johannes 21,1-17, die schönste Geschichte im Neuen Testament, es ist die Geschichte, wie Jesus sich seinen Schülern am Tiberiassee offenbarte. Jetzt las Vater aus seiner geliebten neunorwegischen *Indrebø-Bibel* von 1938, und selbst der einsilbige Mathias Nylund lauschte mit offenen Ohren den erstaunlichen und schönen Worten:

Danach offenbarte sich Jesus abermals den Jüngern am See Tiberias. Er offenbarte sich aber so:

Es waren beieinander Simon Petrus und Thomas, der Zwilling genannt wird, und Nathanael aus Kana in Galiläa und die Söhne des Zebedäus und zwei andere seiner Jünger.

Spricht Simon Petrus zu ihnen: Ich will fischen gehen. Sie sprechen zu ihm: So wollen wir mit dir gehen. Sie gingen hinaus und stiegen in das Boot, und in dieser Nacht fingen sie nichts.

Als es aber schon Morgen war, stand Jesus am Ufer, aber die Jünger wußten nicht, daß es Jesus war.

Spricht Jesus zu ihnen: Kinder, habt ihr nichts zu essen? Sie antworteten ihm: Nein.

Er aber sprach zu ihnen: Werft das Netz aus zur Rechten des Bootes, so werdet ihr finden. Da warfen sie es aus und konnten's nicht mehr ziehen wegen der Menge der Fische.

Da spricht der Jünger, den Jesus lieb hatte, zu Petrus: Es ist der Herr! Als Simon Petrus hörte, daß es der Herr war, gürtete er sich das Obergewand um, denn er war nackt, und warf sich ins Wasser.

Die andern Jünger aber kamen mit dem Boot, denn sie waren nicht fern vom Land, nur etwa zweihundert Ellen, und zogen das Netz mit den Fischen.

Als sie nun ans Land stiegen, sahen sie ein Kohlenfeuer und Fische darauf und Brot.

Spricht Jesus zu ihnen: Bringt von den Fischen, die ihr jetzt gefangen habt!

Simon Petrus stieg hinein und zog das Netz an Land, voll großer Fische, hundertdreiundfünfzig. Und obwohl es so viele waren, zerriß doch das Netz nicht.

Spricht Jesus zu ihnen: Kommt und haltet das Mahl! Niemand aber unter den Jüngern wagte, ihn zu fragen: Wer bist du? Denn sie wußten, daß es der Herr war.

Da kommt Jesus und nimmt das Brot und gibt's ihnen, desgleichen auch die Fische.

Das ist nun das dritte Mal, daß Jesus den Jüngern offenbart wurde, nachdem er von den Toten auferstanden war.

Als sie nun das Mahl gehalten hatten, spricht Jesus zu Simon Petrus: Simon, Sohn des Johannes, hast du mich lieber, als mich diese haben? Er spricht zu ihm: Ja, Herr, du weißt, daß ich dich liebhabe. Spricht Jesus zu ihm: Weide meine Lämmer!

Spricht er zum zweiten Mal zu ihm: Simon, Sohn des Johannes, hast du mich lieb? Er spricht zu ihm: Ja, Herr, du weißt, daß ich dich liebhabe.

Spricht Jesus zu ihm: Weide meine Schafe!

Spricht er zum dritten Mal zu ihm: Simon, Sohn des Johannes, hast du mich lieb?

Petrus wurde traurig, weil er zum dritten Mal zu ihm sagte: Hast du mich lieb?, und sprach zu ihm: Herr, du weißt alle Dinge, du weißt, daß ich dich liebhabe.

Als der Prediger über diese Geschichte zu sprechen beginnt, steht er so nah neben Mutter, daß sie ihn hätte berühren können.

Aber er sieht sie nicht an, er sieht keinen aus der kleinen Schar der Anwesenden an. Er blickt auf eine Stelle weit jenseits von allem. Mit diesem merkwürdigen Blick scheint er gleichsam das Ufer des Tiberiassees zu schauen in der frühen Morgenstunde, als die Fischer an Land gehen und zuerst mit leeren Händen dastehen.

Mir ist, als könnte ich sechzig Jahre später hören, was Vater damals sagte, es ist wie ein Traum und dabei wie eine Gewißheit, auch wenn mir keiner der damals Anwesenden davon erzählt hat.

»Drei Dinge sagt uns dieser Text«, beginnt er. »Drei Dinge.«

»Das eine ist, daß Jesus uns dort nah ist, wo wir sind. An keiner anderen Bibelstelle schildert der Evangelist die Nähe Jesu nach der Auferstehung so wie hier. Alles ist ganz greifbar. Es gibt welche, die sagen, daß das Evangelium gar nicht von Johannes, sondern von jemand anderem geschrieben wurde und außerdem viel später. Aber wie kann dann der Verfasser des Evangeliums alle Einzelheiten kennen? Etwa zweihundert Ellen vom Land! Daß Petrus nackt war?

Es kommt uns so vor, als würden wir das Gesicht eines jeden, der dort steht, sehen können, wir riechen den Rauch vom Feuer, den gebratenen Fisch und das Brot. So nah ist das alles, so nah ist Er.

Das zweite ist, daß Jesus nur eine Frage hat, aber diese Frage stellt Er immer wieder: Hast du mich lieb?

Er hat uns lieb, aber Seine Frage lautet: Hast du mich lieb?

Das dritte ist, an wen Er die Frage richtet. Ich will daran erinnern«, sagte der Prediger, »daß der Mensch, den Er fragt, ein Verräter ist. Das letzte Mal haben Jesus und Petrus sich im Hof des Kaiphas gesehen, in der Nacht, als Jesus verraten wurde. Eine Dienstmagd fragte Petrus dreimal: ›Bist du nicht einer von denen, die dem Mann aus Nazareth folgen?‹ Und Petrus leugnete dreimal.

Dreimal leugnen wir, dreimal verraten wir. Dreimal fragt Jesus uns: Hast du mich lieb?

Heute abend richtet sich Seine Frage an dich.

Die Frage richtet sich ebenso an die Sünder und Verräter wie an die Sittsamen und Frommen:

Hast du Ihn lieb?«

Als er die Predigt beschließt, sieht er Mutter an. Dann senkt er den Blick, um zu beten.

Er weiß, daß bald eine Entscheidung fallen muß. Er sieht die Unverdorbenheit und Sehnsucht dieser jungen Frau. Sie ist schüchtern und verletzt, und er sieht noch etwas anderes. Kummer und Schande haben sie geläutert. Ihre Gedanken sind nicht verworren, sondern von allen Schlacken gereinigt. Sie sieht die Dinge, wie sie sind, wie sie wirklich sind. Sie sieht auch den jungen Prediger mit seinen Entbehrungen und seinen Sorgen. Das ist es, was er bemerkt. Er ist erregt. Als die Versammlung zu Ende ist, spricht er sie an. Sie erzählt ihm, daß das Kind ein Mädchen ist.

»Darf ich dich wiedersehen«, fragt er, als er ihr zum Abschied die Hand reicht.

»Nein, ich glaube nicht«, flüstert sie und läuft fort. So hat Mutter es erzählt.

III Er stellt ihr nicht mit Verführertricks nach. Er kommt nur immer wieder, und bald ist allen Dorfbewohnern klar, daß er nicht nur kommt, um Versammlungen abzuhalten. Und sie, sie ist nicht mehr so brüsk, sie lächelt sogar, wenn er auftaucht, nicht, damit er sich etwas einbildet, aber ein

Mann, der ein solches Interesse zeigt, verdient es ja nicht, daß man ihm die kalte Schulter zeigt. Das bedeutet nicht, daß sie bereits verstanden hätte, daß er sie vor einer großen Demütigung rettet. Es geht ihm nicht darum, etwas zu erreichen. Er probiert nichts aus, er ist nicht draufgängerisch. Er tut nichts, nur, daß er über sein Leben spricht. Er erzählt ihr, was ihm zugestoßen ist. Und diese Geschichte beginnt sie zu interessieren, ob sie will oder nicht. Er ist kein Mann ohne Erfahrung, auch wenn er manchmal etwas naiv wirkt. Er hat selbst erlebt und gespürt, was böse Zungen anrichten können. In einigen Ortschaften ist er gebrandmarkt als Mann, der nicht zu seinem Wort steht. Es hängt ihm an, daß er es nicht geschafft hat, die Probleme zu lösen oder gegenüber seiner Mutter ein Machtwort zu sprechen, als es wirklich darauf ankam. Damit befinden sie sich vielleicht nicht im selben Boot, aber doch in ähnlichem Gelände. Wenn er sie haben möchte, dann, weil er nicht bereit ist, sich von kleinbürgerlichen Rücksichten und biedermännischem Gerede knechten zu lassen. Einen Mann wie ihn möchte sie gern kennen, auch wenn sie sich für ihn als möglichen Partner nicht interessieren kann.

Als sie ihre Arbeit im Fåberger Pflegeheim wiederaufnimmt und ihre Mutter in Øyer auf das Kind aufpaßt, trifft er sie auch dort, er geht mit ihr spazieren, wenn sie frei hat, und trinkt bei den Engeseths in Nordre Ål mit ihr Kaffee. Sie will ihm nichts über Schäper erzählen, sie sagt nur, daß es eine Verbindung war, die schmerzlich endete, und bevor dieser Schmerz überwunden sei, könne sie sich an keinen anderen binden. Er fragt, ob am Ende nicht ein Verrat gestanden habe, sie weiß, daß er recht hat, aber sie kann ihm nicht recht geben, noch nicht. Aber als er fragt, ob es ein nächstes Mal gebe, sagt sie, daß es an ihm liege, sie sei ehrlich zu ihm gewesen. Als er fragt, ob sie sich in vierzehn Tagen wieder unterhalten könnten, lehnt sie nicht ab, sie wisse aber nicht, wie die Schichten im Pflegeheim eingeteilt seien, außerdem sei da noch Wenche, die in Nylund warte.

Es kommt der Frühling des Jahres 1946, er reist umher, er ist in Fåberg, er ist in Nordre Ål, wohin er auch geht, er ist immer mit ihr zusammen, immer denkt er an sie. Es ist schon über ein Jahr her, seit er zum ersten Mal gesagt hatte, daß er sie nehmen könne, das liegt nicht daran, daß er nicht zu dem stünde, was er gesagt hat. Aber sie schafft es noch nicht, sich auf eine neue Bindung einzulassen nach dem, was sie durchgemacht hat.

Es war nicht am ersten Abend und nicht am dritten, vielleicht war seit der Geburt des Kindes viel mehr als ein Jahr vergangen, als sie spürte, daß die Zeit reif war, und sie ihm ihre Hand gab, als er danach griff. Aber als er die Hand eine Zeitlang gehalten hatte, zog sie sie vorsichtig zurück, sie war immer noch nicht bereit, ihm entgegenzukommen, und er wußte, daß es so war. Bemerkenswert an ihm war, daß er überzeugt, völlig überzeugt wirkte, daß sie zusammenkommen würden. Er redete über alles, was in seinem Leben eine Rolle spielte, er erzählte von seiner Familie, von Lars, der in der Anstalt lag, von den Schwestern, die jetzt alle drei verheiratet waren. Am meisten sprach er über den Hof, den er auf der anderen Seite der Berge besaß und den er nicht loswerden konnte.

Sie wollte nicht auf seinen Hof. Aber sie wollte ihn auch nicht verlieren. Sie war immer schüchtern und einsam gewesen, nur ihrer Schwester hatte sie völlig vertraut. Jetzt wurde er zu dem, dem sie ihre innersten Gedanken erzählte, und obwohl sie ihn nicht liebte, wollte sie ihn nicht missen.

Wie sollte sie ihm sagen, daß alles war, wie es war, daß sich nicht erzwingen ließ, was es nicht gab, diese große, alles überschattende Leidenschaft! Nein, sie konnte sich ihm nicht hingeben. Einmal schenkte er ihr bei der Abreise ein Bild von sich, und als ihre Großmutter Mathea Flyødegaard es zu sehen bekam, rief die alte Frau immer wieder aus: »Nein, was für schönes Haar!« Sie mußte einräumen, daß er wirklich schönes Haar hatte, sie wußte auch, daß viele Frauen meinten, Prediger Hoem sei eine lohnende Bekanntschaft, aber sie konnte nicht so tun, als sei sie in ihn verschossen. Und doch begann sie davon auszugehen, daß er zu ihr gehörte, und als sie endlich zusammengekommen waren, erwähnte er nie, daß er andere Frauen auch nur bemerkte. Es wunderte sie ein wenig, daß er die Namen anderer Frauen nicht einmal erwähnte, um zu sehen, wie sie darauf reagieren würde.

Sie konnte später nicht sagen, an welchem Tag sie ein Paar wurden. Hätte man ihn und sie gefragt, sie hätten vermutlich verschiedene Daten genannt. »Im Frühjahr«, hätte er gesagt, »im Frühjahr 1946.« »Sicher nicht vor dem Herbst«, hätte sie gesagt, »die Entscheidung fiel mir nicht leicht.« Aber niemand wird je erfahren, wie es geschah, daß der Prediger und die Köchin zueinander fanden, wann ihre Lippen sich trafen, ob er zum Schluß vielleicht nicht mehr anders konnte, als sie zu umfassen, so daß sie sich auf jeden Fall damit entschuldigen konnte, daß er es war, der diesen ersten Schritt getan hatte, nicht sie! Es war ein Belagerungskrieg, bei dem einer nicht zum anderen wollte und bei dem sie trotzdem immer wieder einander zustrebten, weil der Krieg geführt werden mußte, bis die Entscheidung fiel.

IV Irgendwann geschah es. Es kam der Tag, an dem sie ihn die Hand halten ließ, um die er bat. Der Verkünder durfte die Hand der Köchin halten, sein Mund fand den ihren. Ein weiteres Mal mußte er erleben, daß sich in ihr etwas sträubte, ein weiteres Mal hörte er sie weinen. Aber nachdem sie geweint hatte, lag sie still neben ihm, auf einer Felskuppe weit über dem Tal, und dann sagte sie, jetzt bin ich soweit. Ich will mit dir zusammensein. Er wußte, daß sie es ernst meinte, aber er wußte auch, daß die Schwierigkeiten noch lange nicht vorüber waren.

»Dann will ich auf den Tag warten«, sagte er, »an dem du wirklich mein bist.«

Die Dorfbewohner erwähnten nicht mehr, daß Kristine Nylund ein Kind von einem Deutschen hatte. Sie würde sich bald mit dem Hoem verloben, das stand jetzt auf der Tagesordnung. Nun hatte sie also ihre Schäfchen ins Trockene gebracht. Wirklich? Nein, erst einmal nicht! Erst passierte noch etwas anderes.

Als die Leute, mit denen Vater zu tun hatte, begriffen, was er jetzt vorhatte, traf Vater auf Widerstand. *Freunde* versuchten, ihn davon abzubringen. Sein direkter Vorgesetzter, der nicht zu bremsende Evenshaug, bat ihn, sich das gut zu überlegen. Aus Schaden klug, stellte Evenshaug dieses Mal allerdings kein Ultimatum. Andere meinten kategorisch, das dürfe er auf keinen Fall tun! Vater war empört, zum ersten Mal zeigte er, daß er Temperament hatte. Ja, es war kaum zu fassen, wie der Hoem sich empörte. Was bildeten sie sich ein? Waren sie nicht alle, Frauen wie Männer, Sünder, die der Gnade bedurften? Warum war das, was Kristine getan hatte, schlimmer als das, was andere getan hatten?

Nein, so dachten sie doch nicht! Er müsse nur daran denken, daß er *Verantwortung* trug. Er war ihr Prediger, er mußte seine Berufung ernst nehmen. Und darum konnte er keine heiraten, die mit dem Feind im Bett gewesen war. Wenn das möglich war, war nichts mehr unmöglich! Er brauchte eine Frau, die ihm eine Stütze war, und keine, die er unterstützen mußte. Es gab ja wohl noch andere Mädchen auf der Welt! meinten die Leute von der Inneren Mission, hatte er sich überhaupt gut genug umgesehen? Er durfte sich keine Fesseln anlegen, nein, er durfte sich nichts aufbürden, was ihn bei seiner Aufgabe behinderte!

Wer hatte gesagt, daß Kristine seine Hilfe brauchte? Im Gegenteil, er fand sie ausgesprochen tüchtig! Sie kann gut arbeiten, sagte er, sie kann kochen! Sie hat sogar die Haushaltsschule besucht.

Aber sie schüttelten bei allem, was er sagte, nur den Kopf. Da kam ihm eine seiner kühnsten Ideen.

Er war nicht mehr bereit, sich zu beugen. Er mußte durchsetzen, was er für richtig hielt. Er hatte begriffen, daß andere sein sanftes und weiches Wesen als Ermunterung begriffen, ihn unter Druck zu setzen. Seine Mutter und Evenshaug meinten beide ihn herumkommandieren zu können. Nun mußte er endlich einmal zeigen, daß er das letzte Wort hatte.

In der Bibelschule der Gesellschaft für Innere Mission hatte er zwei Jahre lang als ernster Student vor dem Rednerpult des großen Ole O. Hallesby gesessen, des Führers der norwegischen Christenheit, Vorsitzenden der Gesellschaft für Innere Mission, Professors an der Theologischen Gemeindefakultät Oslo, der Predigerschule der norwegischen Laienbewegung.

Vater bestieg in Lillehammer den Zug nach Oslo, um eine Audienz bei Professor Ole Hallesby zu erhalten, der eine große Villa im Stadtteil Vinderen bewohnte. Da wurde das Ganze entschieden. Es kam zu einem Gespräch, das alles veränderte.

Zwei Stunden lang unterhielten sich Vater und Hallesby über das schwierige Thema, oder sollte es ausnahmsweise einmal so gewesen sein, daß Vater sprach und Hallesby zuhörte? Vater erzählte von seinem Kummer und seiner Not. Er erzählte von dem Unrecht, dem er, wie er meinte, ausgesetzt gewesen war, als er mit der Frau brach, mit der er verlobt gewesen war, und daß man nun zum zweiten Mal verhindern wollte, daß er bei der Wahl seiner Ehefrau seinem Herzen folgte.

Und Ole Hallesby, der Mann, der wenige Jahre später ganz Norwegen mit donnernden Erweckungspredigten über Hölle und ewige Verdammnis erschüttern sollte, beendete das Gespräch mit einem Bescheid, der monumental, einfach und kategorisch war und allen kleinbürgerlichen Rücksichten zuwiderlief:

»*Sie müssen das Mädchen heiraten!*« sagte Hallesby.

Der Führer der meisten norwegischen Christen, der Mann, der keine Gelegenheit versäumte, an die Qualen der Hölle sowie daran zu erinnern, daß Gott uns jederzeit, noch heute abend, wenn es Ihm gefällt, zur Rechenschaft ziehen kann, der Sünde und weltliche Literatur, Kino, Tanz, das ganze Teufelswerk, alle weltlichen Freuden verdammte, er fällt ein kategorisches Urteil. Denn trotz Gottes gerechtem Haß auf die Sünde existierte in Hallebys Universum etwas namens Gnade, Rehabilitierung, Verzeihen, Vergebung der Sünden: *Sie müssen das Mädchen heiraten!* Punkt, Schluß, aus.

Vater ging nicht, er schwankte aus Hallesbys Villa in Vinderen, er wußte kaum, ob er richtig gehört hatte, aber das hatte er. Er fand den Weg zur Straßenbahnhaltestelle und zum Ostbahnhof, dann fuhr er zurück ins Tal der Täler.

Jetzt war er nicht mehr aufzuhalten. Die Frauen von der Inneren Mission in Lillehammer beschlossen, Mutter in Augenschein zu nehmen. Sie luden sich selbst zu einer Kaffeestunde mit Andacht, oder vielleicht war es umgekehrt, ins Fåberger Pflegeheim ein, Mutter sollte sie bedienen, damit sie sie sehen konnten. Sie war zweiundzwanzig geworden, die berüchtigte Geschichte mit dem deutschen Soldaten lag zwei Jahre zurück. Den Tisch decken und Kaffee servieren konnte sie gut. Sie verschüttete nichts, sie schluderte nicht. *Sie ist nicht verkehrt*, sagten da die Frauen, obwohl sie das alles nicht billigten.

Denn jetzt hatte Hallesby gesprochen, und falls es in der ganzen Inneren Mission Norwegens auch nur eine Frau geben sollte, die nicht auf Hallesby hörte, dann war sie jedenfalls nicht hier anwesend! Die Männer sagten wohl nicht soviel, sie sahen einander an und verstanden offenbar. Der Hoem wollte sich nicht die Freuden verkneifen, die eine wahre christliche Ehe schenkte. Er mußte sich doch auch mit einer Frau zusammentun dürfen! Vater zitierte oft Luther.

»Die Ehe ist kein Sakrament«, sagte er. »Sie ist *ein weltlich Geschäft*, damit die Menschen nicht der Versuchung anheimfallen, sondern sich ein gutes Zuhause schaffen, ihre Kinder erziehen und ein gutes Leben führen.«

Jetzt konnten sie sich vor aller Welt zusammen zeigen. Anderthalb Jahre waren seit jenem dunklen Winterabend im Januar 1945 vergangen, als Vater die Worte gesprochen hatte, die ihrer beider Leben verändern sollten: *Ich kann sie doch nehmen.*

V Im Mai 1946 läßt die amerikanische Besatzungsmacht in Deutschland die norwegischen Angehörigen der Waffen-SS sowie die norwegischen Krankenschwestern frei, die für die deutsche Kriegsmacht an der Ostfront gewesen sind. In dem Lager Hovemoen sind noch viele deutsche Kriegsgefangene. Es wird selten erwähnt, aber es dauerte lange, bis alle deutschen Soldaten Norwegen verlassen hatten. Deutsche Kriegsgefangene aus Lagern in Dombås wurden nach Lillehammer geschickt. Sie sollten die Lagergelände Jørstadmoen, Smestadmoen und Nordsæter instand setzen. Bis zum 28. Juni 1946 mußten alle Deutschen aus Dovre evakuiert sein, ebenso alle, die auf dem Flugplatz Selsmyrane arbeiteten.

Wegen des kalten Frühjahrs wurde das Getreide in Øyer spät reif. Die Ernte begann erst in der zweiten Julihälfte. Das Radio verbreitete patriotische Stimmung, in der Schule und in Jugendvereinen wurden patriotische Lieder gespielt. Mitte Juli verließen die letzten Deutschen das große Sammellager Hovemoen.

Vater hatte genug von der Inneren Mission Gudbrandsdal, der er fünf Jahre lang treu gedient hatte. Er bewarb sich um eine Stelle bei der Santalmission, die seinem Herzen immer nahegestanden hatte. Im September 1946 bekam er die Stelle, der Lohn sollte einhundert Kronen höher sein als bei der Inneren Mission. Sie sagten, er könne gern zu ihnen kommen, wenn die Trennung von der Inneren Mission auf brüderliche Art und Weise geschehe.

Aus irgendeinem Grund wurde nichts daraus, entweder ließ man ihn nicht auf brüderliche Art und Weise gehen, oder er hatte es sich selbst anders überlegt. Jedenfalls blieb Vater bis zum Frühsommer 1947 im Dienst der Inneren Mission Gudbrandsdal. Am 12. April, seinem dreißigsten Geburtstag, verlobte er sich mit Kristine Nylund.

Endlich würde Ordnung in sein Leben einkehren. Das glaubte er, voll und ganz. Jetzt war das Schlimmste vorbei.

Aber es war nicht das Ende. Nein, es war ganz und gar nicht das Ende.

VI Denn jetzt begann der langwierige Kampf um das Kind. Das Kind gehört zur Mutter. Die Eltern der Mutter und ihre Tanten waren allerdings der Ansicht, daß die kleine Wenche nicht bei der Mutter bleiben könne, da die Mutter einen Diener Gottes heiraten werde. Sie meinten, das Kind müsse zur Adoption freigegeben werden. Die Großeltern wollten das Mädchen adoptieren.

Aber sahen sie nicht, was in der Mutter vorging?

Das ist etwas, was Mutter wirklich schmerzte. Sie begreift, daß es für sie nicht einfacher, sondern immer schwieriger wird, Wenche zurückzulassen und ohne ihr Kind auf den Hof ins Romsdal mitzukommen, nur kann sie das keinem sagen, nicht einmal Knut Hoem.

In ihr regt sich Widerstand, weil er, der Manns genug ist, die Konventionen zu mißachten und eine Frau wie sie zu heiraten, nicht auf den Tisch haut und sagt, daß sie auch ihre Tochter mitnehmen soll. Obwohl sie ihn liebgewonnen hat, sich sagt, daß sie ihn wirklich liebhat, kann sie damit nicht leben. Jedes Gespräch und jedes Gedankenspiel über eine Zukunft, die hell und gut sein wird, verursachen ihr stechende Schmerzen, die hören nicht auf, soviel Gutes er auch tut und sosehr er sich auch um sie kümmert. Sie hat es bestimmt mit Andeutungen versucht, ob sie Wenche nicht doch mitnehmen könne. Er versteht nicht richtig, das sei doch alles besprochen, meint er, sie hatten abgemacht, daß ihre Eltern, diese guten Menschen, sich um das Kind kümmern, er fürchtet, daß ihr diese dunkle Geschichte an den neuen Ort folgen und es ihr unmöglich machen könnte, sich dort wohl zu fühlen. Auf jeden Fall müsse man abwarten, meint er, man müsse erst einmal sehen, wie sie, die ja nun seine Frau werden wird, sich dort zurechtfindet, dann werde man über das Ganze noch einmal nachdenken. Und sie beißt die Zähne zusammen, wenn sie nachts allein liegt, die Tränen fließen, das Kind hat jetzt angefangen zu sprechen, es sagt lustige Sachen, Kindersachen, über die alle lachen, und jedesmal, wenn sie sich über das Plappern des kleinen Mädchens freut, spürt sie wieder diesen stechenden Schmerz, in dem Jahr, in dem sie Knut Hoem heiraten wird.

Das war der eigenartige Sommer 1947. Mutter und Vater besuchten in Lillehammer und Umgebung viele christliche Veranstaltungen. Sie fuhren zu Versammlungen und waren ein Paar, sie war schüchtern und verlegen, aber sie hatte ja ihn, er war unbefangen und glücklich, er sagte gern: Darf ich Ihnen Kristine vorstellen, *meine Verlobte*, oder unbeschwert lachend, *meine Zukünftige*.

Für Mutter waren das keine glücklichen Tage. Sie konnte sich nicht unbeschwert auf die bevorstehende Hochzeit freuen. Der Mann, den sie heiraten würde, hatte so viel verstanden, er hätte auch das verstehen müssen. Aber ausgerechnet hierin blickte er nicht weiter als alle anderen. Sie dachte, daß sie jetzt ihren Eigensinn aufgeben müsse, keiner außer ihr fand, daß sie das Mädchen mitnehmen sollte. Den folgenden Winter erlebte sie wie in Trance. Wenche war bei den Großeltern in Øyer, Mutter arbeitete im Fåberger Pflegeheim.

VII Er versteht es, und er versteht es nicht. Seine junge Liebste ist verstimmt.

Sie versucht, froh zu sein, aber es gelingt ihr nicht. Sie kann lachen, aber dann fällt ihr etwas ein, und ihr kommen die Tränen. Vater versucht klug zu sein, er hofft, daß die Zeit heilen wird, was sie schmerzt. Er versucht ständig, die Verzweiflung, die in Mutter lebt, zu mildern und zu überspielen. Mutter versucht ständig so zu tun, als sei alles in Ordnung. Sie fährt mit Vater ins Romsdal zu seinem Hof und bleibt den ganzen Sommer, sie arbeitet mit den anderen auf dem Feld, und es geht ihr nicht schlecht. Wenn man es recht bedenkt, liegt Hoem gar nicht so weit von Nylund entfernt, sie kann zu Wenche fahren und nach ihr sehen. Im Sommer, wenn die Sonne scheint und es überall nach Blumen duftet, ist Hoem kein schlechter Ort zum Wohnen. Der Mann, den Mutter bald heiraten wird, hat viele lustige Einfälle. Wenn er sie seinen Verwandten vorführt, wird viel gelacht und gescherzt. Hier nannte niemand Mutter ein Deutschenflittchen, aber alle wissen, daß sie ein Mädchen hat, das Wenche heißt.

Anfang September fährt Mutter nach Øyer und ist drei Wochen lang mit Wenche zusammen, die ihre Mutter vermißt hat und sich furchtbar über das Wiedersehen freut. Mein Kind, mein Kind, denkt sie, wie kann ich auch nur daran denken, dich zu verlassen? Sie merkt, wie der Widerstand in ihr wächst. Mit dieser Trennung mußte sie sich nicht abfinden. Sie konnte einfach sagen, daß aus der Heirat nichts wird. Andererseits:

Wo findet sie einen Mann, der soviel Mut beweist wie Knut Hoem? Wo findet sie einen so umsichtigen und liebevollen Mann? Sie kommt gar nicht auf den Gedanken, nach einem Mann zu suchen, den sie aus tiefstem Herzen lieben kann. Im Grunde gibt es für sie immer noch keinen anderen als Wilhelm Schäper. Sie beschließt, solche Gefühlsduseleien sein zu lassen und sich auf die Realität einzustellen. Sie hat keine Wahl. Sie ist wütend auf sich, weil sie einfach nicht aufhören kann, an den deutschen Soldaten zu denken. Er gehört bestimmt einer anderen. Das ist die einzige Erklärung. Sie hatte ihn nur geliehen, sie wird ihn nie wiedersehen. Und dort, nur ein paar Schritte entfernt, steht ein Mann, der mit offenen Armen auf sie wartet.

Sie bereiten sich auf die Hochzeit vor. Und endlich dürfen Mutters Mutter und deren Schwester Kristine Høistad aller Welt zeigen, wie gut sie nähen können, nicht nur Arbeitskleidung für Frauen und Männer aus derben Stoffen, Kittelschürzen und schlichte Alltagskleider, jetzt nähen sie ein hellblaues Brautkleid mit Schleppe, Schleier, Spitzen und mit Zierknöpfen, die sie mit dem gleichen blauen Stoff beziehen, sie applizieren Rüschen und Zierbänder, nähen Stäbe ein, die Schleppe ist so lang wie der Mittelgang einer Kirche, jedenfalls fast. In Weiß kann sie ja nicht heiraten, aber das Kleid soll den Leuten da oben im westnorwegischen Hinterland zeigen, daß Kristine aus keinem Armenhaus und keinem Sündenpfuhl kommt. Sie fährt nach Hoem, der Tag der Hochzeit ist der 18. Oktober 1947.

In der Kirche von Vågøy wird das Aufgebot verlesen. Mutters Eltern reisen an, um die Hochzeit vorzubereiten.

Eine Schwägerin hilft beim Räumen und Spülen. Es wird eine Tafel für über fünfzig Gäste gedeckt. Am Hochzeitstag stürmt und regnet es. Als sich der Bräutigam anzieht, kommt seine Mutter mit einem wollenen Tuch an, das solle er unter dem Hemd auf dem Rücken tragen. Er erkälte sich so leicht und müsse aufpassen, um nicht die Gicht zu bekommen. Die Braut ärgert sich, in ihr begehrt es auf. Wann wird die Mutter aufhören, sich in das Leben ihres Sohnes einzumischen?

Es wird zu Tisch gebeten, es wird gesungen. Aber viele, die eingeladen worden sind und allen Grund gehabt hätten, dazusein, sind nicht gekommen. Keinem wäre eingefallen, zu tanzen. In den Kreisen der Inneren Mission tanzte man nicht. Mutters Geschwister waren nicht da, nicht einmal ihre Zwillingsschwester. Für sie lag das Romsdal immer noch auf der anderen Seite des Globus, vielleicht war eine solche Reise auch einfach zu teuer. Aber Kristine Høistad Engeseth und ihr Mann Gunnar waren gekommen, die Geburtshelfer dieser eigenartigen Verbindung sind also zur Stelle. Dennoch will sich die richtige Hochzeitsstimmung nicht einstellen, obwohl sich Vater größte Mühe gibt, Spaßmacher bei seiner eigenen Hochzeit zu sein, und obwohl vom Telegrafenamt in der Nachbargemeinde ein Mann geradelt kommt und über zwanzig Glückwunschtelegramme bringt.

Fünfzig Gästen wird ein Hochzeitsessen serviert. Das ist ja trotz allem ein Bauernhof, sie schlachten Kälber und kochen Fleisch. Sie haben Bier gebraut, zum Dessert gibt es Grütze aus roten Johannisbeeren, alles vom eigenen Hof und alles selbst gemacht, vieles hat die Braut zubereitet. Sie versteht es jetzt meisterhaft, gute Miene zum bösen Spiel zu machen. Vielleicht meint sie, daß sie eine schwierige Person ist und daß sie dankbarer sein sollte. Drei Jahre sind vergangen, seit sie Paul Wilhelm Schäper das letzte Mal gesehen hat. Wenche ist bei der Tante in Lillehammer. Jetzt muß sie ihre Gedanken im Zaum halten. Sie muß sich mit ihren neuen Verwandten unterhalten. Sie finden sie süß, auch wenn sie vor lauter Verlegenheit nichts sagt. Sie ist dreiundzwanzig Jahre alt und wird nun die Bakken-Bäuerin in Hoem werden.

Keiner weiß, wie es war. Vielleicht so, als seien zwei Menschen mit ihrem Boot auf einer einsamen Insel gestrandet, auf allen Seiten vom Meer eingeschlossen. Sie umarmen sich, sie weinen miteinander, sie finden einander, später lachen sie miteinander. Dann kochen sie Kaffee, es gibt ja wieder Kaffee, endlich, auch wenn er noch rationiert ist.

VIII Es folgen einige gute Tage, vierzehn Tage vielleicht, bevor Vater fortmuß. Aber er reist nicht ins Gudbrandsdal, das ist jetzt zu schwierig für ihn. Im Norden, im Distrikt Trøndelag, ist seine Geschichte nicht so bekannt. Die Trønder sehen so etwas auch gelassener, da tuschelt man nicht über ihn. Also reist er mit dem Postschiff von Molde nach Trondheim in Trøndelag. Zum ersten Mal packt ihm nicht seine Mutter den Koffer, sondern Kristine. Sie bügelt seine Hemden. Sie hat sie gewaschen und gestärkt, damit er an seinem Ziel gut aussieht, er ist gern gut und ordentlich angezogen, er nennt das: geschniegelt und gebügelt.

Aber als er sie zum Abschied küßt und ihr Gesicht sieht, begreift er es. Er hat sie noch nie so ängstlich gesehen. Er versteht, daß es nicht zwingend gutgehen wird. Sie wird auf dem Hof bleiben, zusammen mit seinen Eltern, sonst kennt sie niemanden, und sie spricht mit niemandem. Das wird schwer für sie, aber so ist das Leben. Ihm fällt es auch schwer. Zum ersten Mal hat er keine Lust, auf Reisen zu gehen. Er muß sich losreißen, sie setzt ein tapferes Lächeln auf und sagt, daß sicher alles gutgehen wird, auch wenn es hier ungewohnt für sie ist. Sie hat Angst vor der Dunkelheit. In ihrer Heimat gibt es elektrisches Licht, seit sie denken kann, hier haben sie nur Paraffinlampen, inzwischen ist Herbst, und sie sieht, wie furchterregend dunkel es überall ist.

Nach seiner Abreise weint sie eine ganze Nacht lang. Als sie aus dem Bett taumelt, um den ersten Tag allein zu beginnen, ist es im Haus noch völlig dunkel. Aber die Kühe warten, sie muß sie melken, später wird der Schwiegervater sie füttern. Der Schwiegervater ist ein ernster, aber auch ein freundlicher Mann. Nach und nach fällt den beiden das Gespräch leichter. Er erzählt ihr dieses und jenes, vor allem aber, wie alles bis jetzt gewesen ist. Das meiste soll bleiben, wie es war. Manche Tage sind einfacher. Sie arbeitet die ganze Zeit, um die schlimmen Gedanken fernzuhalten. Aber sonntags darf man nicht arbeiten, das ist strengstens verboten. Dann kommen diese Gedanken. Alles, was gut ist, verschwindet. Sie denkt, daß sie es hier nicht aushält. Alles in ihr bäumt sich auf. Sie denkt, daß sie lieber tot wäre, aber was wird dann mit Wenche?

Der Nachbar hat eine kränkliche Frau, er kommt einmal in der Woche, um ihr Telefon zu benutzen. Er läßt auch schon einmal diese oder jene Bemerkung fallen, aber sie weiß nicht, ob er das witzig oder höhnisch meint. Postbote Johan bringt die Rente der Schwiegereltern, und er sagt etwas, das von unerwartetem Mitgefühl zeugt.

»Das Leben hier ist bestimmt nicht leicht für Sie«, sagt er. Er weiß von der Tochter, natürlich weiß er von ihr, Kristine schreibt mehrmals in der Woche einen Brief an *Wenche Nylund*, Nordbygda, Øyer. Normalerweise kommt sie überhaupt nicht weg. Zum Kaufmann sind es fünf Kilometer, aber sie hat weder ein Fahrrad noch ein anderes Fortbewegungsmittel. Ein paarmal fährt sie, eine junge Frau von dreiundzwanzig Jahren, nach Molde, dieser Kleinstadt. Solange die zerstörten Häuser noch nicht wiederaufgebaut sind, haben die Einheimischen ihre Läden provisorisch in Baracken untergebracht. Sie kennt niemanden und redet mit niemandem. Trotzdem glaubt sie, daß alle wissen, wer sie ist, daß sie über sie reden in diesem Dialekt, den sie kaum versteht. Als sie mit dem Bus aus der Stadt kommt, ist es dunkel. Sie geht in den Stall und muß Licht anzünden. In dem schwachen Lichtschein sollen die Tiere gemolken und versorgt werden. Der Schwiegervater zieht die Wassereimer aus dem Brunnen und trägt sie hinein, immer zwei auf einmal.

Nach drei Wochen kann sie nicht mehr, sie hat viele Nächte nicht geschlafen, als sie frühmorgens ihren Bruder Kåre anruft und sagt, daß die Brüder sie holen müssen. Als Kåre sich von der Überraschung erholt hat, antwortet er, sie solle bleiben, wo sie sei, so wie sie sich aufgeführt habe. Dann wirft er den Hörer auf die Gabel.

Sie versucht ruhig zu sein, als Vater kommt, sie versucht, ihn als gute Ehefrau zu empfangen. Wenn er da ist, geht alles viel besser, als wenn er nicht da ist. Aber sie kann ihm nicht entgegenlaufen, sie kann ihm nicht um den Hals fallen, so sind ihre Gefühle nicht, sie kann sich ihm nicht auf Gedeih und Verderb anvertrauen. Sicher darf er abends zu ihr kommen, aber sie kann ihre verzweifelten Gedanken nicht leugnen, und wenn sie zusammengewesen sind, wenn sie wie Mann und Frau gewesen sind, ich glaube, dann weint und fleht sie ihn an, daß sie an einen anderen Ort ziehen sollen. Sie will nicht hier wohnen, sie fühlt sich so schlecht, daß sie kaum atmen kann, der Wind und die Dunkelheit, immer dieser heulende Wind. Er sagt, daß sich alles zum Guten wenden wird, er will alles tun, damit sie glücklich ist, aber vorläufig weiß er sich keinen anderen Rat, als daß sie bleiben muß. Das Weihnachtsfest wird nicht froh, selbst wenn sie ihm versprochen hat, sich Mühe zu geben, zu versuchen, sich zurechtzufinden, jemanden zu finden, mit dem sie reden kann.

IX Seit sie auf seinem Hof lebt, sieht sie immer klarer, daß die Leute hier alles über sie wissen, und was sie nicht wissen, erraten sie. Er meint, sie solle zu den Treffen des Landfrauenverbands gehen, aber da sind fast nur alte Frauen, mit denen will sie nicht zusammensein, sie ist erst dreiundzwanzig.

Da unterbreitet Vater einen so überraschenden Vorschlag, daß sie ihn erstaunt ansieht. Er sagt, es gebe vielleicht einen Ausweg. Er habe mit Tante Kristine Engeseth in Lillehammer gesprochen. Er habe eine Idee, einen Strohhalm. Sie solle drei Monate lang zur Tante fahren, um nähen zu lernen, sagt er, was bedeutet, daß sie fast den ganzen Tag mit ihrer Tochter Wenche zusammensein würde.

Natürlich ergreift sie diesen Strohhalm, und sie läßt ihn ihre Dankbarkeit spüren. Er sei der liebevollste Mann, den sie je getroffen habe, sagt sie. Er sei ein herzlicher und guter Ehemann. Sie merkt, sagt sie, daß sie ihn mit jedem Tag mehr liebhat. Sie gesteht mit anderen Worten, daß ihre Liebe recht kümmerlich ist, aber wächst. Er muß damit leben, so ist es eben, er hat sie noch nicht ganz gewonnen. Was denkt ein Mann, der akzeptieren muß, daß die Gedanken seiner Ehefrau um einen anderen kreisen? Er denkt, daß der Mensch nicht bestimmt, was in seinem Herzen geschieht, aber daß Gott Herz und Geist verwandeln kann, wenn Er das will. Und er glaubt auch, daß Kristine ihm mit der Zeit ihre ganze und ungeteilte Liebe schenken wird, denn ihre Verbindung gehorcht Gottes Willen. Er wird sie mit seiner Liebe gewinnen.

Es ist nicht bekannt, ob er jemals erfährt, daß sein Vater, der alte Edvard Knutsen Hoem, eines Tages im Stall stehenbleibt und sagt: *Du mußt das Kind holen, Kristine. Hier auf dem Hof kommt das nicht in Ordnung, bis das Mädchen da ist.* Mutter erinnerte sich viele, viele Jahre später an diese

Worte, und sie erinnerte sich mit Dankbarkeit. Aber damals hatte sie nur den einen Gedanken, daß sie bald abreisen würde.

Noch im alten Jahr beginnt sie die Sachen zu packen, die sie mitnehmen will, aber sie paßt auf, daß es nicht zuviel wird, damit es nicht aussieht, als reiste sie für immer.

Ein weiteres Mal grüsse ich Dich

I Mutter hat es genau so erzählt: Sie und Vater fuhren am frühen Morgen des 9. Januar 1948 mit dem Pendlerbus von Hoem nach Molde, mit dem Bus nach Åndalsnes und von da weiter mit dem Zug nach Dombås.

Es war tiefster, eiskalter Winter, er hatte beschlossen, sie zu begleiten. Und was dachte Mutter? Sie dachte über etwas nach, aber ich glaube nicht, daß sie darüber sprachen, als sie in dem benzinstinkenden Bus über eisglatte und kurvenreiche Straßen nach Molde fuhren. Auf die schläfrigen Menschen in dem Pendlerbus, die Hoem morgens um halb sieben verließen, konnte das keinen guten Eindruck machen. Die Jungbäuerin von Bakken in Ytre Hoem verließ den Hof, nur drei Monate nach der Hochzeit!

Ihnen war eigenartig zumute, als der Zug ab Åndalsnes ins Romsdal hineinfuhr, durch das Vater so oft geradelt war. Sie hatten sich zu einem Leben zusammengetan, das ihnen nicht gelingen wollte. Vater versuchte, Mutters Hand zu nehmen. Er versuchte, sie aufzumuntern, die schwermütig und stumm neben ihm saß. In allen Lebenssituationen war er immer diesen Weg gegangen, wenn er neue Einsichten suchte, und auch jetzt fiel ihm ein Bibelwort ein:

Kann auch ein Weib ihres Kindleins vergessen, daß sie sich nicht erbarme über den Sohn ihres Leibes?

Das Wort sprach zu ihm, obwohl Wenche kein Sohn war und Kristine ihr Kind auch nicht mehr unter dem Herzen trug. Er sagte es ihr, endlich lächelte sie ihr vorsichtiges Lächeln und sagte, das sei ein kluges Wort. Jetzt war er ganz sicher: Solange er Wenche nicht holte, würde Mutter in Hoem nicht heimisch werden. Er mußte also wieder kämpfen, nun darum, daß die Mutter ihr Kind mitnehmen konnte. Für ihn stand fest, daß das geschehen mußte.

Im Bahnhof von Dombås, wo ein solches Schneetreiben herrschte, daß die Bediensteten ständig in die Kälte hinausmußten, um die Bahnsteige zu kehren, aßen sie Labskaus, wie es Reisende in diesem Bahnhof von jeher machten. Der Zug hatte eine Viertelstunde Aufenthalt, damit die Leute sich etwas Warmes zu essen besorgen konnten. Es war eine kleine Festmahlzeit, dieses Labskaus in Dombås. Vater war diesen Weg so viele Jahre geradelt, aber jetzt war er Zugreisender und lud Mutter zum Labskaus ein. Dann trennten sie sich, er setzte sich in den nordwärts fahrenden Zug nach Oppdal, sie reiste zu Wenche nach Øyer.

Hier läßt sich seine Predigtreise zum zweiten Mal nicht mehr lückenlos Tag für Tag nachvollziehen. Er hatte, das paßt zu Mutters Erzählung, vom 10. auf den 11. Januar in der Pension Mjøen Skogstad in Oppdal übernachtet. Aber dann folgen neunzehn Tage, in denen er laut Eintragungen in den Reisetagebüchern weder predigte noch irgendwo wohnte. In seinem eigenen fortwährenden Kalender löst er sich auf.

Ich denke gleich: Es wurde ihm zuviel. Er ist ihr nach Øyer nachgereist! Aber Mutter hat nie mit einem Wort erwähnt, daß er ihr damals gefolgt wäre, und was hätte er auch sagen sollen, wenn er das getan hätte? Nein, er muß irgendwo andershin gegangen sein. Es scheint fast, als gehe er in die stürmischen und eisig kalten Berge und löste sich in Schneetreiben und Nebel auf! Man wird nie erfahren, wo er damals war. Erst knapp drei Wochen später taucht er wieder auf, und zwar bei Familie Sandblåst in Oppdal.

In dem winzigen Innere-Missions-Kreis von Hoem hatten alle schon lange davon geredet und darum gebetet, daß man einen *baukundigen Mann* finden möge, der den Bau des Bethauses leiten könnte, für das sie seit dreißig Jahren Geld sammelten. Mit der Zeit war Vater die zentrale Person dieser Sammlung geworden, aber er hätte niemals ein Haus bauen können. Das mußte ein anderer übernehmen. Aber wo war der Mann, der bereit war zu bauen, und das für wenig oder gar keinen Lohn?

Selbst in dieser unglücklichen Zeit behielt Vater einen klaren Blick.

In Indre Hoem, wo eines Tages das Bethaus gebaut werden sollte, stand ein Hof zum Verkauf. Der Hof brauchte einen Käufer, meinte Vater, das müsse der Bethauserbauer sein, um den sie so lange gebetet hatten. Nun galt es, den richtigen Mann zu finden!

Der Mann, bei dem Vater in Oppdal wohnte, war Schreiner und Maurer und konnte fast alles. Er war auch ein gläubiger Mann mit Sinn für geistige Werte. Er und seine Frau hatten vier Kinder. In diesem Haus hielt Vater den Vortrag seines Lebens über den Ort Hoem, an dem er selbst lieber nicht gewohnt hätte. Es war, wie sich zeigen sollte, eine seiner besten Predigten. Er erzählte von dem Hof, den er ihnen anbieten konnte, falls sie nach Hoem umziehen würden. Er, der sich kaum für Landwirtschaft interessiert, lobt, wie gut der Boden sei, er erwähnt den Wald, der zum Hof gehörte, auch wenn er streng genommen kaum mehr als das Brennholz für den Winter hergab, er redet über die Aussicht, die frische Luft und das Meer, über das Bootshaus, das Boot und die Fischereirechte.

Den Ausschlag aber, zumindest bei den Kindern, die dabeisaßen und seinen pausenlosen Lobeshymnen lauschten, über die Landschaft am Fuße des Jendemsfjells, die Sommer dort, die Vögel dort, die Blumen, die dort wüchsen, und die milden Herbsttage, ganz zu schweigen von den stillen Winterabenden mit Nordlicht und Mondschein, über das Brausen im Frühjahr und das reiche Vogelleben an den Stränden, den honigduftenden Klee und die summenden Bienen, die Lachse, die sprängen, und über das viele, viele Wunderbare, das es sonst noch dort gäbe – den Ausschlag gab der große Obstgarten auf dem Hof, mit Apfelbäumen und Pflaumenbäumen, Gravensteiner und Opal, Gute Graue und Morellen!

Da ziehen wir hin! riefen die Kinder im Chor. Da ziehen wir hin! Das Familienoberhaupt Herr Sandblåst sagte, er werde darüber nachdenken. Vater konnte weiterreisen, nach Byneset bei Trondheim, zu einer langen Reihe von Andachten. Schon im Sommer kam Familie Sandblåst mit ihrem Umzugsgut und begann das Haupthaus herzurichten, das tatsächlich mitten in einem großen Obstgarten lag, dem aber ansonsten so manches fehlte. Im folgenden Jahr gingen sie daran, die Baugrube für das Bethaus auszuheben.

II Wann Vater seinen Unfall hatte, jenen Unfall, der auf wundersame Weise zu einem großen Segen in seinem Leben werden sollte, erfuhr ich erst, als ich einen seiner Briefe an Mutter archivieren wollte, geschrieben an einem Winterabend über dreißig Jahre später:

Wegen des Schnees kamen wenige zur Versammlung. Wir waren nur zu fünft. Der Text gestern war Luk. 10,38-40. Das ist eine aktuelle Stelle, viele haben sie gelesen und darüber gepredigt. Über diesen Text habe ich am 16. 2. 1948 im Haus der Familie Slettahjell in Byneset gesprochen, an dem Abend, bevor ich auf die Straßenbahn sprang.

Mehr steht da nicht. Aber da steht, wann der Unfall passierte, der die Wende in der Geschichte von Mutter und Vater brachte. Es war der 17. Februar 1948.

Ich reise nach Trondheim, gehe in die Bibliothek, wähle drei Lokalzeitungen aus und habe nach kurzer Suche alles gefunden.

Die *Arbeideravis* berichtet, eine Straßenbahn habe am Vorabend gegen 19 Uhr in der Munkegata einen Mann angefahren, er sei auf die Straße gefallen, aber wieder aufgestanden. Er wollte selbst zum Arzt gehen und sei auch bis ins Krankenhaus gekommen, dort habe er dann das Bewußtsein verloren. *Die Ärzte des Krankenhauses können noch nichts über den weiteren Verlauf sagen, nennen die Situation aber ernst.*

Die *Nidaros* schrieb am selben Tag, daß ein Mann angefahren wurde, als er einer Straßenbahn hinterherlief. *Im Krankenhaus fiel er dann in Ohnmacht und blieb längere Zeit bewußtlos. Später kam er wieder zu sich, war sehr munter und wollte nach Hause, er wurde trotzdem stationär aufgenommen.*

Die *Adresseavisen* berichtet am folgenden Tag, daß ein Mann bewußtlos ins Krankenhaus eingeliefert worden sei, nachdem ihn eine Straßenbahn angefahren habe. *Es gab keine Hinweise auf äußere Verletzungen, aber er hat vermutlich innere Kopfverletzungen erlitten. Auf Anfrage beim Krankenhaus am späten gestrigen Abend erfuhren wir, daß er das Bewußtsein noch nicht wiedererlangt hat und der Zustand sehr ernst ist. Der Name des Mannes ist Knut Hoem.* Recht unterschiedliche Geschichten, so kurz nach dem Unfall. Seither sind fast sechzig Jahre vergangen. Hier ist meine Geschichte:

In den Akten des Trondheimer Krankenhauses steht, daß Knut Hoem eine halbe Stunde nach dem Unfall kam und ohne Hilfe die Treppe hinaufging. Er blutete weder aus Nase noch Mund, aber der Nacken war steif, und er hatte Schmerzen in der linken Schulter. Eine Stunde nach dem Unfall trübte er ein. Er antwortete auf Fragen zunehmend verworren und verlor das Bewußtsein, wobei sich die Pupillen weiteten. Ab 24 Uhr traten mehrfach Krämpfe auf. Die Anfälle kamen etwa alle halbe Stunde, alle Anfälle waren gleich. Die Augen öffneten sich, der Blick wurde starr, dann liefen Zukkungen über Gesicht, Körper und Extremitäten. Er wurde zunehmend cyanotisch, atmete aber nach einigen tiefen Atemzügen wieder normal. Man untersuchte ihn auf verschiedene Hirnverletzungen und röntgte ihn, aber da sie ihn nicht aus dem Krankenbett holen konnten, wurden die Aufnahmen schlecht.

Am Folgetag war der Patient immer noch verwirrt. Er reagierte teilweise auf Ansprache und befolgte einfache Anweisungen wie die, zur Decke zu blicken, die Zunge herauszustrecken und ähnliches. Er drehte sich unruhig hin und her. Er reagierte auf Nadelstiche in alle Regionen des Gesichts und alle Extremitäten. Hinweise auf größere fokale Schädigungen des Gehirns fehlten. Fünf Tage später war er immer noch verwirrt, er betete unablässig und in monotonem Tonfall das Vaterunser, in der Krankenakte steht, zum Zeitpunkt ebendieser Eintragung tue er das bereits seit mehreren Stunden. *Er reagiert teilweise auf Ansprache und kommt einfachen Aufforderungen nach, macht aber mit seinem monotonen Beten fast ohne Unterlaß weiter.*

Mutter war gerade mit Wenche in Nylund, als der junge Odd Skjønsberg, der den Skjønsberghof übernommen hatte, mit einer Telefonnachricht kam. Knut Hoem sei bei einem Verkehrsunfall in Trondheim schwer verletzt worden. Mutter begriff sofort, daß sie zu ihm fahren mußte. Es schien fast, als hätte sie darauf gewartet, daß so etwas geschah. Plötzlich war die Dreiundzwanzigjährige ganz ruhig, sie fing gleich an, sich auf das Schlimmste vorzubereiten. Sie verabschiedete sich von ihrem Töchterchen, dieses Mal ohne Tränen, jetzt standen größere Dinge auf dem Spiel als eine räumliche Trennung. Im Nachtzug nordwärts Richtung Dombås kam die Reaktion, sie erfaßte Körper und Seele, es war ein gewaltiges Zittern, das viele Minuten anhielt, jetzt kam alles, wirklich alles hoch. Widerstreitende Gefühle kämpften miteinander. Obwohl es tiefster Winter war, mußte sie das Fenster im Schlafwagenabteil weit öffnen, sie brauchte Luft! Zum Glück hatte sie das Abteil für sich allein. Würde er noch leben, wenn sie ankam, würde er zeitlebens gelähmt sein, hatte er Hirnverletzungen? Wie sollte sie das Krankenhaus finden?

Am Bahnhof stand ein echter Gentleman, Christian Nadheim, Generalsekretär der Inneren Mission Trøndelag, der sie sofort zu einem guten Frühstück und einem schönen Zimmer ins Missionshotel Trøndelag brachte, wo sie, wie er sagte, so lange wie nötig freie Kost und Logis habe. Dieser Mann interessierte sich nicht für die Geschichten, die er gehört hatte, er handelte wie ein Christ, der sich um einen Mitmenschen kümmert. Zum ersten Mal in ihrem Leben wohnte Mutter in einem Hotel, wo jemand ihr das Bett machte und drei Mahlzeiten am Tag serviert wurden. Als sei das nicht genug, steckte Nadheim ihr Geld zu, damit sie in Trondheim in den Geschäften einkaufen konnte, was sie brauchte, um so lange wie nötig zu bleiben.

Kaum war Mutter auf dem Krankenhausflur, hörte sie Vater, seine Stimme ging durch Mark und Bein, er rief laut, obwohl er bewußtlos war. Unablässig wiederholte er die Bitten des Vaterunsers, eine nach der anderen, wenn er am Ende angekommen war, begann er von vorne: *Vater unser, der du bist im Himmel, geheiligt werde dein Name.* Vierundzwanzig Stunden lang rief er ohne Pause, dann fiel er in tiefen Schlaf.

Mutter war von frühmorgens bis spätabends im Krankenhaus, erst um Mitternacht ging sie ins Hotel, um einige Stunden zu schlafen. Vier Tage später verschlechterte sich Vaters Zustand rapide. Er war unruhig und redete unaufhörlich. Der Oberarzt entschied sich für eine bilaterale Craniotomie, es wurden die üblichen Schläfenschnitte gemacht. Rechtsseitig fand man keine epiduralen Hämatome. Danach wurde die linke Seite geöffnet. Die äußere Hirnhaut wurde auf der rechten Seite geöffnet. Es wurde eine Sonde eingeführt, und es trat eine dunkle Flüssigkeit aus. Es wurde etwa 20 Kubikzentimeter Blut entnommen. Am folgenden Abend wirkte der Patient eine Zeitlang klar und geordnet. Dann aber kehrte die gleiche Unruhe wie zuvor zurück, er betete und sang unablässig und schien an einer akuten Psychose zu leiden.

III Da kommen der junge Georg Jønsberg und der Bibelschullehrer Arnt Ødegård. Die beiden Männer betreten das Krankenzimmer und fallen auf die Knie. So bleiben sie, sie beten. Sie beten darum, daß Knut Hoem aus dem langen Zustand der Bewußtlosigkeit erwachen möge, es kann doch nicht Gottes Wille sein, daß dieser begabte und gute Mensch stirbt und seine Ehefrau, seine alten Eltern und die vielen Menschen verläßt, die sich freuen, wenn er Gottes Wort verkündet.

Sie beten, sie beten den ganzen Nachmittag, den ganzen Abend, bis weit in die Nacht hinein steigen ihre Gebete hinauf zu Gott dem Allmächtigen. Schließlich gehen sie nach Hause, um zu schlafen, irgend etwas werden sie wohl auch arbeiten müssen, aber am nächsten Tag kommen sie wieder und beten weiter darum, daß Knut Hoem gesund werden möge.

Das Entscheidende aber ist die Kühnheit der jungen Chirurgen im Trondheimer Krankenhaus. Trotz der schlechten Röntgenbilder operieren sie immer wieder, um das Blut abzusaugen, und schließlich hören die Blutungen auf.

Nach dem siebten Eingriff, der am 18. März vorgenommen wurde, geschieht es: Vater schlägt die Augen auf. Er erwacht nach vierundzwanzig Tagen, so vielen Tagen, wie Mutter Jahre hat. Er erwacht und sieht sie alle an. Er hat die ganze Zeit über Flüssigkeit bekommen, aber kaum Nahrung, er ist schwach und mager, sie können kaum seine Stimme hören, wenn er mit ihnen spricht, von Rufen kann keine Rede sein, weder um zu beten noch für anderes. Er erwacht, er sieht seine junge Ehefrau und seine Freunde, sie sind bei ihm, sie waren darauf vorbereitet, daß sein Herz aufhören würde zu schlagen, aber jetzt erwacht er, er hat nicht einmal die Kraft für ein kleines Lächeln, aber er lebt und ist bei ihnen. Was verlangen die Menschen noch, bevor sie an ein Wunder glauben?

Unendlich langsam führt der Weg zurück ins Leben. Er wird entlassen, muß sich aber noch lange schonen. Einen Monat hat er im Trondheimer Krankenhaus gelegen, als er schließlich entlassen werden konnte, fuhren sie nicht nach Hoem, sondern ins Gudbrandsdal.

Zwei Monate blieb er als Rekonvaleszent mit Mutter in Øyer. Am Pfingstsamstag 1948 reisten sie vom Bahnhof Øyer im Gudbrandsdal ab. Die Sonne schien, es war Sommer. Olaug Nylund, Mutters Schwägerin, erinnert sich, daß Hoem, der reisende Laienprediger, Kristines kleine Tochter vom Bahnsteig hob und ins Zugabteil trug. So zeigte er der ganzen Welt, daß das Kind jetzt auf den Hof im Romsdal mitkommen würde. So erreichte er, daß seine Frau mit ihm heimfuhr. Als sie am Nachmittag in Hoem aus dem Bus stiegen, läuteten in Vågøy die Glocken das Pfingstfest ein.

Es gibt niemanden, der erzählen könnte, wie es war. Aber ich höre, wie Mutter für Wenche singt, die zum ersten Mal auf Vaters Hof einschläft. Und ich stehe, unbefugt, wie ein unsichtbarer Zeuge, vor dem Haus, irgendwo, ich kann nicht anders, ich höre durch die dünnen Wände, an dem hellen Frühsommerabend, daß da ein Paar zu Bett geht. *Fast hätte ich dich verloren*, sagt sie. Und dann höre ich, daß sie leise weint und daß er anfängt zu weinen, ja, er auch. Sie weinen zusammen, sie weinen fast unhörbar, um Wenche nicht zu wecken und Großmutter und Großvater nicht, aber ich glaube, daß sie sich in den Armen halten, und sie weinen aus Kummer und Freude darüber, daß alles ist, wie es ist.

Das Weinen dauert lange, dann wird es still. Irgendwann stehen sie wieder auf und trinken Kaffee, sie kommen auf die Treppe hinaus und sitzen in der Sommernacht, die in dieser Gegend so hell ist, daß ein unruhiges Herz keine Ruhe finden kann. Sie reden miteinander, später lachen sie, sie ermahnen einander zur Ruhe, aber dann vergessen sie wohl alles um sich herum und lachen einfach weiter.

Danach ist Pfingsten, und als Pfingsten vorbei ist, spannen sie das Pferd an und fahren ins Torfmoor, dort bleiben sie bis ans Ende dieses langen Tages, für Mutter ist dies der erste von über zehntausend Arbeitstagen in ihren vierzig Jahren als Bakken-Bäuerin im Romsdal.

IV Der unglückliche Lars ist im siebzehnten Jahr in der Anstalt. Zwei Jahre nach Kriegsende bekommt er zum ersten Mal eine Elektroschockbehandlung. Sie hat keinen erkennbaren Erfolg. Er wird in ein Einzelzimmer gelegt, weil er Kleidung und Laken zerreißt, muß er ständig eine Zwangsjacke tragen. Er ist stumm, fast autistisch und nicht ansprechbar, er reagiert nicht auf andere, widersetzt sich allen körperlichen Untersuchungen, was ihre Durchführung erschwert. Im Jahr 1948 bekommt er regelmäßig Elektroschocks. Aber sein Zustand bessert sich nicht, er hat ständig unkontrollierbare Tobsuchtsanfälle, die nicht zu stoppen sind. Es wäre viel gewonnen, wenn man nur diese Anfälle abstellen könnte, hatte einmal ein Arzt notiert, er wäre leichter zu versorgen und fiele dem Pflegepersonal nicht ständig zur Last. Das sieht jemand als Indikation für eine Leukotomie, später wird das *Lobotomie* genannt. Nachdem die Erlaubnis der Familie eingeholt ist, überführt man ihn am 3. November 1948 zur Lobotomie ins Krankenhaus nach Molde.

Am Vormittag wird Lars in der Anstalt angekleidet und zu einem wartenden Auto gebracht. Vor der Fahrt bekommt er 6 ccm Nyofen, 0,62 ccm Morphium sowie 0,001 ccm Scopolamin.

Er stirbt am 5. November 1948 um 11 Uhr 30, fast auf den Tag genau siebzehn Jahre nach seiner Einweisung. Es dauerte einige Zeit, bis vom Krankenhaus der Bericht kommt, in dem steht, was fehlgeschlagen ist. Der Oberarzt schreibt:

Der Patient stammt aus einer schwerbelasteten Familie, er lag seit siebzehn Jahren in der Irrenanstalt mit der Diagnose Schizophrenie, er wurde isoliert und führte ein ausgeprägt vegetierendes Dasein mit Unruheanfällen und unkontrollierbaren Gewaltausbrüchen. Er ist ein außerordentlich impulsiver, aggressiver Patient, dessen Umgang mit Urin und Kot unbeschreiblich unrein gewesen ist, er war fremdgefährdend und schwer zu pflegen. Elektroschock ergebnislos. Daher wurde am 3/11 1948, nach Vorbehandlung mit Nyofen, Morfin-scopolamin in Lokalanästhesie + Äthernarkose bilaterale Leukotomie durchgeführt.

Linksseitig kam es nach der Leukotomie zu einer so starken Blutung, daß eine Drainage gelegt werden mußte.

Nach der Operation Temperaturanstieg beim Patienten. Im Laufe des zweiten Tages Anstieg auf 40.6 Grad. Der Patient wurde immer schwächer und starb fast komatös. Bei der makroskopischen Untersuchung des fixierten Gehirns zeigte sich, daß der Schnitt nur bis vor die Spitze des Seitenventrikels reichte, so daß im Ventrikel selbst keine Blutung vorlag. Es gibt auch keinen Hinweis auf ein epidurales Hämatom. Die Untersuchung zeigt, daß die Schnittführung auf beiden Seiten ideal war, die makroskopischen Untersuchungen ergeben keine Erklärung für die Todesursache.

Der Oberarzt, der diesen Krankenakteneintrag verfaßt hat, redet sich heraus: Lars starb an Komplikationen, er verblutete während der Operation.

Mutter war im fünften Monat schwanger. Viele Jahre später erzählte sie, was Großvater tat, als er erfuhr, daß sein zweitältester Sohn tot war. Er ging auf den Hof hinaus und sagte so laut, daß man es durch das Küchenfenster hören konnte:

Der Herr hat's gegeben, der Herr hat's genommen; der Name des Herrn sei gelobt.

Lars wurde auf dem Kirchhof von Vågøy neben seinem Bruder Einar beerdigt. Die Geschwister und ein paar Nachbarn waren bei der Beerdigung anwesend. Als wollte er unter die Jahre zwischen Einars Tod und Lars' Tod, diese schmerzlichen und schweren Jahre, endgültig einen Strich ziehen, bestellte Großvater in diesem Jahr bei der Steinmetzfirma R. Iversen zwei Grabsteine in Marmor, einen für Einars und einen für Lars' Grab. Auf dem einen stand *Geliebt und unvergessen*, auf dem anderen *Ruhe in Frieden*.

V Bei ihrer Versammlung vom 9. September 1949 beschloß die Geschäftsführung der Inneren Mission, Knut Hoem als Siebenmonatskraft zu beschäftigen, eine Stelle, die er fünfunddreißig Jahre lang behalten sollte.

Er bittet, daß man ihm die Bezirke zuteilt, die seinem Heimatort am nächsten liegen, also Nordmøre, Trøndelag und Oppland. Ein Jahr lang reist er in Nordmøre, dann bekommt er Sunnfjord und Sogn, ab 1952 Nord-Trøndelag, Nordland und Troms. Im Winter 1953 wohnt er drei Monate lang in Bodø.

In diesen und den folgenden Jahren bekommt Mutter von Knut Hoem, der in den Kriegsjahren im Gudbrandsdal, dem Tal der Täler, gepredigt hatte, sechs Kinder. Wenche kam im Frühjahr 1948 nach Hoem, dort wuchs sie mit ihren Geschwistern auf, als eine von uns. Wenche paßte auf die Kinder auf und half Mutter, die ihren Alltag sonst nicht geschafft hätte, in diesen vielen schwierigen Jahren.

Mutters Eltern und ihre Brüder kamen oft, um ihr zu helfen. Die Brüder brauchten Zeit, um die bitteren Gefühle aus den Kriegsjahren zu vergessen. Keiner von ihnen verstand sich auf versöhnliche Worte, aber sie halfen Mutter auf jede erdenkliche Weise.

Mutter führte den Hof im Winter und eigentlich auch fast den ganzen Sommer, in den ersten Jahren tat sie das zusammen mit meinem Großvater. Das ging gut, sie konnten zusammenarbeiten, obwohl beide sehr eigensinnig waren. Mit Großmutter war es schwieriger, sie fand, daß die Schwiegertochter in vielem, was sie tat, zu resolut war, aber auch sie machten ihren Frieden miteinander. Großmutter starb 1958. Im selben Jahr hatte Großvater einen Schlaganfall, nach dem er rechtsseitig gelähmt blieb. Acht Jahre lang saß er in der Küche in Hoem auf einem Stuhl, Mutter pflegte ihn. Es folgten weitere Schlaganfälle, aber er starb erst 1966. Acht Jahre lang pflegte Mutter ihren invaliden Schwiegervater, damit er zu Hause sterben konnte, wie er es sich wünschte.

VI Egal, was passierte, Vaters Reisen mußten weitergehen. 1966, über zwanzig Jahre nachdem er Mutter kennengelernt hatte, schrieb er einen Bericht aus Rørvik an der Trøndelagküste:

Die meisten Versammlungen fanden in Rørvik statt. Dort gibt es eine kleine Gruppe, die zu festen Terminen zusammenkommt. Es sind Freunde, die stark im Glauben sind und für die Sache des Herrn wirken möchten. Hier braucht es Ruhe und Arbeitsmut. Wenn die Seelennot wächst, wird das auch an diesen Orten den Weg bahnen für ein gezielteres Wirken mit guten Fortschritten.

Was er hinterließ, war völlig ungeordnet. Im selben Stapel wie dieser Reisebericht von 1966 lag ein weiterer Zettel, eine undatierte kleine Notiz:

Ein französischer Philosoph hat gesagt: Kein Mensch ist stark, dessen Wesen nicht Gegensätze aufweist.

Warum hat er ausgerechnet das notiert?

Auf diesem Zettel hat er noch hinzugefügt: *Der Philosoph Hegel hat gesagt, daß man die Wahrheit weder in der These noch in der Antithese findet, sondern in der Synthese, die beide vereint.* Ja, das kann sein. Aber was wußte er über Hegel, und was wollte er damit?

Mutter und er hatten schon lange zueinander gefunden. Sie waren ein Paar geworden. In den langen Jahren, wenn er nicht bei ihr war, schrieben sie sich Briefe über alle möglichen praktischen Fragen, aber es wurde nie mit einem Wort erwähnt, wie es ihnen ging. Doch wer zwischen den Zeilen liest, versteht. Nur ein Satz ist anders, in einem von tausend Briefen. Er schreibt, daß er sie, Kristine, grüße, er berichtet von allem, was er tut, und von seiner Hoffnung, daß das norwegische Volk ein weiteres Mal die Türen öffnen und die Gnade empfangen möge. Doch nachdem er all diese frommen Wünsche geäußert hat, die sie inzwischen mit ihm teilte, kommt er zurück auf sie, die die Freude seiner Jugend und der Trost seines Alters geworden ist: *Ein weiteres Mal grüße ich Dich.* So endet sein Brief.

Ich sehe ihn in der Dämmerung sitzen, an einem fremden Ort, weit weg von den Seinen, um seiner Berufung gerecht zu werden, einer Berufung, der er den größten Teil seines Lebens widmen sollte. *Ein weiteres Mal grüße ich Dich.* Wenn es tausend Briefe gäbe, und wenn sie aus tausend großen Worten und Beteuerungen bestünden, sie würden mir nicht mehr sagen als diese einfachen Worte.

Er hinterließ keine ausformulierten Predigttexte, nur Hunderte von Notizbüchern, es ist unmöglich, sie zu systematisieren, und es läßt sich auch nicht rekonstruieren, wie er predigte. Aber ich fand eine Telefonandacht zum Muttertag 1970:

Aus Anlaß des Muttertags möchte ich an das Wort in Jesaja 49,14-16 erinnern. Zion aber sprach: Der Herr hat mich verlassen, der Herr hat meiner vergessen. Kann auch ein Weib ihres Kindleins vergessen, daß sie sich nicht erbarme über den Sohn ihres Leibes?

Wenn du glaubst, daß Gott nicht bei dir ist, so höre, was der Herr im Himmel sagt: Und ob sie seiner vergäße, so will ich doch deiner nicht vergessen. Siehe, in die Hände habe ich dich gezeichnet.

Das hatte er von Mutter gelernt.

VII

Einmal verlangte Mutter von Vater, daß er mich schlagen solle; ich hatte mit Streichhölzern gespielt. Da ging er ratlos umher, bis er hinter dem Vorratshaus ein paar lange Grashalme fand. Mit denen schlug er mich auf den Hintern. Das tat überhaupt nicht weh, und Mutter, die Zeuge dieser Bestrafung war, zeigte deutlich, daß es ihr die Sprache verschlug. Dann lachte sie.

Ich stand zwischen ihnen und sah von einem zum anderen. Da begriff ich, daß ich aus einem ungewöhnlichen Elternhaus kam. Bei keinem sonst war es wie bei uns. Keiner sonst lebte in einer solchen Wolke aus grüner Seife und Wasser, keiner sonst trug so frisch gebügelte Kleider. Vor ihrem ersten elektrischen Bügeleisen bügelte Mutter mit einem schweren Eisen, das sie auf dem Holzherd aufheizte. Sie attackierte die Kleidungsstücke geradezu, besprengte sie mit Wasser, fiel erneut über sie her. Sobald es Frühjahr wurde, putzte sie das Haus vom Keller bis unters Dach, sie riß die Gardinen herunter, wusch sie, hängte sie zum Trocknen in Sonne und Wind, stärkte und bügelte sie, bevor sie schließlich wieder an die Fenster kamen. Bei den Gardinen führte sie das Eisen mit engelsleichter Hand.

Sie war drinnen und draußen, oben und unten. Wenn wir

schlafen gegangen waren, band sie uns mit Gurten am Bett fest, damit sie uns allein lassen konnte, um zu erledigen, was sie nicht geschafft hatte, solange wir auf waren. Einmal hatte sie genug, wirklich genug. Sie kam aus dem Stall, mit einem Korb Eier, sie glaubte, daß alles in Ordnung sei, bis sie entdeckte, daß Magne, einer meiner Brüder, sich losgemacht hatte und herumlief. Da wurde sie so wütend, daß sie ein Ei nach dem anderen an die Hauswand knallte, bevor sie sich besann und hineinging, um den Unartigen wieder ins Bett zu packen.

Sie klagte nie, aber sie haßte den Wind, der unablässig, im Herbst, im Winter, im Frühjahr, so stark blies, daß das Haus ächzte. Das Haus mit dem Schieferdach, das Großvater in jungen Jahren gebaut hatte, widerstand allen Stürmen, aber drinnen war es nie still. Es knackte und knarrte, es heulte um die Ecken und pfiff unter den Schindeln. Es hieß, Mutter habe das Bild eines deutschen Soldaten unter das Schieferdach gesteckt, sie habe es mitgebracht, als sie kam, und sie habe es einmal ihrer Tochter zeigen wollen, aber viele Jahre später, als sie danach suchte, habe sie es nicht mehr gefunden.

Vierzig Jahre lang ging Mutter fast jeden Tag in den Stall, die drei oder vier Mal ausgenommen, die sie ihre Familie in Nordbygda in Øyer besuchte. Sie rupfte auch das Heu für die Tiere, ließ die Milch durch ein Sieb laufen und hängte die Milchkannen zur Kühlung in den kalten Brunnen.

Vater kümmerte sich um den Kunstdünger und fuhr den Mist aufs Feld, er stellte die Trockengestelle für das Heu auf und war für das Dreschen verantwortlich, solange wir auf dem Hof noch Getreide hatten, aber er war immer und bei allem etwas abwesend, so, als müsse das halt getan werden, ohne daß er mit dem Herzen dabei war, als sei er eigentlich auf die Welt gekommen, um etwas anderes zu tun.

Das war, wie jeder wußte, seine Arbeit als Prediger. Aber nicht einmal er dachte in jeder Sekunde an Gott. Ihn beschäftigte noch etwas anderes.

Und was war das? Nun, er erzählte Geschichten. Er sprach seine Gedanken aus, während er sie dachte. Er war wie ein Reporter bei der Arbeit, wie ein Augenzeuge, der sich und andere unablässig informierte, was um ihn herum vorging. Er führte nicht aus, er teilte nur mit, was in ihm vorging. Meist war er unterhaltend. Er war der gesellige Mittelpunkt seiner eigenen Familie, ohne zu ahnen, daß er das war. Er redete ständig und kommentierte alles, was passierte. Er füllte den Alltag mit Bibelstellen und Lebensweisheiten, die er zitierte. Er wiederholte Sätze längst verstorbener Nachbarn und jener Frauen und Männer, die in seiner Welt wichtig waren: Das waren vor allem Fräulein Folkestad aus dem Reknes-Sanatorium in seiner Jugend, dann Hans Nielsen Hauge, Ivar Aasen, Fridtjof Nansen und Ole Hallesby, ganz zu schweigen von *dem Stalin, dem Roosevelt und dem Churchill*, die zusammen den Krieg gewonnen hatten, alle Verwandten, die vor unserer Zeit gelebt hatten, die nach Amerika gezogen waren, ebenso wie der, der im Gefängnis gesessen hatte, und der, der außer Landes geflohen war, um dem Militärdienst zu entgehen. Er beschrieb menschliche Originale und Prediger, die Gottes Wort verkündet hatten, zitierte unterschiedslos, was sie über Wahnsinn, Hinterlist, Sünde und Gnade gesagt hatten. Er wußte alle Geburtstage im ganzen Ort auswendig, das erlaubte ihm jeweils einen Besuch zu machen. Er rief Vettern und Cousinen an, wenn sie Geburtstag hatten, danach redete er über ihn oder sie, sie waren schließlich der Rede wert, wo sie doch an diesem Tag ein Jahr älter wurden.

Aber vor allem sprach er über das, was gerade geschah,

ständig geschah, er redete darüber, während es passierte oder direkt danach, sobald er sich gefaßt hatte.

Mutter hörte diesen unablässigen Redestrom und antwortete hin und wieder, manchmal *to the point*, manchmal aufs Geratewohl, sie hörte ihm zu und auch nicht.

Wenn Besuch kam, Verwandte aus der Stadt oder jemand von einem der Nachbarhöfe, war er es, der das Wort führte, sie war wortkarg und schüchtern, kümmerte sich aber darum, daß Kaffee, Geschirr und Kuchen auf den Tisch kamen, nahm den Dank entgegen, den sie verdiente, und sagte selten mehr, als daß die Gäste auch ein nächstes Mal willkommen seien, wenn der Besuch endlich aufstand, um sich zu verabschieden.

Vaters Erzählung über dieses und jenes ging weiter, während die Gäste aus der Tür verschwanden. Er folgte denen, die am Gehen waren, als fiele ihm immer noch etwas Neues ein, was sie wissen müßten. Er versorgte sie in der Stunde des Abschieds mit Aussprüchen der Kinder, die er schon oft zitiert hatte, auch vor den abreisenden Gästen, er erinnerte daran, was *sein* Vater zu seiner Zeit gesagt hatte, als der Sturm plötzlich hereinbrach, was im Gudbrandsdal geschehen war, in grauer Vorzeit, wie er sich ausdrückte, wobei er über seine eigenen Ausführungen den Kopf schüttelte. Dabei entging ihm allerdings nie, wie seine Zuhörer auf seine Geschichten reagierten. Kamen sie nicht an, verstummte er, fanden sie Anklang, machte er weiter. War hinter denen, die uns besucht hatten, die Autotür zugefallen, sprach er zu Mutter weiter, die schon längst Wasser gekocht hatte, im Spülstein mit dem Geschirr klapperte und bemerkte, er habe die Gäste länger als nötig festgehalten, es sei wirklich Zeit zum Aufbrechen gewesen. Er kam vom Hölzchen aufs Stöckchen, als täte es ihm gut, alles auszusprechen und so festzuhalten.

Mutter versuchte ihm nahezubringen, daß die Stallarbeit noch nicht erledigt war. Sie hatte etwas Ungeduldiges. Es war ihr völlig rätselhaft, warum Leute stundenlang nur herumsaßen und redeten, selbst wenn Sonntag war. Jetzt mußten die Kühe versorgt werden, dann war es Zeit, daß die Kinder ihr Abendessen bekamen, erst wenn es auf Mitternacht zuging, konnte sie sich vielleicht die Zeit nehmen, von dem zu sprechen, was sie auf dem Herzen haben mochte, mit dem einzigen, dem sie völlig vertraute, ihrem Mann. Dann hörten wir sie durch den dünnen Fußboden, bis sie vom Küchentisch aufstanden, Fenster und Türen schlossen und sich schlafen legten. Und wer damals Kind war, dachte vielleicht, daran werde ich mich immer erinnern, an das Murmeln auf der anderen Seite der Wand, an den Wind, der das hohe und schmale Haus, in dem wir wohnten, so rüttelte, daß es knackte und knarzte, auch wenn es nur ein leichter Windstoß gewesen war.

Seine Reden und Gedankenflüge verstummten nicht einmal nachts. Er machte weiter, wenn er nicht schlafen konnte, bis sie ihn schließlich ermattet und flehentlich bitten mußte, einmal Ruhe zu geben, damit sie ein paar Stunden Schlaf bekäme.

Dann endlich resignierte er, konstatierte, daß nicht einmal die Glocken des Jüngsten Gerichts sie aus dem Land der Träume holen würden, und streckte sich aus, um selbst ein bißchen zu schlafen.

Das hieß nicht, daß er auch einschlief. Nachdem er eine Zeitlang dagelegen hatte, stand er schließlich auf, zog sich an und mähte an einem Wegrain oder einem Steinwall, während der Morgentau noch auf dem Gras lag und die Sense schärfte.

Dann kam er herein, wenn sie gegen sieben Uhr aufstand,

bekam sein Essen vorgesetzt, den Kaffee in die Tasse und eine Scheibe Brot auf den Teller, so daß er seinen Lieblingssatz aus den Sprüchen Salomos anbringen konnte: *Eine tüchtige Frau ist mehr wert als Perlen.*

VIII Mit den Jahren wollte Mutter nur noch in Hoem sein, nirgends sonst. Der Hof, den niemand haben wollte, wurde der Hof, auf dem sie immer sein wollte. Als sie sechzig Jahre alt wurde, fuhren wir, meine Eltern und ich, an der Nyalm oben im Øyerfjell vorbei, damit sie die alten Orte wiedersehen konnte. Zum letzten Mal war sie als Achtzehnjährige dort gewesen.

Und wieder suchte ich, der ich einmal ein Kind war, in ihrem Gesicht nach einem Hinweis darauf, was in ihr vorging. Aber es enthüllte nichts. Sie sagte nichts. Da stand die Almhütte, da lagen die Weiden, da lag der Bergsee, aber es war zuviel Zeit vergangen. Die Gebirgswiese war umgepflügt. Mutters Schwester hatte in einem Brief erzählt, daß sie und ihr Mann zur Alm hinaufgefahren waren, weil sie die Wiesen in ihrer Blütenpracht sehen wollten. Aber jetzt sei dort gepflügt worden, man habe neue Grassorten gesät. Nichts sei wie früher, außer der Quelle, wo sie die Milch abgestellt hatten. Das Wasser sei noch so eiskalt wie früher. Sie habe nach der Stelle gesucht, wo sie in ihrer Jugend so viele Multebeeren gefunden hatte. Sie hatte sich eine hohe Tanne gemerkt, um die Multebeerstelle wiederzufinden, aber jetzt stünden überall hohe, rauschende Tannen.

IX Die letzten Jahre, in denen Vater verkündete, waren nicht gut. Die Zeiten hatten sich geändert, die Glanzzeiten der reisenden Laienprediger waren vorüber. Vater wurde immer mehr zu einem Anachronismus. Das erkannte er selbst. Er sagte, es sei nicht einfach, zu predigen, wenn die meisten, denen er verkünden sollte, eine viel höhere Bildung hätten als er. Er litt darunter, daß er so ungebildet war. Auch sein eigener Verband war nicht mehr wie früher.

Und er, war er wie früher? Er verfaßte seine Berichte immer noch in Reimform. Im Januar 1984 war er im Distrikt Vestfold:

Der Bericht geht an die Inn're Mission
dem Ältestenrat zur Kenntnis.
Im Inhalt geht es um die Situation,
die ich schild're nach meinem Verständnis.
Ich schicke den Bericht an die engen Gefährten,
doch er eignet sich nicht für die Presse.
Für die, die mein Handeln begleiten und werten,
für die ist er von großem Interesse.
Das Erlebte steht klar vor dem Auge mein,
im Bericht wird es euch jetzt bekannt.
Funkelnde Bibelworte prägen sich ein
wie Perlen im Freundesband.
Ich sehe mich selbst als der Wikinger Rolv,
der die Pferde des Apostels reitet.
Man gab mir das Wort bei dem Jahrestreffen,
wo zu Gast sein die Ehre ich hatte.
Wir hüten das Erbe, es reicht weit zurück,
im Geist der Gemeinschaft wir leben.
»Einzig die Bibel.« Wir richten den Blick
auf das Wort, nach dem wir streben.

Die Landschaft nun färbt sich, der Herbst ist nicht fern.
Wir folgen getreulich der Stimme des Herrn.

Im Frühjahr 1984 gab Vater das Reisen auf. Wir Kinder glaubten nicht, daß er sich zu Hause zur Ruhe setzen würde, wir glaubten, er werde Vorwände finde, um weiterhin zu reisen, zu christlichen Versammlungen in der näheren Umgebung oder auch dort, wo er früher gewirkt hatte. Aber es zeigte sich, daß es genug war. Er freute sich, zu Hause zu sein, dort, wo Mutter war. Sie war so glücklich, wie ich sie nie zuvor gesehen hatte. Ich sah, wie sie ihm liebevoll über den Nacken strich, wenn sie ihm Kaffee in die Tasse goß. Die Zärtlichkeit, nach der ich in meiner Kindheit Ausschau gehalten hatte, sah ich, nachdem ich die Dreißig überschritten hatte.

Die wenigen Male, als Mutter wegfuhr, *nachdem* Hoem ihre Heimat geworden war, mochte Vater nicht auf dem Hof bleiben. Zahllose Male war er allein in Norwegen unterwegs gewesen, aber er schaffte es nicht, allein in Hoem zu bleiben. Wenn sie wegfuhr, fuhr er ihr jedesmal hinterher.

X In Vaters letztem Lebensjahr war ich, der ich das schreibe, in Amerika, im Winter erfuhr ich, daß er schlaflos und auf eine Weise nicht er selbst sei, wie Mutter es noch nie erlebt hatte. Von Alpträumen heimgesucht, wache er nachts auf und klage laut, er glaube nicht, daß er erlöst werde.

Ich rief ihn an und sagte, daß ich nach South Dakota fahren wolle, um die Nachfahren von Großvaters Onkel Ola und Tante Gjertine zu finden, die vor über einhundert Jahren in die Prärie ausgewandert waren.

»Komm nach Hause und sei bei den Lebenden«, sagte Vater. »Suche nicht nach den Toten!«

Ich glaube, er hatte Angst, daß er mich nicht mehr sehen würde. Da kam mir der Gedanke, ihn herüberzuholen, und er war sofort einverstanden. Es wurde ein Flug gebucht, er flog nach Minneapolis. Ich kam etwas zu spät zum Flughafen und fragte mich, ob er verlorengehen würde, er sprach ja kaum ein Wort Englisch. Aber da saß er und erzählte allen, die es hören wollten, wie die Reise von Norwegen hierher gewesen war, wie es in Norwegen jetzt so war, wie sehr er sich freue, seine Verwandten in Dakota zu treffen, und manches andere, worüber man reden konnte. Und die Zuhörer nickten, antworteten und verstanden alles, was er sagte.

Wir fuhren nach Sisseton, South Dakota, für Vater wurde es fast ein Triumphzug. Wir fanden noch die Grundmauern der verlassenen Ansiedlung, wo Ola Eriksen sich niedergelassen hatte, nach zwei Jahren in einem Erdloch in der Prärie. Vater schwamm im Sky Lake bei Fort Sisseton, wir sangen in der Buffalo Church, die unsere Verwandten gebaut hatten, als sie hierhergekommen waren. Wir lauschten den Präriepappeln, die neben den Ruinen der Häuser standen, und freuten uns über die Sommerblumen auf der Prärie.

Danach gingen wir mit etwa fünfzig Verwandten, die keiner von uns beiden je gesehen hatte, auf Rundreise. Es war wie ein Karnevalsumzug, ein Almabtrieb, eine Prozession oder ein spektakuläres Mittsommerfest, bei dem alle *Lutefisk*, *Lefse* und vieles mehr aßen, was sie für typisch norwegisch hielten. Vater war glücklich, in jeder der kleinen Präriekirchen, in die wir kamen, bat er ums Wort und hielt eine kurze Andacht. Er sagte nicht jeden Tag das gleiche, aber er predigte immer über das gleiche Bibelwort: *Der Meister ist da und ruft dich*. Nach dem Aufenthalt im Mittleren Westen reisten wir nach Norden in die Prarie von Alberta und fanden unsere Verwandten dort. Vater sprach in Kirchen und in Privathäusern, ich übersetzte:

The Lord is here, asking for you.

Als wir wieder zu Hause waren, schien er gar nicht aufhören zu können. Er mußte zu allen hingehen und von der großen Reise erzählen, die ihm aus schierer Gnade in seinem hohen Alter geschenkt worden war. Er wolle noch einmal hin, sagte er, er hatte Geschmack gefunden am großen Abenteuer.

Mutter bekam Schmerzen in der Hüfte und mußte operiert werden, danach sollte sie sich strikt ruhig halten. Sie wollte nur in Hoem sein, nirgends sonst. Aber dann hatte jemand eine, wie man meinte, gute Idee. Sie könne in die Rehaklinik gehen, die jetzt in Sølvskottberget in Øyer stand, wo sie als kleines Mädchen gespielt hatte.

Aber da war alles ganz anders geworden, Mutter fand sich an den Orten, wo sie als Kind herumgelaufen war, nicht mehr zurecht. Es war zu lange her, sie wollte nur heim nach Hoem. Aber bevor sie zurückfuhr, sagte sie etwas, woran sich alle erinnern sollten: »Ich hatte ein glückliches Leben.«

Vater streifte rastlos in Hoem umher, hier und da senste er ein wenig.

Aber die Grashaufen blieben liegen, es waren neue Zeiten in der Landwirtschaft, mein Bruder Mathias war ein beschäftigter Bauer, der seine Tage nicht mit dem Einsammeln von ein paar Grashalmen zubringen konnte. Das war etwas, was Vater nicht verstehen konnte.

Also reiste er nach Øyer, um in Mutters Nähe zu sein, und wohnte bei Halle und Else in Lunke. Sie stellten fest, daß er, der vor langer Zeit als junger Verkünder dort ein und aus gegangen war und einen der Nylund-Zwillinge geheiratet hatte, voller interessanter Geschichten steckte, außerdem konnte er immer noch zahllose Gedichte aus seiner Jugend auswendig aufsagen. Die Reise, die zu seiner Abschiedsreise durch die Ortschaften wurde, in denen er in den Kriegsjahren etwa siebenhundert Andachten gehalten hatte, führte ihn von einem Weiler zum nächsten, von einem Hof zum nächsten, bis er da stand, wo er sich 1943 verliebt und verlobt hatte.

In diesem Ort fand eine Versammlung der Inneren Mission statt, der alte Evenshaug verlas den Jahresbericht und erwähnte, daß Knut Hoem zwischen 1941 und 1943 in diesem Bezirk als Verkünder gewirkt habe. Er hatte nicht gesehen, daß Vater da war.

Da streckte Vater die Hand hoch und sagte:

Ich bin doch hier.

Ich glaube, daß das eine denkwürdige Begegnung war und daß sie sich versöhnten. Ja, so wie ich sie kenne, glaube ich, daß sie zusammen beteten, daß sie den Herrn im Himmel baten, das Licht seiner Versöhnung über diesem Zwist erstrahlen zu lassen, den sie einmal miteinander hatten, im Tal der Täler, damals, in den Jahren des Krieges.

Tag für Tag machte Vater, per Auto oder zu Fuß, seine Runden durch die Orte im Gudbrandsdal. Es schien, als wollte er sich von all jenen verabschieden, die ihn kannten, bevor er aus dem Tal der Täler fortgeschickt worden war. Dann kam Mutter heim, und er kam heim.

Zwei Monate später, Ende November, stieg er in den Bus nach Molde, und in Molde fiel er um. Er wurde ins Krankenhaus gebracht, dort starb er drei Wochen später, am 4. Dezember 1990, 73 Jahre alt. Er wurde an einem schneidend kalten Wintertag beerdigt. Als der Winter vorbei war und der Sommer kam, lagen seine Heuhäufchen immer noch da.

Für Mutter brach die Welt zusammen.

Die Lichter erloschen ihr, weil dieser unpraktische, ja hilflose Mann, der immer Unsinn geredet und Geschichten erzählt hatte, nicht mehr da war. Mutters Trauer war eine wütend aufbegehrende Trauer. Sie kam nie darüber hinweg, daß Vater sie so abrupt verlassen hatte. Bald folgte weiteres Leid. Eine aggressive multiple Sklerose befiel sie. Erst konnte sie nicht mehr gehen, dann konnte sie sich nicht mehr selber versorgen, dann nicht mehr allein essen, dann nicht mehr sprechen. Zum Schluß konnte sie nur noch mit Blicken kommunizieren, alle Muskeln ihres Körpers waren versteinert, nicht einmal ein Lächeln brachte sie noch zustande, wenn wir zu ihr kamen und sie mit tröstenden Worten zu erreichen versuchten. Sie war bis zum Schluß völlig klar, aber sie konnte ihre Lieben nicht mehr erreichen. Sie war wie eingemauert in ihrem eigenen Körper, das einzige, was sie befreien konnte, war der Tod.

Mutter starb am 26. Januar 2001 und wurde an der Kirche von Vågøy neben Vater beerdigt, unter einem Grabspruch, den sie gewählt hatte, als Vater schon nicht mehr war. Ave crux, spes unica. *Sei gegrüßt, Kreuz, unsere einzige Hoffnung*.

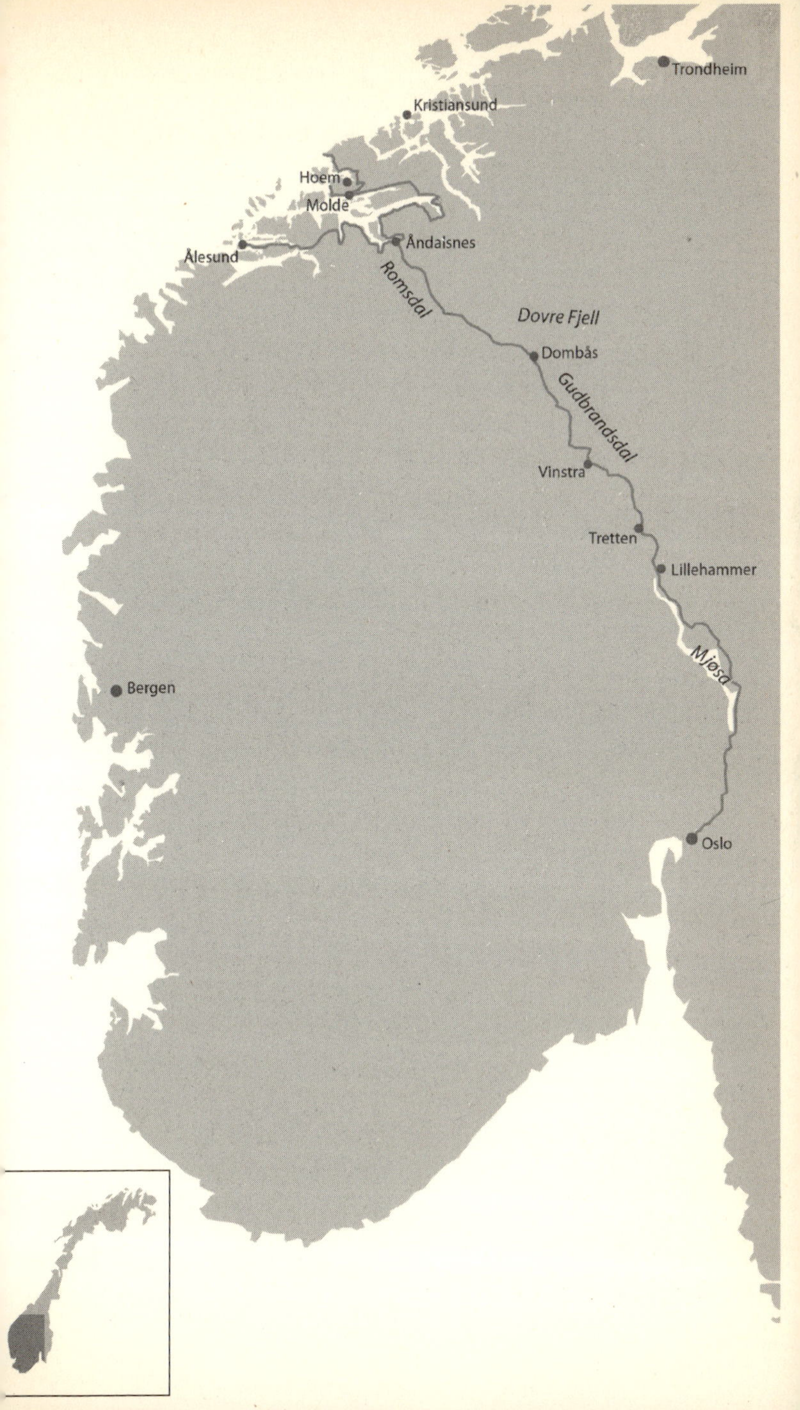
Trondheim
Kristiansund
Hoem
Molde
Åndaisnes
Ålesund
Romsdal
Dovre Fjell
Dombås
Gudbrandsdal
Vinstra
Tretten
Lillehammer
Mjøsa
Bergen
Oslo

Quellen

Dieses Buch basiert auf vereinzelten Geschichten, die Mutter und Vater über ihre Jugendjahre erzählt haben, aber mehr noch basiert es auf anderen mündlichen Quellen, vor allem auf Interviews mit etwa einhundert älteren Menschen im Romsdal und im Tal der Täler, die Mutter und Vater kannten.

Olga Bratbergsengen, geborene Nylund, hat ihre Erinnerungen aufgeschrieben, das Büchlein heißt *Im Zeichen des Löwen* und ist alles, was es an Schriftlichem über Mutters Kindheit gibt. Ich habe für mein Buch Krankenakten und Tageszeitungen sowie kriegs- und lokalhistorische Arbeiten herangezogen, darunter auch Professor Tore Prysers Buch über die Kriegszeit in Lillehammer.

Die meisten Begebenheiten dieses Buches sind authentisch, aber sie sind mit der Stimme des Schriftstellers erzählt, so, wie er es vor sich sieht, nach dem, was er gesehen und geträumt hat.

EDVARD HOEM
Oslo, 1. Oktober 2005

Inhalt